높은 곳에 오르다

登高

바람 세고 하늘은 높은데 원숭이 울음소리 애절하고

강가 물 맑고 모래 흰데 새 맴돌며 난다

끝없이 나무들에선 낙엽이 우수수 떨어지고

그치지 않는 장강은 출렁출렁 밀려온다

風急天高猿嘯哀 渚清沙白鳥飛廻

無邊落木蕭蕭下 不盡長江滾滾來

일도양단

일도양단 6

장영훈 新무협 판타지 소설

초판 1쇄 찍은 날 § 2006년 1월 26일
초판 1쇄 펴낸 날 § 2006년 2월 6일

지은이 § 장영훈
펴낸이 § 서경석

편집장 § 문혜영
편집책임 § 유경화
편집 § 심재영

펴낸곳 § 도서출판 청어람
등록번호 § 제1081-1-89호
등록일자 § 1999. 5. 31
어람번호 § 제2-0822호

주소 § 경기도 부천시 원미구 심곡1동 350-1 남성B/D 3F (우) 420-011
전화 § 032-656-4452 팩스 § 032-656-4453
http://www.chungeoram.com
E-mail § eoram99@chollian.net

ⓒ 장영훈, 2005

ISBN 89-5831-961-5 04810
ISBN 89-5831-484-2 (세트)

일도양단

Fantastic Oriental Heroes

6

장영훈 新무협 판타지 소설

도서출판
청어람

목차

第51章

비밀 임무

비
밀
임
무

　　연화는 복면 오라버니를 향해 내뻗는 자신
의 조막만한 손을 보며, 자신이 어린 시절의 꿈을 꾸고 있다는 것을 깨
달았다.

　침상에 누운 자신을 내려다보는 복면 오라버니의 눈빛은 변함없이
따스했다.

　'오라버니.'

　연화가 복면 오라버니를 향해 손을 뻗었다. 어린 시절, 자신을 안아
달라고 떼를 쓰며 내미는 손길이 아니었다. 복면 오라버니의 복면을
벗겨내리라.

　'절대 꿈에서 깨면 안 돼!'

　연화는 복면 오라버니의 얼굴을 꿈속에서나마 확인하고 싶었다.

　꿈속에서 본 얼굴이 현실과 다를지라도 꿈속에서나마 단 한 번만이

라도 얼굴을 보고 싶었다.

그러나 자신이 아무리 손을 휘저어도 복면 오라버니는 자신의 손을 잡아주지 않았다.

마치 아무리 다가가도 손에 잡히지 않는 뜨거운 사막의 신기루처럼 서서히 복면 오라버니의 모습이 흐려지기 시작했다.

연화는 지금 자신이 꿈을 깨고 있다는 것을 알 수 있었다.

"안 돼!"

연화가 소리를 지르며 눈을 번쩍 떴다.

어둑한 어둠 속에서 연화가 긴 한숨을 내쉬었다. 등줄기는 땀으로 흠뻑 젖은 상태였다.

침상에서 일어나려던 연화가 흠칫하고 놀랐다.

누군가 어둠 속에서 자신을 바라보고 있었던 것이다.

"…누구?"

어둠 속에서 다정한 목소리가 들려왔다.

"깼느냐?"

자상한 목소리임에도 불구하고 연화의 심장이 쩡 하고 얼어붙었다.

동시에 온몸에서 소름이 피어올랐다.

목소리의 주인공은 자신의 아버지로 위장한 가짜 사마진룡이었다.

"아, 아버님?"

연화는 최대한 자신의 감정을 감추며 침착함을 유지하려 애썼지만 목소리의 떨림을 막을 수는 없었다.

"무서운 꿈이라도 꾼 모양이구나."

"아, 네."

연화가 침을 꿀꺽 삼켰다.

다행히 사마진룡은 그녀의 떨림을 악몽에서 깬 직후의 반응 정도로 생각하는 듯 보였다.

'언제부터 와 있었던 것일까?'

중요한 것은 그게 아니었다.

잠든 자신을 지켜보면서 무슨 생각을 하고 있었을까를 생각하면… 아니, 상상도 하기 싫은 상황이었다.

"…밤이 깊었는데 어인 일이십니까?"

연화는 최대한 침착함을 유지하려 애썼다.

"지나가다 잠시 들렀다."

"깨우시지 그러셨습니까?"

"곤히 자는 것 같아서… 잠시 얼굴이나 보고 가려던 것이 그만 잠을 깨웠구나."

연화가 등잔에 불을 밝혔다.

불빛 속에 드러나는 사마진룡의 눈빛에는 분명 애정이 듬뿍 담겨 있었는데, 연화는 적어도 그 눈빛이 부성애가 담뿍 담긴 따사로움과는 거리가 멀다는 것을 느낄 수 있었다.

'개자식.'

인상을 찡그릴 수도 이를 악물 수도 없었다.

연화는 애써 평온함을 유지하려 애썼다. 끝없이 진짜 아버지를 대하는 중이라고 자신에게 최면을 걸었다.

잠시 어색한 침묵이 흘렀다.

"지금 시간이 어떻게 되었습니까?"

"이제 막 자시가 지났다."

어쩔 수 없이 뚝뚝 끊어지는 대화와 그에 따른 어색한 침묵.

마치 그대로 있다가는 질식해 버리고 말 것 같은 압박감에 연화가 먼저 입을 열었다.

"아버님, 부탁이 있습니다."

"말해보거라."

"이제 본래의 제 자리로 돌아갔으면 합니다."

그 자리는 바로 섬서지단주를 말하는 것이었다. 연화는 한시라도 이곳 낙양 무림맹에서 벗어나야 한다고 판단했다.

사마진룡이 미소를 지으며 고개를 가로저었다.

"그전에… 네가 해주었으면 하는 일이 있다."

"네? 무슨 말씀이신지?"

"네게 하나의 임무를 맡길 생각이다."

임무란 말에 연화의 심장이 뛰기 시작했다.

하나의 강렬한 예감.

그것은 분명 새로운 음모의 시작이었다.

"임무라면?"

"너도 알다시피 강호에서 마교가 사라졌다. 천 년을 이어 내려온 모든 강호인들의 바람이 드디어 이뤄진 거지. 하지만 아직은 너무나 불안정한 평화에 불과하단다."

연화는 애써 그의 시선을 아무렇지도 않게 대하려고 노력하고 있었다.

"해서 사도맹에 비밀리에 밀사를 보낼 작정이다."

"밀사라면?"

"그들과 협상을 할 작정이다. 네가 그 임무를 맡아주면 좋겠구나."

연화의 입장에서는 너무나 의외의 임무였다.

"부족한 제가 맡기에는 너무 막중한 일입니다."

연화가 절대 맡을 수 없다는 얼굴로 고개를 숙였다.

"아니다. 네가 적임자다. 그들은 지금 우리 천룡맹을 완전히 믿지 못하고 있다. 이런 시기에 내 딸이 직접 그들을 만나 협상을 한다면 내 진심을 그들도 확실히 믿겠지."

이미 사마진룡은 이번 일에 대해 결정을 내린 듯 보였다.

연화는 왜 자신을 사도맹에 보내려는지 머리를 굴려보았지만 사마진룡의 의도를 짐작할 수 없었다.

"그를 만나 해야 할 일은 무엇입니까?"

"그저 단순한 일이다. 용천악의 밀사를 만나 몇 가지 문서에 합의를 하고 오면 된다. 뭐, 형식적인 일이라고 생각하면 된다."

그러나 연화는 느낄 수 있었다. 이번 일이 결코 그의 말처럼 쉬운 일이 아니란 것을. 굳이 자신을 사도맹에 보낼 때는 또 다른 속셈이 숨겨져 있으리라. 그것은 자신의 딸을 사지가 될지도 모르는 곳으로 이렇게 태연히 내모는 저 가짜 사마진룡의 뻔뻔함만큼이나 위험한 일이 될 것이다.

"알겠습니다."

그럼에도 연화는 더 이상 따지고 묻지 않았다. 어차피 자신의 목숨줄은 상대가 쥐고 있었다. 자신의 숙부마저 망설이지 않고 제거하려든 잔악한 그였다. 자신의 목숨을 빼앗는 것은 손바닥을 뒤집는 것보다 쉬우리라.

하지만 연화에게도 한 가지 무기가 있었다.

그것은 상대는 자신을 모르지만, 자신은 상대의 정체에 대해 정확히 알고 있다는 것이었다.

그것이 그녀의 목숨을 살려줄지는 알 수 없었으나 적어도 영문도 모른 채 죽음을 맞게 되지는 않으리라.

"고맙구나. 역시 내 딸이다."

연화가 자신의 부탁을 순순히 받아들이자 사마진룡은 매우 흡족한 미소를 지었다.

"너무 걱정하지 않아도 된다."

사마진룡이 연화의 어깨에 손을 얹었다.

그 섬뜩한 느낌에 연화의 심장이 터질 듯이 뛰기 시작했지만 그녀는 애써 따스한 미소를 지으려 노력했다.

"저는 아버님의 뜻에 따를 뿐입니다."

아마 앞서의 질풍조와의 몇몇 임무들이 없었다면 지금의 상황에서 그녀는 비명을 질러댔을지도 모를 일이었다. 그녀는 잘 견뎌내고 있었다.

"언제 출발하면 됩니까?"

그러자 사마진룡이 조금 미안한 얼굴이 되었다.

"세 시진 후다."

"네?"

연화는 깜짝 놀랐다. 이렇게 빨리 일을 진행시키리라곤 생각도 못한 그녀였다.

"이번 일은 비밀리에 진행되는 일이다. 미리 네게 알리지 않은 것은 신중을 기하기 위함이었다. 또한 그것이 네 안전을 위해서도 나은 일이고."

사마진룡이 자리에서 일어났다.

"그럼 떠날 차비를 하거라."

문을 열고 나가려던 사마진룡이 잠시 멈췄다.

그리고 나지막이 말했다.

"너만 믿는다. 네게 이 강호의 미래가 달려 있다."

연화의 대답을 기다리지 않고 사마진룡은 그대로 걸어나갔다.

그의 발걸음 소리가 멀어지자 그제야 연화의 다리에 힘이 풀렸다.

연화가 침상에 쓰러지듯 걸터앉았다.

그녀는 한숨을 연이어 내쉬었고 동시에 그녀의 몸이 바람에 흔들리는 사시나무처럼 파르르 떨리기 시작했다.

얼마나 그렇게 떨었을까?

두려움은 다시 오기로, 결심으로 바뀌기 시작했다.

'두고 봐. 반드시 네놈은 내 손으로 죽일 테니까.'

연화가 다시 자리에서 일어나 창가로 다가갔다.

번쩍!

저 멀리 벼락이 치며 창가가 잠시 밝아졌다가 이내 어두워졌다.

쿠르르릉!

비구름이 점차 낙양을 향해 다가오고 있었다.

연화는 머리 속이 복잡했다. 왜 자신을 사도맹에 보내려는지 그 목적조차 알 수 없었다.

이럴 때 질풍조가 있었다면.

명석한 그들은 명쾌하게 사마진룡의 음모를 짐작해 냈을 것이다.

그러나 지금 그들은 그녀 곁에 없었다.

모든 일은 스스로 판단하고 헤쳐 나가야 하는 것이다.

몰려오는 먹구름에도 창밖 저 멀리 낙양 거리의 화려한 불빛이 반짝이고 있었다.

연화의 시선이 다시 밤하늘을 향했다.

'모두들 어디에 있나요?'

먹구름에 가려 서서히 자취를 감추는 아련하게 별빛 사이로 그리운 얼굴들이 떠오르고 있었다.

*　　　　　*　　　　　*

쏴아아아!

비가 억수처럼 쏟아지고 있었다.

대로에서 조금 떨어진 곳의 민가를 향해 예닐곱 명의 일행이 달려가고 있었다.

그들은 바로 기풍한을 비롯한 질풍조원들이었다.

곽철은 어디서 구했는지 커다란 연잎을 몇 장 포개 자신의 머리 위를 가린 채 달렸고 팔용이 그 안으로 들어오려는 것을 억지로 밀어내고 있었다.

"이놈아, 같이 쓰자!"

"양심도 없는 놈. 네놈 덩치를 생각해라. 꼭 같이 비를 맞아야겠냐?"

"그게 우정이지."

"어리석은 우정이겠지."

"흥!"

그때 뒤따르던 화노가 기침을 하기 시작했다.

"쿨럭쿨럭."

그러자 곽철이 돌아보며 고개를 가로저었다.

"무슨 의선이란 분이 찬바람만 불었다 하면 감기에 걸려요!"

"이놈아, 세상에서 가장 무서운 병이 무엇인지 아느냐? 바로 고뿔이다. 죽어가는 사람을 살리는 약은 있어도 고뿔을 완전히 낫게 하는 약은 아직 없지."

"이 말 들으면 섭섭하다 하시겠지만……."

"하지 마!"

"늙어서 그래요. 기력이 떨어지니 온갖 병이 다 찾아오지."

화노에게 구시렁구시렁 잔소리를 늘어놓던 곽철이 갑자기 비명을 질렀다.

"으악!"

그 바람에 모두들 깜짝 놀라 제자리에 섰다.

마치 귀신이라도 본 사람처럼 곽철이 멍하니 한곳을 바라보고 있었다. 모두들 곽철의 시선을 따라 그곳을 바라보았다.

쏴아아아!

그곳에는 기풍한과 이현이 나란히 서서 무슨 일이냐는 표정을 짓고 있었다.

놀라운 것은 기풍한과 이현의 옷은 전혀 젖지 않은 상태라는 점이었다.

자세히 보니 기풍한의 몸에 닿기 전에 비가 튕겨 나가고 있었다.

자연스런 호신강기가 형성되어 비를 튕겨내고 있었던 것이다. 마치 기풍한의 몸에 투명한 막이 씌워진 것처럼 보였다. 기풍한과 몸을 밀착한 이현의 몸도 비가 튕겨 나가고 있었다. 기풍한이 내력을 사용해 그녀 역시 비를 맞지 않게 해준 것이 틀림없었다.

곽철이 놀란 것은 기풍한의 그 놀랄 만한 신공 때문이 아닌 듯 보였다.

"화 선배는 다 죽어가는데 지들끼리만 살려고……."

곽철의 말에 화노가 불쌍한 표정으로 기침을 시작했다.

"쿨럭쿨럭."

기풍한과 이현이 머쓱한 표정으로 고개를 돌려 딴청을 부렸고 그 어설프면서도 귀여운 모습에 비영과 서린이 미소를 지었다.

팔용이 분위기 파악 못하고 주책을 부렸다.

"우와, 부럽다. 조장님, 저도 가르쳐 주세요. 나중에 매 소저에게 해 주게요."

딱!

곽철이 팔용의 머리통을 두드리며 버럭 소리를 질렀다.

"이놈아! 인간이라면 이런 상황에서는 분노를 해야 하는 것이다."

그러자 뒤에 서 있던 비영이 다시 달려가기 시작했다.

"너나 분노 많이 해라. 우린 간다."

서린이 혀를 쏙 내밀고는 비영의 뒤를 따라 뛰었다. 팔용 역시 더 이상 비를 맞기 싫었는지 슬그머니 그 뒤를 따라 뛰었고 그 뒤를 기풍한과 이현이 달렸다.

그렇게 모두들 달려가자 곽철이 목청이 터져라 소리쳤다.

"이 개인주의자들! 강호에 의리가 다 사라졌구나! 화 선배가 너희들에게 어떻게 해줬는데… 아, 선배님, 제가……."

화노를 향해 돌아서던 곽철의 눈이 순간 가늘어졌다.

어느 틈에 화노는 자신이 들고 있던 연잎으로 비를 피하고 있었던 것이다.

곽철이 손가락으로 슬그머니 연잎을 가리켰다.

"그거 제 것 같은데요."

"그래서? 달라고?"

"…네."

"콜록콜록."

"…주세요."

연잎을 다시 내미는 화노의 손이 부들부들 떨렸다.

"강호에 의리가 다 사라졌다며?"

쉽게 놓아주지 않으려는 연잎을 곽철이 당기며 말했다.

"그런 마당에 양심까지 사라지면 안 되죠. 남의 물건을 몰래 쓰는 건 범죄라구요."

곽철의 뻔뻔한 말에 화노는 기가 찼다.

"내가 지금까지 네놈 입에 털어 넣어준 약이 얼마나 되는지 기억나냐?"

"공사 구분을 하셔야죠."

결국 연잎은 화노의 손을 떠났고 곽철이 얄미운 표정을 지으며 그것을 머리에 얹었다.

"헤헤헤."

그 꼴을 보다 못한 화노가 결국 주먹을 휘둘렀다.

"에라이, 이놈아!"

휘익!

잽싸게 화노의 주먹을 피한 곽철이 저 멀리 달려가는 일행의 뒤를 따라 달렸다.

"어서 뛰어요. 감기까지 든 주제에."

"망할 놈!"

그렇게 그들이 달려간 곳은 작은 민가였다.

먼저 도착했던 팔용이 비영을 돌아보며 말했다.

"약속한 곳이 이곳 맞지?"

비영이 가볍게 고개를 끄덕였다.

그곳이 바로 통이문주와 접선을 하기로 한 곳이었는데 듣기로 통이문도의 집이라고 했다. 이틀 전, 통이문주가 급히 그들에게 연락을 해온 것이다.

탕탕!

팔용이 문이 부서져라 두드렸다.

잠시 후, 대문이 열리고 노인 하나가 고개를 내밀었다.

"뉘시우?"

"비를 좀 피할까 합니다."

노인이 스윽 일행을 훑어보았다.

"들어오슈."

겉으로 봐서는 그 누구도 강호의 최고 정보를 다루는 통이문도라고 생각할 수 없을 평범한 노인이었다. 통이문의 무서움은 바로 여기에 있었다.

"근데 쉴 방이 하나뿐인데 어쩌누……."

그러자 기풍한이 미소를 지으며 말했다.

"괜찮습니다. 잠시 비만 피하면 됩니다."

다시 기풍한이 화노를 돌아보며 말했다.

"우선 선배님은 방으로 들어가셔서 좀 쉬시지요."

"일없네."

화노가 짐짓 삐친 척하자 서린과 이현이 양쪽에서 화노를 잡아끌었다.

화노가 못 이기는 척 방으로 들어갔다.

나머지 사람들은 마루에 쭉 늘어져 앉았다.

재소집된 이후 지난 오 일간 쉬지 않고 낙양을 향해 내달렸던 그들이었다.

일단 기풍한은 맹주를 만나야 한다고 생각했다.

반마공은 묵룡천가의 무공이었고 그런 무공을 익힌 소천룡을 생각해 볼 때 맹주는 분명 그들과 큰 연관이 있을 것이기에.

기풍한은 지금까지의 상황을 정확히 이해하고 있었다.

그러나 단 하나.

맹주가 가짜란 사실까지는 짐작하지 못하고 있었다.

어쨌든 큰 고비를 맞았던 질풍조였지만 그들은 평소처럼 행동하고 있었다.

기풍한은 강호의 일이 급하게 서두른다고 이루어지는 것은 그 어떤 것도 없다는 것을 잘 알고 있었다.

물이 흐르듯, 순리를 따라가는 것이 기풍한의 생각이었다.

잠시 후 화노에게 이부자리를 펴주고 서린과 이현이 밖으로 나왔다.

"방이 차네요."

이현의 말에 노인이 고개를 내저으며 말했다.

"이를 어쩌나, 장작이 다 젖어버려서."

그러자 기풍한이 앞으로 나섰다.

"장작이 어디에 있습니까?"

그러자 노인이 조금 의외란 표정을 지었다. 노인은 비록 무공의 고수는 아니었지만 오랜 통이문 생활로 산전수전 다 겪은 그였다.

분명 눈앞의 젊은이가 젖은 장작이라도 찾으려는 이유는 열양지기(熱

陽之氣)로 그것을 말리려 한다는 것을 짐작했다.

그러나 열양지기로 나무를 말리는 것은 쉬운 일이 아니었다. 오히려 나무를 불태우는 것은 그보다 쉬웠다. 극도로 섬세하게 내력을 조절할 수 있을 때만이 나무를 말릴 수 있는 것이다.

"뒤쪽으로 가보게."

기풍한이 뒤채로 걸어갔다. 이현이 조금이라도 도울 일이 있을까 하여 그 뒤를 따라갔다.

그 모습을 보던 팔용이 미소를 지으며 말했다.

"좋아 보이네. 그렇지?"

곽철 역시 미소를 지으며 물었다.

"부럽냐?"

"당연히 부럽지. 넌 안 부럽냐?"

그러자 곽철이 힐끔 서린을 쳐다보았다.

서린은 한옆에서 멍하니 비가 내리는 하늘을 올려다보고 있었다. 빗물을 닦지 못해 그녀의 머리카락에서 물이 뚝뚝 떨어지고 있었다.

곽철이 품에서 한 장의 손수건을 꺼냈다. 악착같이 연잎을 고수한 까닭에 손수건은 뽀송뽀송 젖지 않은 상태였다.

곽철이 서린에게 다가갔다.

"자, 머리 이리 내봐."

서린이 뭔 일인가 놀란 사이 곽철이 그녀의 머리를 수건으로 닦아주기 시작했다.

비영과 팔용이 보고 있었기에 서린은 부끄러워 두 볼이 붉어졌다.

고개를 폭 숙인 서린의 머리카락을 곽철이 정성껏 닦아주었다.

"바보. 머리를 잘 말리지 않으면 감기 든단 말이다. 여자가 칠칠치 못하게 말야."

고개를 숙였기에 서린은 곽철의 말을 듣지 못하고 있었다.

그렇게 곽철이 서린의 머리카락을 말려주고 돌아섰다.

"헉!"

돌아서던 곽철이 깜짝 놀라 뒤로 물러섰다.

팔용이 자신의 얼굴에 바짝 민대머리를 내밀고 있었던 것이다.

"나도, 철아!"

딱!

이번에는 누가 봐도 맞을 짓을 자초한 팔용이었다.

네 사람은 그렇게 말없이 하염없이 내리는 비를 바라보았다.

"이번 일 끝나면 어떻게 될까?"

팔용의 말에 모두들 아무 말도 하지 않았다.

대답이 없었지만 팔용은 계속 말을 이어갔다.

"후임자들은 준비됐을라나? 뭐, 선배들이 알아서 하겠지만. 난 이일 그만두면 어디 물 좋은 곳에 객잔이나 하나 열까 싶다."

그러자 곽철이 피식 웃으며 말했다.

"동업할까?"

"동업?"

곽철의 얼굴은 꽤 진지해 보였고 농담 삼아 이야기하는 것은 아닌 듯 보였다.

곽철이 한번쯤 생각을 해놓았다는 듯 자신의 계획을 설명했다.

"일층은 객잔, 이층은 객실, 삼층은 도박장, 사층은 기루. 어때?"

잠시 그 모습을 상상해 보던 팔용이 행복한 미소를 지었다.

"그야말로 꿈의 공간이군."

"객잔은 네가 맡고 이층 객실 관리는 린이가 하고 도박장은 당연히 내가, 그리고 기루는 영이가 운영하면 되지. 거의 완벽하지 않냐?"

"멋지다."

팔용이 그 계획에 감탄의 빛을 드러냈다.

"왜 내가 기루 따위를 맡아야 하지?"

비영의 눈꼬리가 가늘어지자 곽철이 기회다 싶어 오랜만에 비영을 놀리기 시작했다.

"생각을 해봐. 내가 기루를 맡아봐. 모든 기녀들이 내게 사랑에 빠질 테고, 그럼 어디 장사가 되겠어? 팔용이 놈이 맡으면 기녀들이 사랑에 빠질 일은 절대, 결단코 없겠지만, 일층 객잔에서 술 처마시느라 기루는 돌보지도 않겠지. 그렇다고 린이를 시키겠어? 하지만 네가 한다고 생각해 봐. 기녀들이 사랑할 일 없지, 술 마신다고 자리 비울 일도 없지, 게다가 네 인상에 파락호들 꼬일 일 없지……."

스르릉.

"아, 농담이야. 진정해."

비영의 검이 빠져나오는 소리에 곽철이 슬그머니 꼬리를 내리는가 싶더니.

"아, 좋아, 좋은 생각이 났다. 기루는 아까 그 닭살 연인에게 맡기고, 대신 건물을 오층짜리로 짓고 거기서… 넌."

곽철이 잠시 말을 아꼈다. 분명 이제 곧 날아들 비영의 검을 피하기 위해 숨을 고르는 것이리라.

"살인 청부를 받는 거야. 적성에도 딱이지. 대신 못된 놈들만 죽이는 정의로운 청부업자가 돼서……."

쉭.

비영의 검이 곽철이 앉아 있던 곳을 가로질러 지나갔다.

이미 곽철은 마당 쪽으로 몸을 날린 후였다. 비영이 뛰어 따라 내렸다.

비영의 검을 피해 곽철이 춤을 추듯 몸을 움직였다.

비를 맞으며 마당을 뛰어다니는 두 사람을 서린과 팔용이 웃으면서 지켜보았다.

오랜만에 모두 모인 그들은 기쁜 것이다. 곽철은 오랜만에 비영의 검을 피해 뛰어다니고 싶었던 것이다.

모두들 알고 있었다. 질풍조의 규칙상 모두 함께 지낼 수 없으리란 것을.

그러나 아무도 그에 대해 말하지 않고 있었다.

그때였다.

저 멀리 통이문의 무인 하나가 달려오고 있었다.

짧은 재회의 축제는 그의 출현으로 끝이 났다.

비에 흠뻑 젖은 그가 황급히 말했다.

"예전에 알아봐 달라고 하신 자를 찾아냈습니다."

빗줄기 속으로 사내의 목소리가 이어졌다.

"그는 바로 중경에 있습니다."

열흘 후 중경.

닭털이 이리저리 날리며 피가 튀고 있는 그곳은 중경 변두리의 한 투계장(鬪鷄場)이었다.

닭싸움이 한창인 철망 주위의 구경꾼들은 함성을 내지르며 열광하고 있었는데 그야말로 다양한 종류의 사람들이었다.

한 달 내내 뼈 빠지게 일해서 번 품삯을 모두 들고 나선 공사장의 인부들부터 저잣거리에서 작은 가게를 운영하는 중년의 장사치, 오늘 하루도 무사히 목숨을 지켜낸 떠돌이 삼류무인들, 뒷골목에서 돈을 뜯던 파락호들, 구경꾼들 사이를 헤집고 다니며 돈을 거둬들이는 투계장 소속의 심부름꾼들까지 다양한 이들이 함께 하고 있었다.

"와아아!"

날개를 퍼덕이며 생사의 혈투를 벌이는 닭들을 보며 그들은 그렇게 열광하고 있었다.

그리고… 열기 가득한 그곳의 지하.

진짜 싸움은 그 아래서 벌어지고 있었다.

어둑한 복도를 걸어가는 사내의 발걸음이 예사롭지 않았다.

사내의 눈빛에서 흘러나오는 투기(鬪氣)가 이마에서 눈을 거쳐 왼쪽 뺨까지 가로지르는 기다란 검상과 어울려 섬뜩한 기운을 내뿜고 있었다.

무인에게 있어 상처란 살아남은 자의 훈장과도 같은 명예.

과연 사내의 그 검상은 '저러한 무시무시한 상처를 입고도 살아남은' 그 어떤 불멸의 힘을 보여주기에 충분했다.

똑똑똑.

천장에서 떨어지는 물방울 소리가 또렷이 들려오는 어둡고 습한 긴 복도는 마치 지하의 비밀 통로처럼 더럽고 음침했다.

한 자루의 기형도를 허리에 단단히 둘러찬 사내 뒤로 검은 무복을 입은 단단한 근육질의 무인 둘이 묵묵히 뒤따르고 있었는데 그 무인을 호위하는 것인지 감시하는 것인지 쉽게 구별이 가지 않는 무표정한 얼굴들이었다.

사내가 복도 끝에 다다르자 작은 철문이 서서히 열리기 시작했다.

문 사이로 눈을 감아야 할 정도로 밝은 빛이 쏟아져 들어왔다.

그리고 폭발하듯 터져 나오는 함성 소리.

"와아아아!"

무인이 들어선 곳은 오십여 평 남짓한 작은 비무장이었다.

사방을 막은 철망 뒤로 백여 명의 구경꾼들이 함성을 내지르고 있었다.

위층의 투계장의 구경꾼들에 비해 그들은 사뭇 달랐다.

뜨내기 무인들이나 하루 벌어 하루 사는 이들의 모습은 찾아볼 수 없었다. 모두 중경에서 제법 기반을 잡은 상인들과 관청의 관리, 그리고 과거 제법 이름을 날렸던 은퇴한 무인들이 대부분이었다.

비무장의 중앙에는 백발이 성성한 노인 하나가 서 있었다.

노인이 손을 들자 장내의 소란스러움이 잦아들었다.

노인이 내력이 담긴 나지막한 소리로 장내의 시선을 끌어들이기 시작했다.

"최고의 승부사이자……."

노인의 말이 들려오자 장내는 숨을 죽이기 시작했다.

"생사투의 절대자!"

비록 모두들 숨을 죽였지만 그 침묵의 열기는 더욱 강렬하게 타오르기 시작했다.

"구전 구승 무패~"

무패란 말을 하는 노인의 말소리가 길게 끌렸다.

"야혼(夜魂)!"

노인의 목소리는 이내 장내의 함성에 묻혀 버렸다.

"와아아아!"

"야혼! 야혼! 야혼!"

군중들이 야혼을 연호하며 소리를 질러대기 시작했다.

승부사를 향한 감탄이자 숭배였다.

그들의 환호에 손을 들어 답한 이는 바로 복도를 걸어 들어온 사내였다.

사내의 이름은 야혼.

앞서 노인의 거창한 설명처럼 이곳 지하 비무장의 신성(新星)이 바로 그였다.

야혼이 가볍게 손을 흔들어 그들의 환호에 답하자 함성 소리는 더욱 커졌다.

야혼이 원형비무장의 한구석으로 걸어갔다.

그곳은 관중들 사이로 따로 마련된 귀빈석 쪽이었는데 세 사람이 앉아 있었다. 그들 주위에는 앞서 야혼의 뒤를 따라왔던 흑의무인들과 같은 복장을 한 십여 명의 무인들이 철통같이 그 주변을 지키고 있었다.

야혼이 정중하게 그들에게 인사를 건넸다.

우선 야혼을 향해 담담한 미소를 지어준 중년인이 가장 눈에 띄었다.

수수한 장삼 차림의 중년인은 언뜻 글방 서생으로 착각이 들 만한 온화한 얼굴의 소유자였는데 그가 바로 이곳 지하 비무장을 운영하는 정철령(鄭鐵嶺)이었다.

그의 겉모습에 속아 면전에서 수작을 부리다 사지가 생이별한 사람이 한둘이 아니란 소문이 자자한 냉혈철심이 바로 그였다.

지하비무(地下比武).

천룡맹에서 불법으로 지정한 불법 비무였는데 강호인들은 그것을 지하비무, 혹은 생사투(生死鬪)라 불렀다.

강호인들 사이의 비무를 어찌 불법이라 할 수 있을까마는 천룡맹에서 단속을 늦추지 않는 데는 다 이유가 있었다.

바로 그 비무가 돈을 걸고 하는 도박이었기 때문이다.

아무리 단속해도 없어지지 않는 것이 비무 도박이었다. 짜릿한 비무를 코앞에서 감상하는 쾌감과 더불어 돈까지 벌 수 있다면 어찌 그 흥분과 중독을 떨쳐 낼 수 있을까?

강호에 하루에도 수없는 비무들이 있다지만 그것을 구경할 기회는 흔치 않았다. 게다가 그 무서운 강호인들의 싸움을 안전하게 구경할 수 있다는 장점까지 더해져 결국 일반 도박장보다 더 중독성이 심한 것이 바로 이 비무 도박이었던 것이다.

이러한 지하 비무장이 강호 곳곳에 존재했는데 중경의 지하비무를 열고 있는 이가 바로 정철령인 것이다.

비무에 초대되고 돈을 거는 손님들은 주최 측에 의해 선별된 이들로 철저히 관리되었는데, 그들은 결코 이 비무에 대해 입을 열어서는 안 되었다. 만약 그것을 어길 시에는 죽음이라는 최악의 보복이 뒤따랐다.

"과연 늠름한 모습이오. 하하하."

야혼의 모습을 보며 호탕한 웃음을 짓는 이는 정철령의 양옆에 앉은 두 사람 중 좌측의 임광(林廣)이었다.

중경의 손꼽히는 거부이자 대상인으로 전형적인 장사꾼이 바로 그였다.

몇 달 전, 우연히 맛을 들인 비무 도박에 완전 중독되다시피 한 그는 이곳 비무장의 가장 큰 물주 중 하나였다.

주렁주렁 매단 장신구들이 그의 사치스러움과 속물 기질을 짐작케 했지만 정철령에게 있어 그는 없어서는 안 될 소중한 물주였다.

그는 오늘 매우 기분이 좋아 보였는데 그것은 정철령의 우측에 앉은 또 다른 물주 박녕(朴寧)과는 매우 대조적이었다.

임광 못지않은 화려한 복장이 그 역시 상당한 재력가란 것을 한눈에 알 수 있게 해주었는데 오늘따라 그의 표정은 밝지 않았다.

임광과 박녕.

두 사람이 바로 이곳 지하 비무장의 가장 큰 두 물주이자, 정철령에게 큰돈을 벌게 해준 호박 덩어리였는데 그 이면에는 두 사람의 자존심 다툼 때문이었다.

두 사람 모두 중경 지역을 대표하는 상인이었는데 부모 세대부터 경쟁을 해온 관계였다.

정철령은 두 사람을 끌어들이는 데 성공함으로 큰 이득을 얻을 수 있었다.

오늘 야혼의 물주가 바로 임광이었다.

처음 야혼에게 임광이 돈을 걸었을 때는 야혼이 이제 막 이승을 거뒀을 때였다.

얄미운 임광의 콧대를 누르기 위해 박녕은 자연 상대 무인에게 돈을 걸었다.

두 사람의 자존심 대결은 야혼이 승리하면서 임광에게 돌아갔다.

다음 비무에도 박녕은 임광이 선택한 야혼의 반대쪽 무인에게 돈을 걸었다.

그리고 이어지는 야혼의 승리.

악착같이 박녕은 임광의 반대쪽 무인에게 돈을 걸었는데, 벌써 일곱 차례나 패배를 맞은 것이다.

오늘이 바로 그 여덟 번째 대결이었다.

그간 잃은 돈도 돈이었지만 무너진 자존심은 이루 말할 수 없었다.

"이번에도 큰돈을 들여 무인을 사 왔다고 들었소. 흐흐."

임광의 조롱 섞인 말에 박녕이 코웃음을 쳤다.

"흥! 이번만큼은 전과는 다를 것이외다."

"하하, 두고 보면 알겠지요."

보통 지하 비무장의 무인들은 낭인들이었다.

지하비무에서 승리하면 강호의 그 어떤 일을 해서 받는 돈보다 더욱 큰돈을 받을 수 있었다.

그러나 비무 도중 죽게 되는 일이 허다한 지하비무인만큼 죽음을 담보로 한 돈이었다.

보통 지하 비무장을 운영하는 정철령 측에서 무인을 구해 시합에 내보내지만 오늘의 대결은 특별히 박녕이 구해온 무인이 선발된 것이다.

정철령이 장내의 노인에게 신호를 보내자 노인이 다시 손을 들어 장내를 환기시켰다.

노인이 야혼이 나온 반대쪽 입구를 바라보며 소리쳤다.

"오늘의 도전자는……!"

철컹!

문이 열리며 또 다른 무인이 등장했다.

치렁치렁한 머리카락을 늘어뜨린 무인이었는데 두 자루의 검을 교차해서 등에 둘러멘 한눈에 봐도 범상치 않은 기도였다.

그때 그를 알아본 구경꾼 중에 누군가 외쳤다.

"오! 요살검(妖殺劍) 능충(凌沖)이다!"

요살검.

그는 하북의 고수로 특이하게도 쌍검을 사용했다.

그 수법이 괴이하고 특출나 강호인들은 그를 요살검이라 불렀다.

상대가 요살검임을 알아본 임광의 표정이 조금 굳어졌다. 비록 상인이었지만 강호 일에 관심이 많은 그는 요살검의 명성을 익히 들어봤던 것이다.

박녕이 거액의 돈을 들여 특별히 무인을 사 왔다는 소문을 들었는데 설마 그 상대가 악명 높은 요살검일 줄은 상상하지 못했던 것이다.

상대가 요살검임을 알아본 야혼의 표정 역시 굳어졌지만 그렇다고 겁을 먹은 표정은 전혀 아니었다.

"와와와!"

"우우우!"

함성과 야유가 동시에 쏟아졌다.

관중들의 심리는 참으로 상반된 것이었다. 절대자의 연승을 기대하는 마음만큼이나 새로운 승자가 탄생되길 바라는 마음도 함께 있었다. 더구나 근래 연승으로 흥미도가 사뭇 떨어진 그들이었다. 야혼이 구연승을 기록하자 대부분의 도박꾼들은 안전한 야혼 쪽에 돈을 걸었다. 물론 도박의 속성이 어디 변하랴, 상대적으로 배당금이 큰 상대 무인에게 돈을 거는 이들도 있었지만 언제나 승리는 야혼의 것이었다.

상대가 요살검임을 확인한 관중들이 술렁대기 시작했다.

몇몇 사람들은 뒤늦게 요살검에게 돈을 걸기 시작했다. 판돈은 경기 시작 전까지 얼마든지 걸 수 있었기에 관중들 사이를 뛰어다니는 심부름꾼들의 발걸음이 바빠졌다.

상대도 확인하지 않고 야혼에게 미리 돈을 걸었던 이들이 동요하기 시작했다.

이윽고 노인이 손을 번쩍 치켜들었다. 그것이 무엇을 표하는지 모두들 잘 알았기에 시끄럽던 장내가 일순간 조용해졌다.

"개전(開戰)!"

노인이 크게 외치며 물러섰다. 그와 동시에 다시 함성이 터져 나왔고 두 무인이 한 발 앞으로 나섰다.

서로에 대한 인사는 시원스럽게 검을 뽑아 드는 동작으로 대신했다.

숨죽인 적막 속에 두 무인은 서로를 노려보며 조심스럽게 원형비무장의 담을 따라 돌기 시작했다.

두 사람의 실력을 견줘볼 때, 승부는 생각 외로 빨리 결정될 수 있었기에 관객들은 단 한 동작이라도 놓칠세라 눈을 깜빡일 여유조차 아까워했다.

물론 가장 긴장하며 그 대결을 지켜보는 사람은 박녕과 임광이었다.

특히 거액을 들여 능충을 데려온 박녕은 더욱 애가 타는 듯한 표정이었다. 하긴 능충이 진다면 그를 고용한 값과 더불어 이번 판에 걸린 돈까지 거진 오만 냥이라는 거금을 한순간에 날릴 수 있는 상황이었으니 그럴 수밖에 없었다.

"하압!"

우렁찬 기합과 함께 먼저 몸을 날린 것은 능충이었다.

능충의 쌍검이 허공을 교차하며 검기를 일으켰다.

쉬이익.

동시에 야혼이 몸을 비틀어 날리며 검기를 피했다.

쩌렁.

야혼을 스쳐 지나간 검기가 한쪽 벽을 깊게 파내며 갈랐다. 그 뒤에 있던 관객들이 비명을 지르며 뒤로 물러섰지만 그것도 잠시 한 초식이라도 놓칠세라 더욱 바싹 비무장으로 달라붙는 그들이었다.

"와아아아!"

옆 사람의 소리조차 들리지 않을 큰 함성이 터져 나왔다. 지금까지의 비무에서 검기를 구경한 적이 한 번도 없었기에 관중들은 흥분에 휩싸였다.

혹 빗나간 검기에 자신들의 목숨을 잃을 수도 있다는 위기감은 오히려 모두의 흥분을 더욱 증폭시키고 있었다.

함성 속에서 능충의 공격은 계속 이어지고 있었다.

휘리릭.

담장을 박차며 공중제비로 날아오른 야혼의 머리 아래로 검기가 스쳐 지나갔다.

"아아아!"

보는 이들의 심장이 덜컥 내려앉는 순간이었고 듣는 이들의 마음을 서늘하게 만드는 바람 소리가 쉬지 않고 이어졌다.

허공에 수십 가닥의 검선이 이어졌고 야혼의 아슬아슬한 보법이 그 속에서 춤을 추듯 이어지고 있었다.

단 한순간의 실수도 용납되지 않는 상황이었다.

박녕의 입가에 미소가 감돌기 시작했고 그에 반해 임광은 매우 초조한 기척을 감추지 못하고 있었다.

무공을 모르는 이가 보아도 분명 능충이 유리한 상황이었다.

그러던 순간.

바닥을 뒹굴며 능충의 검을 피하던 야혼이 왼손으로 바닥을 치며 용수철처럼 튕겨 올랐다.

쉬이익.

그 빛처럼 빠른 기습에 능충이 쌍검을 교차하며 가슴을 보호했다.

따앙!

능충의 검 하나가 그의 손을 벗어나 날아갔다.

'젠장!'

능충의 표정이 일그러졌다.

방금 전 일격을 막아내기 위해 검 하나를 포기할 수밖에 없었던 것이다.

쉬이익!

이어지는 야혼의 반격.

언제 내가 밀렸냐는 듯 거칠게 능충을 몰아가기 시작했다.

"안 돼!"

박녕이 자리에서 벌떡 일어나며 소리쳤다.

순간 두 무인이 교차해 지나쳤다.

미동도 하지 않는 두 사람을 모두들 숨을 죽이고 지켜보았다.

능충의 굳어진 몸이 그대로 쓰러졌다.

쿠— 웅—

바닥에 쓰러진 능충이 경련을 일으키다가 이내 그 떨림을 멈추었다.

잠시 숨 막히는 침묵이 흐르던 장내에 다시 함성 소리가 터져 나왔다.

"와아아아아!"

다시 야혼이 승리한 것이다.

가쁜 숨을 몰아쉬며 야혼이 관객들을 향해 손을 번쩍 치켜들었다.

승자를 향한 함성 속에서 박녕의 표정이 무참하게 일그러져 있었다.

"멍청한 놈!"

이미 싸늘한 시체가 되어버린 능충을 향한 덧없는 분노였다.

"하하, 무공에 대해 좀 더 안목을 기르셔야겠습니다."

박녕에게 있어 돈을 잃은 것보다 더욱 화가 나는 것이 바로 저 임광의 이죽거림이었다.

박녕이 무시무시한 눈빛으로 임광을 쏘아보았다.

두 사람 사이의 서늘한 분위기를 무마하려는 듯 정철령이 자리에서 일어났다.

"자, 가시죠. 두 분을 위해 조촐한 자리를 마련해 두었습니다."

"하하하. 좋지요. 갑시다. 오늘은 본인이 크게 한턱내겠습니다."

임광은 매우 기분이 좋아 보였다.

물론 큰돈을 잃은 박녕의 얼굴은 구겨진 종이마냥 일그러져 있었는데 그의 기분을 상하게 한 것은 돈을 잃어서만은 아니었다.

임광 놈의 콧대를 이번에는 눌러볼까 큰돈을 들여 데려온 무인이었음에도 지게 되자 자존심이 크게 상한 것이다.

술 마실 기분이 전혀 아니었지만 그렇다고 정철령의 청을 거절할 수는 없었다.

상대는 강호인, 그것도 불법 비무장을 운영하는 위험한 강호인이 아닌가?

그런 자들의 비위가 틀어지기 시작하면 얼마나 그 뒷수습이 어려운지 익히 잘 아는 그였기에 자신의 속상함을 감추고 묵묵히 따라나섰다.

그러는 사이 군웅들 역시 자리를 뜨기 시작했다.

그들이 몇 개의 통로로 분산되어 나간 곳은 바로 위층의 투계장이었다.

투계장의 손님인 듯 잠시 그 경기를 지켜보다 하나둘씩 투계장을 나서는 것이다. 투계장을 통한 도박은 비록 기본적으로는 불법이었으나 천룡맹이나 관부에서 대체로 묵인을 해주는 추세였다. 따라서 그들은 안심하고 지하비무를 즐길 수 있었던 것이다.

정철령을 비롯해 임광과 박녕이 가장 늦게 밖으로 나왔다.

그때 무인 하나가 조심스럽게 정철령에게 다가왔는데 정철령의 오른팔로 알려진 무숙이었다.

무숙이 보고할 일이 있다는 표정을 짓자 정철령이 임광과 박녕을 향해 흰 이를 드러내며 좋게 말했다.

"허허, 먼저 가서 한잔하고 계시지요. 이 아이들이 안내를 할 겁니다."

무인 둘이 앞장서 걸어갔고 임광과 박녕이 그 뒤를 따랐다.

두 사람이 저 멀리 사라지자 무숙이 공손히 하나의 밀서를 내밀었다.

"련주님의 긴급 전갈입니다."

"련주님께서?"

정철령이 서둘러 밀서를 펼쳐 읽었다.

밀서를 다 읽은 정철령이 다시 무인에게 말했다.

"때가 되었네."

정철령의 단호한 말에 무숙이 일순간 놀라고 감격스런 표정을 지었다.

"아! 드디어."

정철령이 내력을 끌어올려 손 안의 밀서를 가루로 만들며 물었다.

"감숙삼흉은 어떻게 되었나?"

그 물음에 무숙은 조금 면목없는 얼굴이 되었다.

"그들이 돈을 더 요구했습니다."

"쓰레기 같은 놈들! 얼마나 더 요구했느냐?"

"십만 냥입니다. 어떻게 알았는지 기련쌍랑이 받은 액수를 알아낸 듯 보입니다."

정철령의 인상이 일그러졌다.

무숙이 조심스럽게 말했다.

"더러운 놈들이지만… 그래도 이번 일에는 그들이 적격입니다."

정철령이 어쩔 수 없다는 표정을 지으며 이를 바득 갈았다.

"할 수 없지. 원하는 대로 지불해라."

"알겠습니다."

정철령이 임광과 박녕이 사라진 쪽으로 바라보며 나지막이 말했다.

"이제 슬슬 마무리를 지을 때가 됐군."

중경의 이름난 두 거부의 방문에 요화루의 기녀들은 비상이 걸렸다.

요화루의 가장 아름다운 기녀들이 총동원되었고 일반 손님들은 아예 받기를 중단했다.

그들의 씀씀이가 보통이 아니란 것을 잘 알았기에 그것은 결코 손해보는 장사가 아니었다.

요화루의 가장 값비싼 요리들이 모두 등장했고 수십 명의 기녀들이 단 두 사람의 주변을 가득 메웠다.

"호호호~"

기녀들의 웃음소리와 금과 현을 연주하는 음악 소리가 어울려 요화루는 완전 축제 분위기였다.

그 흥겨운 분위기 속에서 유독 인상을 구기고 있는 이가 있었으니 그는 물론 박녕이었다.

그의 기분을 풀어주려는 듯 임광이 그에게 술을 권했다.

"자, 지난 일은 훌훌 털고 한잔하시지요."

오히려 그런 말이 더욱 화를 돋운다는 것을 두 사람 모두 알고 있었다.

박녕이 술을 받아 단숨에 마셨다.

"하하. 과연 화통하십니다."

임광이 짐짓 감탄했다는 표정을 지으며 다시 술을 따라주고는 기녀들의 품에 파묻히듯 안겼다.

박녕이 꼴도 보기 싫다는 듯 고개를 홱 돌려 버렸다.

그리고 열려진 창문을 바라보며 한숨을 내쉬었다.

열려진 창문으로 길 건너 객잔의 모습이 들어왔다.

젊은 청년 하나가 이층 창가에 매달리듯 고개를 내밀고 지나가는 여인들에게 휘파람을 불며 수작을 걸고 있는 모습이 보였다. 기분이 나쁘다 보니 그 모습도 짜증스럽기만 했다.

귓가로 어렴풋이 사내의 수작 거는 소리를 들으며 박녕이 다시 술을 마셨다. 취하지 않으면 견딜 수 없을 것 같았다.

한편 건너편 객잔의 이층 창문에 고개를 내민 젊은 사내의 수작은 계속되었다.

"어이, 거기 아름다운 낭자들, 가볍게 차 한 잔 어때? 찐하게 한잔해도 좋구."

길을 지나가던 여인 둘이 발걸음을 멈추고 소리가 난 쪽을 올려다보았다.

이런 수작을 걸기에는 너무나 준수한 외모의 청년이 미소를 짓고 있었다. 콧방귀를 뀌고 지나가려던 여인들이 서로를 마주 보며 깔깔거렸다.

"올라와, 나 나쁜 사람 아냐! 이렇게 잘생긴 악당 봤어?"

그 말이 재밌다는 듯 여인들이 다시 입을 가리며 웃었다.

그때 사내가 고개를 내밀고 있던 창가로 다른 누군가가 고개를 내밀었다.

민대머리의 우락부락한 외모의 사내였다.

"흐흐. 우리 나쁜 사람 아니오! 올라오시오."

"꺄아아악!"

그의 등장에 여인들이 마치 녹림이라도 만난 듯 비명을 질렀다.

그리고는 기겁을 하며 달아나기 시작했다.

저 멀리 뛰어 달아나는 여인들을 보며 처음의 사내가 인상을 찡그렸다.

"이게 뭐 하자는 행패냐?"

그러자 민대머리 사내가 머리를 긁적였다.

"난 도와주려고 그랬지."

딱!

사정없이 꿀밤을 날리는 사내는 바로 곽철이었다.

물론 두들겨 맞은 민대머리 사내는 팔용이었다.

"그 얼굴로 나쁜 사람 아니라면 믿겠어? 엉?"

"내, 내 얼굴이 어때서!"

그때 다시 팔용 옆으로 누군가 다가왔다. 탁자에 앉아 있던 서린이었는데 탁자에는 기풍한을 비롯해 이현과 화노, 비영이 자리에 앉아 술과 차를 마시고 있었다.

서린이 인상을 찡그리며 곽철을 노려보았다.

그 눈빛이 무엇을 말하는지 알았기에 곽철이 입을 삐죽 내밀었다.

"과잉 보호는 좋지 않아. 현실을 직시할 수 있는 지혜를 줘야지… 아얏!"

서린이 곽철의 양 볼을 잡아당기며 이리저리 볼 살을 늘어뜨렸다.

곽철의 얼굴이 이내 우스꽝스럽게 변했다.

다시 서린이 수화로 이야기를 시작했다.

곽철이 못마땅한 얼굴로 그것을 해석했다.

"사람의 외모는 중요한 것이 아니라구? 고작 뼈와 피부의 위치에 따른 작은 차이일 뿐이라구? 그래, 중요한 건 마음이라고 할 줄 알았다. 근데……."

곽철이 고개를 가로저으며 동시에 손가락을 좌우로 까닥거렸다.

"린아, 나한테나 이렇게 말하지 어디 가선 하지 마라. 너처럼 예쁜 여자가 이런 이야기를 하면 오히려 듣는 사람 짜증난다구."

서린이 다시 고개를 가로저으며 자신의 뜻을 전하기 시작했다.

"그런 건 중요하지 않다고? 강호의 인식이 틀린 거라구? 좋아, 그럼 하나 물어보자."

서린이 양 허리에 손을 올리고 얼마든지 물어보라는 자세를 지었다.

"나와 아주 흉악하게 생긴 이가 있다고 쳐. 아, 마침 여기 좋은 예가 있네."

다시 곽철이 팔용을 자신의 옆으로 잡아당겼다.

팔용이 실험용 인형처럼 무기력하게 끌려와 울상을 지으며 소리쳤다.

"흑흑. 매 소저. 어디에 계세요! 보고 싶어요!"

"시끄러! 자, 여자들 앞에 용이랑 나를 세워놓고 누구 택할래라고 묻는다 치자. 여자들은 말야, 말은 잘하지. 마음이 최고라는 둥, 외모는 삼 년, 마음은 삼십 년이라는 둥… 하지만 말야, 결정적으로 그게 자신의 선택이 되면 완전 달라지지. 날 선택하는 데 딱딱딱! 손가락 세 번 튕길 시간도 안 걸릴걸. 그게 바로 이상과 현실의 괴리라는 거지."

그러자 서린이 성큼성큼 다가가 팔용을 잡아당겼다.

팔용의 팔짱을 낀 서린이 당당하게 곽철을 바라보았다.

곽철을 바라보는 서린의 눈빛은 분명 화가 난 듯 보였지만 분노를 담기에는 그 눈빛이 너무나 맑았다.

"흥! 시대에 뒤떨어지게 착한여자강박증을 고수해 보시겠다? 둘이 잘살아봐!"

공연히 삐친 척 곽철이 창가 쪽으로 몸을 돌렸다.

곧이어 곽철의 속삭임과 같은 중얼거림이 들려왔다. 그의 입 모양을 보지 못하는 서린을 제외하고는 모두 들을 수 있었다.

"바보. 네게 어울리는 남자는 천하제일의 미남자에 천하제일로 똑똑하고 천하제일로 착해도… 모자라… 많이 모자라지."

왠지 쓸쓸한 그 말에 팔용이 가장 먼저 피식 웃었고 비영도 뒤따라 웃었다.

모두들 미소 짓자 서린이 무슨 일인가 눈을 동그랗게 떴다. 눈치 빠른 서린이 곽철이 무슨 이야기를 했다는 것을 알아차렸다.

서린이 곽철에게 다가가 무슨 말을 했느냐고 물으려던 순간이었다.

곽철이 서린의 어깨에 손을 두르며 살짝 어깨를 낮췄다.

"아, 온다."

두 사람이 바라보는 곳은 객잔 건너편 요화루의 정문 쪽이었는데, 두 사내가 요화루로 걸어 들어가고 있었다.

그들은 바로 뒤늦게 요화루에 도착한 정철령과 무숙이었다.

힐끔 창밖을 내다보고 얼굴을 확인한 화노가 풍운록을 펼쳐 들었다.

"정철령. 나이 오십삼 세. 신강(新疆) 출생. 무공 수위 일급고수. 내가 따로 통이문주에게 그 행적을 알아봐 달라고 부탁을 했었지."

낙양으로 향하던 질풍조가 중경으로 목적지를 바꾼 것도 바로 정철령 때문이었다.

화노가 차를 한 모금 마시며 담담하게 설명을 이었다.

"그가 이곳에 자리를 잡은 것도 벌써 이십 년. 그가 이곳 토박이인 줄 아는 이들도 꽤 될 만큼 그는 정착에 성공했네."

졸졸졸.

화노의 이야기에 귀를 기울이며 이현이 기풍한의 술잔에 술을 따라 주었다.

기풍한이 그녀에게 미소를 지으며 고맙다는 표정을 지었다.

"십여 개의 큰 상점을 소유한 지역 유지로 관부에도 큰 연줄이 이어져 있다고 알려져……."

그사이 화노의 이야기는 계속 이어졌는데 곽철은 기풍한과 이현을 훔쳐보고 있었다.

이현이 살짝 턱짓을 하며 기풍한에게 안주를 먹으라며 신호를 보냈다.

마음 같아선 먹여주고 싶었지만 차마 질풍조원들 앞에서 그렇게까지는 못하는 모양이었다.

기풍한이 말 잘 듣는 아이처럼 이현이 가리킨 안주를 한 점 집어 먹었다.

그러자 이현이 만족스런 미소를 지었다. 마치 그 모습은 '술 마실 때는 꼭 안주 챙겨 먹어요' 란 아내의 걱정과 다르지 않았다.

이현이 자신의 말을 들어줘서 고맙다는 듯 탁자 밑으로 기풍한의 손등에 자신의 손을 살짝 올려놓았다.

그녀의 행동에 기풍한은 조금 민망한 얼굴이 되었지만 그렇다고 그녀의 손을 뿌리치진 않았다.

과거 적운조장이던 그녀를 아는 사람이 봤다면 결코 믿지 못할 장면이었다.

사랑에 빠지면 눈이 멀어 주위를 돌아보지 못한다고 하지만, 그렇다고 주위 사람들까지 눈을 멀게 하지는 않는 법.

곽철이 어이없다는 표정으로 비영과 서린 쪽을 바라보았다.

비영 역시 그 모습을 보았음에도 비영은 모른 척 시선을 돌려 버렸고 서린은 미소를 지으며 모른 척하라고 신호를 보냈다.

두 사람이 소극적인 자세로 자신의 분노에 동참하지 않자, 곽철이 이번에는 팔용 쪽을 바라보았다.

두 사람의 행동을 봤는지 못 봤는지 팔용은 오리 다리를 뜯어먹으며 술을 마시느라 바빴다.

곽철이 고개를 가로저으며 이번에는 화노 쪽을 바라보았다. 화노는 여전히 앞서의 설명을 이어가던 중이었다.

"문제는 이자의 과거인데……."

"저기 화 선배님."

곽철이 말을 끊자 그제야 풍운록에서 고개를 드는 화노였다.

"왜 그러느냐?"

"선배님 말 안 듣고 애정 행각에 열중인 이들이 있는데요."

"뭐야! 이 중요한 시점에 작전에 소홀해?"

화노가 반사적으로 서린과 비영 쪽을 노려보았다.

그러다 문득 놀란 얼굴로 물었다.

"어라? 너희 둘 사귀냐? 언제부터냐? 왜 난 몰랐지? 그랴, 철이 녀석 잘 버렸다. 진작에 그랬어야 했지."

다시 곽철의 심드렁한 말이 들려왔다.

"그쪽이 아닙니다요."

화노가 이번에는 곽철과 그 옆에 앉은 팔용을 번갈아 쳐다보았다.

"설마……? 어쩌다 이렇게 되었느냐? 버림받고 이렇게 된 거야?"

"컥! 도대체 지금 무슨 생각 하는 거예요."

곽철이 펄쩍 뛰자, 팔용이 한술 더 떠 슬그머니 곽철의 품에 안기며 간드러지는 목소리를 연출했다.

"곽랑, 이렇게 된 것… 이제 다 밝히……."

딱!

사정없이 팔용의 머리통에 혹을 만든 곽철이 한쪽으로 손을 내밀었다.

"강호에 의리를 사라지게 한 주범들이 또다시 범죄를 저질렀습니다."

곽철의 손가락이 가리킨 곳은 기풍한과 이현 쪽이었다.

화노를 비롯한 모두의 시선이 두 사람에게 향했다.

기풍한과 이현은 무슨 말인지 영문을 모르겠다는 표정으로 또다시 시치미를 뚝 잡아떼기 시작했다.

딱!

이번에는 화노가 곽철의 꿀밤을 때렸다.

"이놈아! 그게 말이 되느냐? 기 조장이 너랑 같은 줄 아느냐?"

"제가 어때서요!"

"이놈아! 설마 기 조장이 평소에 말술을 마셔도 안주 한 점 안 집어 먹는 사람인데 이 조장이 먹으란다고 날름날름 안주를 집어 먹을 사람이냐? 중요한 작전회의를 하면서 탁자 밑으로 여인의 손이나 잡을 사람이냐고?"

"큭!"

그 말에 모두들 웃음을 참으며 고개를 숙였다.

화노 역시 안 보는 척하면서 다 훔쳐보고 있었던 것이다.

기풍한의 얼굴이 붉어진 채 고개를 숙였고 이현이 천장을 바라보며 딴청을 피웠다.

두 사람에게는 전혀 어울리지 않는 모습이었고 그 모습에 모두들 폭소를 터뜨렸다.

곽철이 입을 헤벌쭉 벌리며 말했다.

"헤헤. 좋을 때입니다. 아, 나도 저런 때가 있었지."

"녀석!"

딱!

결국 기풍한에게 꿀밤을 맞고 만 곽철이었다.

그 모습에 팔용이 힐끔 길 건너편 정철령을 보며 말했다.

"불쌍한 놈. 왠지 철저히 무시당하고 있군."

화노가 눈가에 장난기를 담뿍 담은 채 말했다.

"자자, 기 조장 사랑은 나중에 하시고……."

"선, 선배님!"

"손도 나중에 잡으시고."

한술 더 뜬 화노의 장난에 기풍한은 고개를 들지 못했다.

그렇게 한바탕 즐거운 분위기가 연출된 후 다시 화노의 설명이 이어졌다.

"문제는 저놈의 전직이지."

모두들 진지하게 화노의 말에 귀를 기울이기 시작했다.

"뭐 하던 놈인가요?"

팔용의 물음에 화노가 한마디로 짤막하게 대답했다.

"혈투대주(血鬪隊主)."

비영의 눈빛이 대번 서늘해졌다.

"혈투대주라면… 설마 혈사련을 말씀하시는 겁니까?"

화노가 고개를 끄덕이자 곽철이 고개를 갸웃거리며 의문을 제기했다.

"혈사련은 당시 대주급 이상 모두 체포하지 않았습니까? 그렇게 알고 있었는데."

혈사련의 체포를 담당한 것은 전대의 질풍조였다.

그래서 그들은 자세한 내막까지는 알지 못했다.

"혈사련주를 체포할 당시 유일하게 체포망을 빠져나간 인물이었지. 혈사련주는 결국 대부분의 수하 무인들을 포기했지만 유일하게 보호한 인물이기도 하지. 그만큼 혈사련주의 신임을 받고 있는 자였네."

곽철이 팔짱을 낀 채 묵묵히 건너편 창을 바라보며 말했다.

"쥐새끼 같은 놈. 이런 곳에 숨어 있었군."

이번에는 팔용이 고기를 베어 물며 의문을 제기했다.

"혈사련주가 과연 그를 찾을까요? 이미 오래전 일이지 않습니까?"

그러자 비영이 나지막이 말했다.

"이미 그를 만났었는지도 모르지."

비영의 말에 수긍한다는 듯 화노가 고개를 끄덕이며 다시 말을 이었다.

"이곳으로 오면서 통이문을 통해 몇 가지 정보를 추가로 입수했네. 그중 특이한 것이 하나 있더군."

통이문의 정보는 질풍조의 활동에 큰 도움을 주고 있었다.

"육 개월 전부터 저자가 새로 시작한 사업이 하나 있지."

"뭡니까?"

"바로 비무 도박이네."

비무 도박이란 말에 곽철의 눈빛이 반짝이기 시작했다.

그때까지 침묵하던 기풍한이 그제야 입을 열었다.

"그 말은 곧 지하 비무장을 빌미로 무인과 자금을 본격적으로 모으기 시작했다는 말이지."

비영의 눈매에 의심이 스쳐 지나갔다.

"공교롭군요. 이십 년간 조용히 지내던 자가 육 개월 전부터 움직이기 시작했다는 점은."

육 개월 전이라면 혈사련주가 혈옥을 탈옥해 무명노인과 일을 꾸미던 시기였다.

"일단 저들에게 접근한다. 혈사련주의 행적만 찾으면 자연히 무명노인의 행방을 알 수 있을 것이다."

"뭐, 간단하군요."

팔용의 말에 곽철이 창틀에 몸을 기대 밖을 바라보며 툭 내뱉었다.

"과연 그럴까?"

곽철은 맞은편 건물의 창 너머로 보이는 정철령을 말없이 응시하고 있었다.

"왜 그래? 마음에 걸리는 것이라도 있어?"

곽철은 아무 대답도 하지 않았다. 왠지 모를 불안함이 중경에 도착했을 때부터 가슴속에서 울렁거리고 있었다.

곽철이 힐끔 기풍한을 돌아보았다. 자신이 그렇게 느꼈다면 기풍한 역시 그럴 것이란 생각 때문이었다.

기풍한은 아무 내색도 하지 않은 채 담담하게 말했다.

"저자를 통해 반드시 혈사련주를 찾는다. 그를 찾으면 자연 무명노인의 행방도 알게 될 것이다. 이번 기회를 놓치면 그들을 찾는 일은 더욱 어려워질 것이다."

건너편 창문 안에서 정철령이 술을 마시는 것이 기풍한의 눈에 들어왔다. 기풍한이 그와 같은 동작으로 남은 술을 들이켰다.

두 사람이 동시에 술잔을 탁자에 내려놓았지만 서로의 입에서 나온 말은 각기 달랐다.

정철령의 입에서 '자, 오늘은 거하게 취해봅시다' 란 말이 나왔다면 기풍한의 입에서 나온 말은 이러했다.

"작전 개시."

第52章

비무 사기

다음날 새벽. 정철령의 숙소로 한 대의 마
차가 들어오고 있었다.

주위의 이목을 피해 말에 재갈까지 물린 채 은밀히 움직이고 있었
다.

마차에서 내린 사람은 밤늦도록 정철령과 함께 요화루에서 술을 마
셨던 두 거부 중 한 명인 박녕이었다.

무인들이 그를 밀실로 안내했다.

박녕이 밀실에 들어서자 세 사람이 그를 기다리고 있었다.

정철령과 그의 오른팔 무숙, 그리고 지하비무의 최강자 야혼이었다.

정철령이 손을 까닥거리며 박녕에게 가까이 오라는 신호를 보냈다.

지난밤 요화루 술자리에서의 태도와는 완전히 다른 태도였다.

박녕의 모습 역시 당당한 물주의 모습이 아니었다. 어딘지 모르게

두려움에 잔뜩 움츠린 모습이었다.

무숙과 야혼이 팔짱을 낀 채 싸늘한 미소를 지으며 그를 지켜보고 있었다.

박녕이 사뭇 떨리는 목소리로 물었다.

"무슨 일로 부르셨소?"

"이제 때가 되었소."

"그 말씀은……?"

정철령의 말에 박녕의 눈이 커다랗게 떠졌다. 그를 향해 정철령이 미소를 지으며 고개를 끄덕였다.

"이번 판이 마지막이오."

그 말에 박녕이 침을 꿀꺽 삼키며 말했다.

"그럼 이제 우리 현아를 돌려주시는 게요?"

"물론이오."

"아!"

박녕의 얼굴에 감격이 벅차올랐다.

현아는 바로 박녕이 마흔이 넘어 얻은 귀하디귀한 아들이었다.

그 천금 같은 늦둥이가 정철령 일파에게 납치된 것은 육 개월 전의 일이었다.

그 사실을 아는 사람은 오직 박녕뿐이었다.

그의 아내조차 자신의 아들이 학문을 배우기 위해 글공부를 떠난 줄만 알고 있었다.

달에 한 번씩 꼬박꼬박 부쳐 오는 안부 편지는 정철령에게 납치된 현아가 강제로 쓴 편지들이었다.

육 개월 전, 아들을 납치한 정철령이 자신에게 어떤 부탁을 해왔을 때 박녕은 순순히 그의 요구를 듣지 않았다.

박녕은 관에 호소를 하려 했고, 따로 무림인을 사서 이 일을 해결하려고도 해보았다.

그러나 이미 관가의 관리들은 정철령에게 매수된 상태였고 박녕이 사들인 무인들은 큰소리를 치고 나선 다음날, 중경의 뒷골목에서 난자당한 시체로 발견되었다.

상대는 전 혈사련의 혈투대주. 한낱 뜨내기 낭인무인들로 해결될 일이 아니었다.

거부할 수 없는 함정에 빠진 것이다.

결국 지난 육 개월간 박녕은 그들의 충실한 하수인 역할을 하고 있었다.

그들이 자신을 끌어들인 이유는 자신과 오랜 세월 호적수 역할을 해 온 거부 임광 때문이었다.

그들의 진정한 목표는 바로 임광이었던 것이다.

"약, 약속을 꼭 지키시오."

"걱정 마시오. 이번 일이 끝나면 우린 곧바로 이곳을 뜰 것이오. 그대는 아들과 함께 지금까지 살아온 대로 행복하게 살게 될 것이오."

"아들이 보고 싶소."

박녕의 애절한 부탁에 정철령이 흔쾌히 고개를 끄덕였다.

마치 미리 준비라도 하고 있었다는 듯 정철령이 무숙에게 신호를 보내자 잠시 후 누군가 열두세 살쯤 되어 보이는 사내아이를 데리고 들어섰다.

"현아!"

"아버님!"

아이가 쪼르르 달려와 박녕의 품에 안겼다.

어린것이 얼마나 무서울까 생각하니 박녕의 눈에 자연 눈물이 고였다.

아이를 데리고 들어온 사내를 지금쯤 어제의 승리로 흐뭇한 미소를 지으며 잠이 들었을 임광이 보았다면 틀림없이 비명을 지르며 경악했을 것이다.

그는 바로 어제 야혼과의 비무에서 죽은 능충이었다.

죽은 자가 아이를 데리고 나타날 리 없었으니 남은 결론은 하나, 능충은 죽지 않았던 것이다.

사기 비무.

어제의 비무는 잘 짜여진 한 편의 사기극이었던 것이다.

"곧 집으로 돌아갈 것이다. 조금만 참아라."

"아버지… 아버지."

그렇게 안타까운 만남이 끝나고 다시 능충이 아이를 데리고 밖으로 나갔다.

박녕은 문이 닫히고 나서도 여전히 미련을 떨치지 못한 채 아들이 사라진 문만 하염없이 바라보았다.

그러나 그 모습을 애틋하게 생각할 사람은 적어도 밀실 안에는 없었다.

박녕이 긴 한숨을 내쉬며 힘없이 물었다.

"이제 어떻게 하면 되오?"

그는 한시빨리 이 악몽에서 벗어나기만을 바랄 뿐이었다.

"그에게 백만 냥짜리 판을 제시하시오."

"헉! 백만 냥?"

박녕이 깜짝 놀라 소리쳤다. 자신이 잘못들은 것이 아닌가 헷갈릴 정도였다.

백만 냥이라면 자신의 모든 재산을 처분해야 마련할 수 있는 돈이었다.

"아, 그대는 걱정할 필요 없소. 위조 전표를 사용할 테니까."

그 말에 박녕이 안도의 한숨을 내쉬었다.

"하지만 너무 큰돈이오. 그는 결코 응하지 않을 것이오."

"그렇게 되면… 당신의 아이는 죽소."

"말도 안 되는……!"

"걱정 마시오. 그는 분명 응할 것이오. 우리가 응하게 만들 것이오."

임광을 향한 함정이 드디어 실체를 드러낸 것이다.

지난 육 개월간 임광이 딴 돈만 해도 이십만 냥이 넘었다.

임광은 승리에 도취된 상태였고 야혼을 철석같이 믿고 있었다.

그러나 그 모든 것은 의도된 것이었다. 지금까지의 승리는 오늘의 사기를 위한 미끼였던 것이다.

"날이 밝으면 바로 그에게 연락을 하시오. 어제의 패배 때문에 홧김에 큰 판을 벌이려는 듯 보이도록 하고."

"알겠소이다."

최선을 다하지 말라 해도 아들을 생각하면 그럴 수 없는 것이 지금 박녕의 처지였다.

힘없이 돌아서려는 박녕을 정철령이 나직이 불러 세웠다.

"박녕!"

싸늘한 정철령의 목소리에 박녕의 등줄기가 서늘하게 식었다.

"네."

"그대를 위해 우리가 배려하는 것이 무엇 때문인지 알겠소?"

정철령이 무엇을 말하고자 하는지 박녕은 잘 알고 있었다.

양측 돈을 다 뺏으려 들면 못할 것도 없는 그들이었다.

그러나 그들은 철저히 임광의 돈을 노리고 있었다. 그 이유는 단 한 가지. 입을 제대로 다물라는 경고이리라.

"혹 딴마음을 품는다면… 그대는 태어난 것을 후회하게 될 것이야."

"명심하겠습니다."

"물러가시오."

야혼이 그를 데리고 밖으로 나갔다.

무숙이 정철령을 향해 넌지시 물었다.

"정말 저자의 재산은 그대로 두실 작정이십니까?"

"그렇다."

"놈의 재산 역시 임광 못지않습니다. 그냥 두고 가기에는 너무 아깝습니다."

"그래, 아깝지. 아깝고말고."

"그런데 왜?"

"두 놈이 모두 파산하게 된다면 분명 강호의 큰 이목을 끌게 될 것이다. 그 말은 곧 천룡맹이 개입할 수도 있다는 소리."

무숙이 그제야 정철령의 속마음을 알아채고 과연이란 표정을 지었다.

"재산과 혈육이 있는 한 저자는 영원히 입을 열지 않을 것이다."

정철령이 다시 사악한 미소를 지으며 말했다.

"모든 일이 이루어지면… 어차피 이 강호는 우리 것이 아니냐? 아깝게 생각할 것 없다. 잠시 맡겨둔 것이라 여기면 된다."

"흐흐흐."

무숙의 기분 나쁜 웃음소리가 정철령의 웃음소리와 섞였다.

"난 임광 그자에게 슬슬 약을 쳐야겠네. 자넨 진행하던 일에 집중하도록."

"걱정 마십시오."

"가세."

두 사람이 나란히 밀실을 나갔다.

잠시 후 천장에서 도란도란 이야기 소리가 들려오기 시작했다.

목소리의 주인공은 바로 기풍한과 곽철이었다.

"비무 사기라… 재밌는 걸 생각해 냈군요."

"어떻게 할 작정이냐?"

얼마간의 침묵이 흘렀다.

"조장님."

기풍한을 부르는 곽철의 확신에 찬 목소리는 이미 그가 하나의 작전을 세웠음을 말해주고 있었다.

"비무해 보신 지 얼마나 되셨습니까?"

잠시 후 두 사람의 기척마저 사라지자 밀실은 다시 제 본연의 역할을 충실히 하기 시작했다.

그날 오후. 임광의 장원에서는 심각한 논쟁이 벌어지고 있었다.

"어르신, 말씀해 주십시오."

"허허. 이 사람!"

급히 백만 냥의 돈을 만들라는 임광의 명령에 반발하고 나선 사람은 재정을 담당하는 이석(李夕)이었다.

"어르신!"

"허허. 그냥 준비하라면 할 것이지 웬 말이 이리 많나? 누가 보면 자네가 주인인 줄 알겠네."

임광이 짐짓 언성을 높였지만 이석은 전혀 물러설 기색이 아니었다. 하긴 이석의 그런 충성심과 철저함 때문에 자신의 재정을 믿고 맡긴 것이 아니던가?

이석이 주인인 양 소리를 질렀다.

"그 돈! 어디에 쓰실지 알고 있습니다."

이석의 말에 임광이 입맛을 다셨다.

"그 돈을 잃게 된다면… 저흰 돌아오는 결재를 막지 못해 파산할 수도 있습니다."

"그만!"

임광이 이번에는 진심으로 버럭 소리를 질렀다.

일순 장내에는 서늘한 분위기가 감돌았다.

임광이 다시 좋은 어조로 이석을 달래기 시작했다.

"좋네. 자네가 이미 알고 있다니 내 솔직히 말함세. 이번 판은 절대질 수 없는 판이네. 박가 그놈은 이미 이성을 잃었네. 그야말로 길 가다 돈을 줍는 일이란 말일세."

"하지만 만에 하나라도."

"만에 하나인 일이 일어날 일은 없네."

"어떻게 확신하시는 겁니까?"

임광의 목소리가 고즈넉이 낮아졌다.

"문 닫고 이리 가까이 오게."

이석이 열려진 문을 닫고 다가오자 임광이 속삭이듯 말했다.

"정철령 쪽에서 은밀히 연락을 해왔네."

"네?"

"이번 제의를 받아들이라는 게야."

"전 무슨 뜻인지 이해할 수가 없습니다."

임광이 답답하다는 듯 눈총을 주었다. 순진한 이석은 지금의 상황을 도통 이해하지 못하고 있었다.

"그들이 곧 박가에게 새로운 무인을 소개해 줄 것이네. 야혼을 반드시 이길 수 있는 고수를."

"그렇다면 저희는 지게 될 것 아닙니까?"

임광이 고개를 가로저었다.

그제야 이석이 임광이 말하고자 하는 바를 깨달았다.

"헛! 그럼 그 무인이 일부러 질 작정입니까?"

"그래, 그 고수는 바로 정철령의 수하 무인이네."

"이건… 사기가 아닙니까?"

사기란 말에 임광이 펄쩍 뛰었다.

"이게 어찌 사긴가? 하늘이 내려주신 기회지."

이석이 한숨을 내쉬었다. 이미 비무 도박에 푹 빠져 공돈 맛을 알아버린 임광의 귓구멍은 일확천금이라는 허황된 돌멩이로 꽉 막혀 있었다.

문득 이석이 궁금하다는 표정으로 물었다.

"그럼 그들은 무슨 이득이 있습니까?"

"그들에게 오십만 냥 떼주기로 했네."

"오십만 냥씩이나요?"

"그래도 우린 앉아서 오십만 냥이란 거금을 거저 얻을 수 있지 않는 가? 게다가 박가 그자가 파산을 하게 된다면 우리가 얻게 될 이득이 어느 정도겠는가? 중경 내의 그의 상권을 우리가 모두 접수하게 될 것이고… 결코 오십만 냥이 큰돈이 아니지."

이석은 그제야 돌아가는 상황을 완전히 알 수 있었다.

"어르신, 전 겁이 납니다. 정철령 그자들은 강호인들입니다. 강호인들이 얼마나 비열한 족속들인지 잘 알지 않으십니까?"

임광이 이석의 손을 맞잡았다.

"내, 자네의 충심은 잘 안다네."

"어르신."

"이번만큼은 나를 믿고 너무 걱정하지 말게. 곧 대륙전장의 윤 장주가 올 테니 곧바로 처리하게."

이석이 대답이 없자 임광이 다시 한 번 언성을 높였다.

"알아들었는가?"

"알겠습니다."

이석이 어깨가 축 늘어져 임광의 방을 나왔다.

자신의 집무실로 돌아오는 내내 그의 발걸음은 무겁기만 했다.

자리에 앉아 그는 연신 한숨만 내쉬었다. 처음 비무 도박에 빠졌을 때 말렸어야 했다. 그냥 조금 즐기다 말겠지 하던 것이 오늘에 이른 것이다.

얼마쯤 시간이 흐르고 밖에서 사내의 목소리가 들렸다.

"윤 장주께서 오셨습니다."

"잠시 기다려 주시라 이르게."

"알겠습니다."

그가 금고에서 서류 뭉치를 꺼냈다.

탁자에 놓인 서류를 내려다보는 그의 얼굴에는 갈등의 빛이 가득했다. 백만 냥의 현금을 만들려면 토지와 건물들을 전장에 맡겨 담보로 돈을 빌려야 했다.

하지만 혹시라도 잃게 된다면?

자신의 주인인 임광은 큰 타격을 입게 될 것이다. 게다가 말일 날 갚아야 할 물건 대금을 갚지 못하게 된다면? 그것은 곧 부도를 의미했다.

자신의 주인이 전 재산을 걸고 모험을 하고 있다는 생각에 그는 쉽게 결정을 내릴 수 없었다.

"이대로는 안 돼!"

이석이 다시 서류 뭉치를 금고에 넣으려고 자리에서 일어났다.

자신이 쫓겨나는 일이 있어도 이번 일은 막아야 한다는 생각 때문이었다. 우선 윤 장주부터 돌려보내고 일을 처리하리라 마음먹었다.

그때였다.

스르릉.

목덜미에 서늘한 한기가 느껴졌다.

"누, 누구냐!"

깜짝 놀란 그가 돌아봤을 때, 어느 틈에 복면 사내 셋이 자신의 목에 검을 겨누고 있었다.

언제 어떻게 방 안으로 들어왔는지 귀신이 곡을 할 신출귀몰이었다.

"계속 진행하도록."

듣는 것만으로도 싸늘한 한기가 돋는 음성이었다.

"뭘 말이오?"

이석의 온몸이 부들부들 떨리고 있었다.

"윤 장주를 불러들여 돈을 빌리란 말이다."

"어떻게 그 일을?"

이석은 일이 잘못되도 크게 잘못됐다는 것을 직감했다. 임광 말마따나 길거리의 돈을 줍는 쉬운 일이라면 이런 일은 벌어지지 않을 테니까.

"싫소!"

자신이 가진 모든 충성심과 용기를 쥐어짜 낸 한마디였다.

그러자 복면 사내가 피식 웃었다.

"싫어? 그럼 할 수 없지."

복면 사내는 이석의 팔다리를 베겠다는 등의 협박 따윈 하지 않았다.

다만 옆에 선 다른 사내에게 짤막한 명령을 내렸을 뿐이었다.

"이자의 가족을 모두 죽여라."

명령을 들은 사내가 이석의 반응을 살피지도 않고 방을 나서려고 했다.

그 단호한 행동에 이석의 표정이 새하얗게 질렸다.

"잠깐!"

이석이 황급히 사내를 제지했다.

충성도 좋지만 그렇다고 자신의 가족을 몰살시키면서까지 충성을 할 수는 없는 노릇이었다. 더구나 본능적인 느낌에 상대는 공갈 협박이나 일삼는 무뢰배 따위가 아니었다.

"시, 시키는 대로 하겠습니다."

"허튼수작을 부리면 너도, 네 가족도 모두 죽는다."

"알겠습니다."

"그럼 곧바로 처리하도록."

스르륵.

사내 하나가 남고 남은 두 사람은 병풍 뒤로 숨었다.

남은 사내가 복면을 벗고 검을 탁자 밑에 숨기고는 이석의 옆에 섰다.

그야말로 이석이 정신을 차릴 틈조차 없이 일사천리로 일이 진행되고 있었다.

이석은 너무 무서워 그의 얼굴을 똑바로 쳐다보지도 못했다.

이석이 떨리는 목소리로 외쳤다.

"윤 장주를 모셔라."

잠시 후, 윤 장주와 사내 하나가 방 안으로 들어섰다.

강호의 가장 이름 높은 전장인 대륙전장의 중경지부 책임자가 바로 그였다.

그의 뒤에 따라온 사내는 아마도 그를 호위해 온 무인으로 보였다.

"오랜만이오, 이 대인."

"반갑소이다, 윤 장주."

두 사람이 가볍게 인사를 건넸다.

"이제 되었네. 자네는 잠시 나가 있게."

윤 장주가 함께 온 무인을 내보내자 이석이 마음속으로 외쳤다.

'안 돼!'

어떻게든 그 무인에게 신호를 보내보려던 자신의 계획은 눈치없는 윤 장주에 의해 좌절되었다. 그렇다고 그런 안타까움을 내색할 수는 없는 노릇이었다.

"안색이 좋지 않으시오."

"허허, 아닙니다. 어제 잠을 좀 설쳤더니……."

"몸 생각도 하셔야지요."

그러던 윤 장주가 문득 이석의 뒤에 선 사내에게 시선을 주었다.

"못 보던 분이시군요."

그러자 뒤에 선 사내가 공손히 윤 장주에게 인사를 하며 짤막하게 말했다.

"새로 왔습니다."

"허허, 영민해 보이는 청년이구려."

윤 장주는 그다지 사내를 의심하지 않는 듯 보였다.

"자, 임 대인의 부탁대로 전표를 준비해 왔소만. 갑자기 이렇게 큰돈을 무슨 일로 쓰시려는지……."

옆의 사내의 차가운 시선을 느끼며 이석이 대충 둘러대기 시작했다.

"네. 이번에 관서 쪽에 새로 사업을 시작할 작정입니다. 지금은 그냥 그 정도로만 알고 계시면 됩니다."

이석의 말에 윤 장주는 그저 고개를 끄덕였다.

임광은 중경에서 가장 믿을 만한 거래처였고, 더구나 담보를 잡고 돈을 빌려주는 마당에 이러쿵저러쿵할 이유가 없었던 것이다.

"자, 그럼 여기 계약서에 서명을 해주시면 됩니다."

서명을 하려고 내미는 이석의 손이 바들바들 떨리기 시작했다.

분명 이 돈은 모두 빼앗기게 될 것이란 생각에 그는 울분이 치솟아 올랐다.

'소리쳐 도움을 구하면 어떻게 될까?'

이석은 그러한 유혹에 빠져 있었다.

분명 윤 장주와 함께 온 무인의 무공은 상당히 강할 것이다. 이런 큰

돈을 운반하는 보표로 따라왔으니.

'하지만… 셋을 감당할 수 있을까? 그러다가 내가 죽게 된다면? 어쩌면 윤 장주마저 죽게 될지도 모르지.'

애초에 자신의 주인이 강호인들과 어울려 노름에 빠진 것이 문제였다.

결국 이석은 모든 서류에 서명을 하고 말았다.

"자, 그럼 일간 술 한잔하십시다."

용무를 모두 마친 윤 장주가 방을 나섰다.

그가 나가자 잠시 방에는 침묵이 찾아들었다.

이석이 돌아서며 말했다.

"시키는 대로 모두 했……."

퍽!

방 안의 풍경이 빙글빙글 돌더니 이내 어둠이 찾아들었다.

얼마나 흘렀을까? 서서히 정신을 차리기 시작한 이석의 귀로 두런두런 대화 소리가 들려오고 있었다. 두들겨 맞은 눈가의 통증이 아니었다면 마치 꿈을 꾸는 듯 착각에 빠졌을 것이다.

"짜증나는군. 그냥 확 불 질러 태워 버리면 안 되나."

"냄새가 더 고약할 거야. 불평 그만 하고 어서 파기나 해."

"젠장. 이게 웬 고생이야."

이석이 살그머니 실눈을 뜨며 주위를 살폈다.

숲 속의 빈 공터에 아까 자신을 위협하던 세 복면 사내가 땅을 파고 있었다.

'헉!'

순간 이석의 심장이 방망이질을 하듯 요동치기 시작했다.

보나마나 자신을 파묻으려는 것이 틀림없었다.

두근두근.

자신의 심장 소리가 귓가에 쿵쾅거리며 들려왔다.

"이놈도 참 불쌍하군. 주인 잘못 만나 생매장을 당하게 생겼으니."

"어차피 그 주인 놈도 곧 파산하고 뒈질 텐데 뭐."

이석이 다시 두 눈을 질끈 감았다.

그들의 대화를 짐작컨대 임광은 큰 함정에 빠진 것이 틀림없었다. 자고로 주인 잘못 만난 충신치고 끝이 좋은 경우가 없다고 자신이 꼭 그 꼴이었다.

세 사내의 대화가 계속 이어졌다.

"그나저나 그 이야기 들었나?"

"무슨 얘기?"

"산동제일의 검객 추혼객(追魂客)이 중경에 와 있다면서?"

"아, 나도 들었네."

"그와 야혼이 붙으면 어떻게 될까?"

"야혼이 쎄긴 하지만, 추혼객에게는 어림없지."

"그렇겠지?"

"그럼. 과거 화산의 매화검수 다섯의 합공을 깨뜨린 이가 바로 추혼객이 아닌가?"

"이야, 어찌 생겼는지 한번 보고 싶네."

"그러다 모가지 날아가지. 그는 성격이 괴팍하여 그 행동을 종잡을 수 없다고 알려져 있지. 게다가 그는 황금을 좋아해서 돈이 되는 일이라면 어린아이까지 죽이는 잔인한 성격이라 하지 않나."

"자자, 이만하면 된 것 같네. 어서 이놈이나 묻고 술이나 한잔하러 가세."

사내 하나가 이석 쪽으로 다가왔다.

부들부들 떨고 있는 이석에게 사내가 싸늘하게 말했다.

"이놈 깼네. 이놈아, 깼으면 벌떡 일어나지 못하겠느냐? 들고 가기 무겁다. 네 발로 걸어 들어가라."

그러자 이석이 벌떡 일어나 무릎을 꿇고 빌기 시작했다.

"살려주시오. 제발 목숨만 살려주시오. 이대로 가족들 데리고 이 고을을 떠나 영영 돌아오지 않겠습니다."

"쩝. 네놈에게 아무 유감은 없다. 하나 어쩌겠느냐? 우리도 먹고는 살아야 하지 않겠느냐?"

사내의 바짓자락을 붙잡고 늘어지던 이석이 결국 강제로 질질 끌려 갔다.

"아이구, 제발 살려주십시오! 한 번만! 제발!"

사내들이 그를 구덩이에 던져 넣으려던 그때였다.

"멈춰라."

이석에게 있어 거짓말 같은 기적이 일어났다.

소리가 들려온 곳을 바라보자 한 중년 사내가 그들을 바라보고 있었다.

그러자 세 사내들 중 하나가 목소리를 쫙 깔았다.

"공연히 협객놀이 하다 죽지 말고 그냥 가라."

사내들은 자신들의 숫자를 믿었는지, 아니면 실력에 자신이 있었는지 새로 나타난 무인의 존재에 전혀 신경을 쓰지 않는 듯 보였다.

"살려주십시오! 제발 살려주십시오!"

물속에서 지푸라기라도 잡는 심정으로 이석이 목이 터져라 외쳐 댔다.

"이 새끼가 어디서?"

사내 하나가 검을 뽑아 이석을 베어버리려던 그때였다.

휘이익.

멀리 서 있던 사내가 순식간에 거리를 좁혀왔다.

쉭— 쉭—

허공에서 열십 자 모양의 검기가 그려졌다.

이석에게 검을 휘두르려던 사내가 그대로 몸을 뒤집으며 쓰러졌다.

그 모습에 옆에 서 있던 사내들이 혼비백산 놀랐다.

"헉! 저 수법은 추혼십절(追魂十絶)! 그렇다면 저자는!"

"으악! 추혼객이다! 튀어!"

그들이 혼신의 힘을 다해 몸을 날렸지만 추혼객의 속도는 그보다 열 배는 더 빨랐다.

퍽. 퍽.

허공을 가로질러 날아온 추혼객에게 그대로 등을 걷어차인 두 사내가 연달아 바닥을 뒹굴었다.

몸을 바르르 떨던 그들이 그대로 숨을 거두었다. 발길질 한 번씩에 그대로 즉사해 버린 것이다.

이석은 추혼객의 절기에 놀라고 감탄해 숨 쉬는 것도 잊고 있었다.

"휴우우—"

이석이 길게 숨을 내쉬었다. 살았다는 기쁨에 눈물이 찔끔 흘러나왔다.

추혼객이 스윽 이석 쪽을 바라보더니 이내 발걸음을 옮기기 시작했다.

"감사합니다, 협객님! 감사합니다!"

이석이 추혼객의 등을 향해 이마가 닿도록 절을 해댔다.

그때 고개를 들던 이석의 눈빛이 반짝였다.

자신이 살아난 김에 자신의 주인마저 살려야겠다는 일념이 강렬히 솟구쳤다.

이석이 그를 향해 달려갔다.

그리고 추혼객의 앞을 가로막고 바짝 엎드렸다.

"협객님!"

"난 협객이 아니다."

"제발 그냥 가지 말아주십시오. 소인의 주인을 제발 도와주십시오."

주인을 도와달라는 말에 추혼객의 얼굴에 살짝 호기심이 일었다.

"네 주인이 누구냐?"

이석은 아까 죽은 사내들이 나누던 대화를 기억해 냈다. 추혼객이 가장 좋아하는 것이 황금이랬던가?

"저희 주인은 이곳 중경의 가장 큰 부호이십니다."

과연 추혼객이 본격적인 관심을 보이기 시작했다.

"무슨 일이냐?"

"일단 저희 주인부터 만나보시죠. 제가 안내하겠습니다."

잠시 고민하는 듯하더니 추혼객이 결심을 굳혔다.

"앞장서라."

"아, 감사합니다. 감사합니다."

이석과 추혼객이 그렇게 임광의 저택을 향해 떠나갔다.

잠시 후.

놀랍게도 쓰러져 있던 세 사내가 부스스 자리에서 일어났다.

사내 하나가 등을 만지며 호들갑을 떨었다.

"으윽. 멍들었다. 진짜로 채였어."

그는 바로 곽철이었다.

"그러게 평소 운동 좀 하라니깐. 난 간지럽기만 하던데."

팔용이 알통을 내보이며 힘자랑을 시작했다.

제일 처음 검을 맞고 쓰러진 비영이 기풍한이 사라진 쪽을 바라보며 말했다.

"은근히 어울리시는군."

곽철이 당연하다는 표정을 지었다.

"추혼객으로 위장하시는 것쯤이야. 더구나 조장님이야 네 과잖아."

"내 과? 그게 뭐지?"

"악역 전문 집단이라고나 할까."

순간 비영의 눈매가 사나워졌다.

그때 팔용이 곽철을 잡아끌어 비영 옆에 나란히 세웠다. 팔용이 두 사람을 빈갈아 쳐다보았다.

"음… 그리고 보니 우리 조장님은 두 사람 분위기를 모두 갖고 있네. 웃을 때는 철이 같고, 화낼 때는 영이 같아."

"왜? 먹을 때는 너 같다고 하지?"

"아… 먹는 얘기 들으니 배고프다. 어서 가서 술 묵자."

"먹는 시간 자는 시간의 반만 수련해도 넌 천하제일고수가 될 거다, 아마."

"흥! 그쪽 먼저 노름하고 여자 꼬드기는 시간부터 줄이시지."

"헤헤. 그럴 순 없지. 천하제일고수 안 하고 말지."

"맞아, 맞아. 참, 근데 저 구덩이는 안 메워도 되나? 안 그래도 요즘 자연이 많이 훼손되어 문제라던데……."

"메우고 따라와. 먼저 가서 기다릴게."

"……."

"안 메워?"

"와! 저기 노루 지나간다."

그렇게 산을 내려가는 세 사람의, 아니, 정확히 말해서 묵묵히 앞서 걷는 비영과 그 뒤를 따르며 종달새처럼 쉬지 않고 종알거리는 곽철과 팔용의 수다가 끝없이 이어지고 있었다.

반 시진 후, 이석을 통해 자초지종을 들은 임광의 낯빛은 완전 사색이 되어 있었다.

"그게 정말이냐?"

이석은 지금 이 상황에서 그런 소리가 나오냐는 표정으로 묵묵히 임광을 쳐다보았다.

자신이 구덩이에 반쯤 묻혔다는 거짓말까지 보탠 이석의 설명에 임광은 대충 돌아가는 상황을 짐작할 수 있었다.

"쳐 죽일 놈들! 감히 놈들이 짜고 내 재산을 노려?"

쨍강!

평소 임광이 아끼고 아끼던 도자기가 산산조각이 나서 바닥에 흩어졌다.

그의 분노가 얼마나 큰지를 잘 보여주고 있었다.

"박가 그놈이 놈들과 한패라 이 말이지? 그 썩을 놈의 개잡종이 날 잡아 먹을려고 했다 이 말이지?"

놈들이 주는 미끼를 물고 춤을 추고 있었다는 사실에 임광은 참을 수가 없었다.

"그래, 자네를 구해준 자가 누구라고?"

이석이 황급히 입가에 손가락을 대며 목소리를 낮추라는 신호를 보냈다.

옆방에서 기다리는 추혼객이 혹여 흥분한 임광의 무례한 말을 들을까 걱정하는 것이다.

"추혼객이라 불리는 절정고수입니다."

"추혼객?"

"네. 급히 알아본 바로는 산동 일대의 최고수로 야혼 같은 뜨내기들과는 차원이 다른 고수라고 합니다."

"그래?"

"제가 왜 그를 데려왔는지 아시겠지요?"

임광이 묵묵히 고개를 끄덕였다.

어차피 일이 벌어진 이상, 어떻게든 수습을 해야 했다.

아니, 오히려 위험해진 상황이었다. 자신이 그들의 음모를 알아차린 내색을 눈치챘다면 정철령은 망설이지 않고 양의 탈을 벗고 승냥이 탈로 갈아 쓸 것이 틀림없었다.

사실 그에게도 제법 많은 무인들이 있었다.

강호에서 장사를 하려면 필수적인 것이 무력이었다. 하지만 자신의 수하 무인들로 그들을 상대하는 것은 결코 승산이 없는 싸움이었다. 그것은 마치 집 지키는 개와 들판을 누비는 늑대와의 싸움에 비할 수 있으리라.

"그럼 저 추혼객으로 그들을 싹 제거하자?"

"제거라기보다는… 적어도 허망하게 재산을 뺏기는 일은 막을 수 있지 않겠습니까?"

"그러다 혹 승냥이를 쫓기 위해 호랑이를 불러들이는 꼴이 되는 게 아닌가?"

아무래도 임광은 그 부분이 걸리는 모양이었다.

이석이 결연한 얼굴로 말했다.

"어차피 승냥이에게 물려 죽으나 호랑이에게 물려 죽으나 매한가지 겠지요."

다시 말해 발등의 불부터 끄고 보자는 이석의 말이었다.

그 말은 결코 틀리지 않았다. 백만 냥을 고스란히 뺏기면 어차피 망하는 것은 불을 보듯 뻔한 일.

"얼마면 될까?"

나직한 임광의 말에 이석이 골똘히 생각에 잠겼다.

"글쎄요."

"십만 냥?"

결코 적은 돈이 아니었지만 이석은 왠지 그 돈이 적게 느껴졌다.

"이십?"

"흐음."

"어차피 비무에서 이겨 버리면 백만 냥이 저희에게 들어오지 않겠습니까? 원래는 저희 돈 백만 냥이 나갈 상황 아닙니까? 더구나 그쪽에서 그 돈 뺏기고 그냥 있겠습니까? 화끈하게 쓰십시오."

임광이 다시 생각에 잠겼다.

자신의 수하 무인들에게 지급하는 돈을 생각하면 이십만 냥만 해도 살 떨리는 액수였다.

이석이 손가락 다섯을 모두 펼쳤다.

"오십?"

임광의 표정이 일그러졌지만 이석은 계속 고개를 끄덕였다.

잠시 후, 생각을 굳힌 임광이 나직이 말했다.

"그를 불러오게."

"네."

이석이 방에서 나갔다. 임광은 자리에 앉아 마음을 다스렸다.

상계의 수많은 정적들을 물리치고 지금의 자리에 오른 그였다. 쉽게 자신의 재산을 내줄 그가 아니었다.

다시 이석과 추혼객으로 위장한 기풍한이 방 안으로 들어왔다.

기풍한은 자신을 기다리게 한 것에 대해 못마땅한 표정이었다.

눈치 빠른 임광이 재빨리 기풍한의 기분을 풀어주기 시작했다.

"잠시 급한 말을 나누느라 귀인께 소홀한 점 부디 용서해 주십시오."

기풍한은 그저 묵묵히 고개를 끄덕일 뿐이었다.

"여기 이 사람을 통해 대충 자초지종을 들은 것으로 압니다."

"들었다."

서슴없는 반말이었다. 하지만 임광은 전혀 개의치 않았다.

"저를 좀 도와주십시오."

기풍한은 반쯤 눈을 지그시 감고 아무 말도 하지 않았다.

임광은 그것이 무엇을 말하는지 짐작할 수 있었다.

"이번 비무에 걸린 판돈이 백만 냥입니다."

백만 냥이란 소리에 기풍한이 눈을 번쩍 떴다.

"무사님께 오십만 냥을 드리겠습니다."

잠시 정적이 흐르며 기풍한이 고민에 빠졌다.

이윽고 기풍한이 고개를 끄덕였다.

"좋다."

그 짤막한 한마디는 곧 임광의 반격을 알리는 신호탄이었다.

드디어 운명의 날이 밝았다.

지하 비무장은 임광과 박녕만을 위해 개방되었고 비무는 비밀리에 시행되었다.

비밀리에 시행되는 비무인데다 큰 판이어서인지 임광은 무인 둘을 대동하고 나타났다.

두 무인 중 하나가 바로 기풍한이었다. 그에 비해 박녕은 수하를 거느리지 않았다.

여느 때와 다름없이 그들이 귀빈석에 나란히 자리를 잡았다.

임광은 혹 어제 추혼객이 죽인 무인들로 인해 자신의 계획이 탄로났을까 정철령의 눈치를 살폈지만 다행히 그는 전혀 모르는 눈치였다.

'하늘이 나를 돕는구나.'

뭐, 그의 생각은 그리 틀리지 않았다. 하늘이 돕는 대신 질풍조가 돕고 있다는 것만이 다를 뿐이었다.

"흐흐, 괜찮겠소?"

평소와 다름없는 모습으로 임광이 박녕을 놀리기 시작했다.

그에 비해 박녕은 분명 평소와 다른 모습이었다.

왠지 긴장한 모습이었는데 임광은 그것이 무엇을 뜻하는지 정확히 알고 있었다.

'망할 놈! 날 파멸시키려 하다니. 어디 두고 봐라.'

이윽고 노인이 다시 비무장에 등장했다.

평소 목청을 높여 관객들의 흥을 높이던 모습과는 대조적인 차분한 모습이었다.

"오늘의 비무는 특별 비무입니다. 양측 무인들 입장하시오."

짜고 치는 투전판의 두 주인공이 등장했다.

먼저 등장한 무인은 임광이 후원하는 야혼이었다.

평소와 다름없는 도도한 모습이었다.

임광은 야혼을 보며 흐뭇한 미소를 짓고 있었지만 속마음은 매우 불쾌했다.

'망할 놈. 저를 그렇게나 믿었건만……'

하긴 정작 미운 놈은 정철령이었다. 모든 것은 그의 사주로 이루어진 것일 테니까.

반대쪽 입구에서 등장한 무인은 귀면탈을 쓴 무인이었다.

임광이 모른척 너스레를 떨었다.

"오호, 이번에는 어디서 데려온 무인이오?"

임광의 물음에 박녕은 그저 쓴 미소만 지어 보일 뿐이었다.

자신도 저 귀면탈 무인이 누구인지 알지 못했다. 어차피 정철령 쪽에서 제공한 무인이었고 자신은 그저 그를 백만 냥의 가치가 있는 무인으로 봐주면 그만이었다.

"이번에는 쉽지 않을 것이오."

박녕의 말에 임광이 야릇한 미소를 지었다.

"흐흐. 그러길 빌겠소."

박녕은 내심 임광에게 미안한 마음이었다. 자신의 숙적이었지만 그렇다고 이런 비열한 방법으로 그를 파멸시켜야 한다는 사실이 못내 마음에 걸렸다. 하지만 어쩔 수 없는 일이었다. 아들의 생명이 걸린 일이었고 자신의 재산이 걸린 일이었다. 자신이 그 희생양이 되지 않은 것이 다행일 뿐이었다.

두 무인이 귀빈석을 향해 공손히 인사를 건넸다.

다시 마주섰고 노인이 개전이란 말을 하기 직전이었다.

"잠깐!"

임광이 자리에서 일어나 의외의 발표를 했다.

"출전 무인을 바꾸겠소."

그 말에 모두들 깜짝 놀라 그를 바라보았다.

특히 정철령이나 야혼의 놀람이 가장 컸다.

"그게 무슨 말씀이시오?"

정철령이 애써 당황한 마음을 감추며 임광을 바라보았다.

"말 그대로 출전 무인을 바꾸겠다는 말이오. 물주인 내가 원한다면 가능한 일이지 않소?"

"그야 물론이오만……."

정철령의 미간이 살짝 찡그려졌다.

'이놈, 무슨 수작을 부리려는 것이냐?'

정철령이 다시 임광에게 물었다.

"대신 출전시킬 무인이 있소이까?"

그러자 임광이 뒤를 돌아보았다.

뒤에 서 있던 기풍한이 앞으로 걸어나왔다.

지금껏 신경을 쓰지 않고 있던 기풍한의 등장에 모두의 시선이 집중되었다.

정철령의 시선이 재빨리 기풍한의 전신을 훑어 내렸다.

순간 정철령은 가슴이 철렁 내려앉았다.

상대의 기도를 제대로 알아차리기 어려웠던 것이다. 어찌 보면 일류 고수 같고 어찌 보면 무공을 배우지 않은 듯 느껴졌다.

그것이 뜻하는 것은 단 하나.

초고수!

정철령의 머리 속이 복잡하게 얽히기 시작했다.

이런 의외의 일이 벌어진 이유는 단 하나.

'이번 계획을 미리 알아차렸군.'

확실했다. 그렇지 않고서야 임광이 이런 일을 꾸밀 리 없었기 때문이다.

그때 야혼이 앞으로 나서며 소리쳤다.

"인정할 수 없소."

그는 몹시 화가 난 얼굴이었는데 임광은 그다지 개의치 않는 듯 보였다.

그 모습에 정철령은 확신했다.

'좋지 않군.'

야혼이 기풍한에게 손가락질을 하며 나직이 말했다.

"날 이기면 인정해 주겠다."

야혼으로서는 당연한 요구처럼 보였다.

정철령은 그런 야혼을 말리지 않았다. 자신의 아끼는 수하 중 하나였지만 적어도 지금 상황에서 기풍한의 무공을 확인하지 않는다면 대처할 방법이 없었기 때문이다.

귀면탈의 무인은 야혼에 비해 하수. 어차피 적당히 싸우다가 야혼이 일부러 질 작정이었기에 그의 무공은 그다지 중요하지 않았다.

야혼이 진다면 어차피 그도 지게 되고 그렇게 된다면 일이 복잡해졌다.

마련된 전표는 가짜였고 곧 임광이 그 사실을 알아차릴 것이다. 아니, 이미 알아차렸을지도 모를 일.

그것보다 자신의 계획이 엉망이 된다는 점이었다.

야혼의 도발에 기풍한이 손가락을 까닥하며 덤비라는 신호를 보냈다.

야혼의 인상이 일그러지며 온몸에서 살기가 뻗어 나왔다. 야혼의 기도는 평소 비무를 할 때와 완전히 달랐다.

"방심하지 말게."

정철령의 전음이 야혼에게 전달되었다.

그런 당부가 없더라도 야혼은 전혀 봐줄 생각이 없었다.

야혼의 기형도가 흐릿하게 흔들리는가 싶더니.

슈우웅!

세 가닥의 도기가 삼면에서 기풍한을 압박하며 날아들었다.

펑!

전방에서 날아들던 도기를 가볍게 검으로 비껴내며 기풍한이 야혼을 향해 달려들었다.

쉬이익.

"안 돼!"

고함을 지른 것은 뒤에서 지켜보던 무숙이었다.

그러나 이미 기풍한의 검은 야혼의 어깨를 가르고 있었다.

툭.

어깨부터 잘린 야혼의 팔이 바닥에 떨어져 꿈틀거리기 시작했다.

파파파파!

"으아아악!"

피가 분수처럼 솟구치며 야혼이 끔찍한 비명을 질러댔다.

그 모습에 임광이 흐뭇한 미소를 지었다. 과연 소문대로 추혼객의 실력은 엄청난 것이었다.

무숙이 달려가 야혼의 팔을 지혈한 후, 다시 야혼의 수혈을 짚자 이윽고 비명 소리가 잦아들었다. 무인들 몇이 달려나와 야혼을 들쳐 업고 밖으로 나갔다.

"자, 이제 본 시합을 합시다."

임광이 득의만면한 표정을 짓고 있었다.

그에 비해 박녕은 그 무서운 광경에 주눅이 들어 잔뜩 움츠린 상태였다.

정철령은 이미 예상을 했다는 듯 얼굴로 담담히 물었다.

"그대는 누구요?"

기풍한은 그 물음에 아무 대답도 하지 않았다.

"잡설은 생략하고 시합을 속개하시오."

기풍한을 믿고 임광이 큰소리를 치기 시작했다.

정철령이 임광에게 성큼성큼 다가갔다.

"어, 어……."

임광이 우물쭈물하는 사이.

짝!

정철령이 임광의 뺨을 사정없이 후려쳤다.

임광이 놀라고 당황해 양 볼이 붉게 달아올랐다.

"이, 이게 무슨 짓······."

짝!

다시 정철령이 뺨을 후려쳤다. 그때 뒤에 서 있던 또 다른 무인 하나가 검을 뽑아 들었다. 기풍한과 함께 따라온 진짜 임광의 수하 무인이었다.

퍼엉!

임광이 귀를 찢는 듯한 폭음에 뒤로 자빠졌다.

그가 눈을 떴을 때 정철령은 한 팔을 어딘가로 내밀고 있었다. 그 손의 끝에 피떡이 되어버린 수하 무인의 시체가 있었다.

"으아아악!"

임광이 너무 놀라 비명을 내질렀다.

"닥쳐!"

그 무시무시한 정철령의 호통에 임광이 조개처럼 입을 다물었다. 임광이 벌벌 떨며 기풍한 쪽을 쳐다보았다. 기풍한만 믿고 시작한 일이었다.

그러나 기풍한은 자신이 뺨을 두 차례나 얻어맞고 수하 무인이 죽음을 당해도 아무런 행동도 하지 않고 있었다.

정철령이 기풍한 쪽으로 몇 발짝 다가왔다.

"나 정철령이오."

"그런 이름 모른다."

기풍한의 싸늘한 대답에 정철령의 입가에 미소가 드리워졌다.

단 일 수에 야혼의 팔을 잘라낼 고수라면 오만하지 않는 것이 이상하리라.

"다시 소개하겠소. 나··· 혈투대주요."

이번의 소개는 과연 효과가 있었다.

기풍한이 흠칫 놀라 눈을 크게 뜬 것이다.

이윽고 기풍한의 입이 열렸다.

"나 추혼객이오."

"아! 과연."

추혼객이란 말에 정철령의 모든 의문이 해소되었다.

추혼객은 산동제일의 검객.

야혼이 일수에 팔이 잘린 것도 무리가 아니었다.

"그대나 나나 같은 밥을 먹는 처지 아니오?"

그 말은 곧 너나 나나 같은 사파가 아니냐는 말.

"서로 검을 겨누는 일은 바람직하지 않은 것 같소."

기풍한이 살짝 고개를 끄덕였다.

돌아가는 상황이 전혀 예상 밖으로 흘러가자 임광이 당황해서 소리
쳤다.

"저자를 죽여주시오! 약속하지 않으셨소?"

그러자 정철령이 코웃음을 치며 기풍한에게 물었다.

"얼마 약속을 받으셨소?"

정철령이 단도직입적으로 묻자 기풍한 역시 망설이지 않고 대답했
다.

"오십만 냥."

말이 끝나기가 무섭게 정철령이 말했다.

"백만 냥 드리겠소. 한 가지 일 처리를 더 해주신다면 추가로 백만
냥 더 드리겠소."

이백 만냥. 일반 사람들이라면 결코 상상도 할 수 없는 액수였다.

그 액수만 따지자면 도저히 거부할 수 없는 제의.

잠시 생각에 잠겨 있던 기풍한이 이윽고 결심을 굳혔는지 고개를 끄덕였다.

그리고는 성큼성큼 임광 쪽을 향해 걸어갔다.

"이보시오?"

난데없이 기풍한이 자신에게 다가오자 공포에 질린 임광이 뒷걸음질을 쳤다.

쉬익.

기풍한의 검이 허공을 갈랐고 임광은 외마디 비명과 함께 그 자리에 쓰러졌다.

탁자 위에 임광이 준비해 온 백만 냥짜리 전표를 가슴에 넣은 후 다시 기풍한이 검을 휘둘렀다.

이번에는 그 옆에서 벌벌 떨고 있던 박녕이었다.

"컥."

설마 자신에게까지 실수를 쓸지 몰랐던 그는 비명조차 지르지 못하고 쓰러졌다.

무숙이 무슨 짓이냐며 나서려는 것을 정철령이 눈짓으로 막았다.

정철령은 추혼객의 의도를 짐작할 수 있었다. 살인멸구. 자신이 돈에 팔려 고용주를 배신했다는 소문을 피하기 위함이리라.

박녕 앞에 놓인 백만 냥짜리 가짜 전표를 기풍한이 들었다.

쉭—

전표가 허공을 가르며 정철령에게 날아갔다.

"잠시 맡겨두겠소."

기풍한의 싸늘한 말에 정철령이 호탕하게 웃음을 터뜨렸다.

"으하하, 시원시원한 성격이구려."

비록 오늘의 일은 전혀 생각지 못한 결과를 낳았지만 추혼객과 같은 고수를 거느리게 된 것에 대해 몹시 만족하는 모습이었다. 지금 그에게 필요한 것은 돈도 돈이었지만 그보다 중요한 것은 추혼객과 같은 절정고수였다.

"자, 이만 갑시다."

정철령과 기풍한이 어깨를 나란히 하고 비무장을 나갔다.

무숙이 비무장 한옆의 문을 두드리자 누군가 문을 열고 나왔다.

바로 요살검 능충이었다.

"뒤처리를 부탁한다."

"알겠습니다."

무숙이 품에서 십만 냥짜리 전표를 꺼내 그에게 건넸다.

"이번 일은……."

"걱정 마십시오. 제가 모든 책임을 지겠습니다."

"부탁하네."

"부디 대업을 이루시기를."

능충의 손을 맞잡은 무숙이 황급히 그곳을 떠났다.

능충이 방에서 박녕의 어린 아들을 끌고 나왔다.

"끄윽."

멱살을 잡혀 끌려 나오던 현아가 바닥에 쓰러진 아버지를 보자 고함을 지르기 시작했다.

"아악! 아버지!"

"곧 만나게 될 테니 너무 울지 마라."

능충의 손이 번쩍 들렸다. 그의 손이 사정없이 현아의 천령개를 내려쳤다.

그때였다.

퍼악.

누군가 그의 손목을 낚아챘다. 깜짝 놀란 능충이 내력을 끌어올리며 반격하려는 순간.

퍼억.

묵직한 충격이 가슴에 전해졌다.

늑골이 박살나며 능충이 그대로 쓰러졌다.

그의 손목을 낚아챈 후 일장을 날린 사람은 바로 서린이었다.

서린이 현아를 안아 들었다.

다시 그곳으로 화노가 모습을 드러냈다.

화노가 임광과 박녕의 혈도를 짚어갔다.

그리고 그들의 입 안으로 단약을 하나씩 집어넣었다.

잠시 후, 놀랍게도 그들이 정신을 차렸다.

그들은 살갗만 가볍게 베인 상태였던 것이다. 검을 휘두르는 동시에 기풍한은 지풍을 날려 그들을 기절시킨 것이다. 그 수법이 너무 자연스럽고 빨라 아무도 그것을 눈치채지 못했던 것이다. 기풍한이었기에 가능한 절예였고, 정철령과 기풍한의 무공 차이가 너무나 현격히 벌어졌기에 가능한 일이기도 했다. 기풍한이 먼저 그들을 베어버린 것은 혹 다른 이가 손을 쓰기 전, 그들을 구하기 위함이었던 것이다.

서린이 현아를 안아 들고 다른 한 손으로 능충의 시체를 옆구리에 꼈다.

화노는 여전히 어리둥절한 두 사람을 데리고 비무장을 빠져나갔다.

다음날, 중경에는 하나의 소문이 떠돌았다. 정철령의 바람대로 요살검 능충의 손에 중경의 두 갑부가 살해당했다는 소문이 바로 그것이었다.

물론 두 사람은 아무도 모르는 곳에 숨어 있었다. 남은 평생 도박의 도자만 들어도, 비무의 비자만 들어도 경기를 일으킬 그들이었다.

암살 계획

암
살
계
획

묵혼사(墨魂死).

사망곡(死亡谷)과 더불어 강호 제일의 살수 조직이라 일컬어지는 그
들은 창업 이래 가장 큰 불경기를 맞고 있었다.

그들의 가장 큰 고객은 누가 뭐래도 마교와 사도맹, 그리고 천룡맹
의 삼대세력이었다. 그들은 비공식적인 경로를 통해 끊임없이 서로에
게 살수를 보냈고 그로 인해 묵혼사를 비롯한 거대 살수 조직들은 재
미를 톡톡히 보았던 것이다.

그러나 근래 몇 년간 그들은 무슨 일들을 꾸미는지 이상하리만치 조
용했다. 자연 거대 조직인 묵혼사는 큰 타격을 입지 않을 수 없었다.

묵혼사 본단 청부 담당 묵칠육(墨七六)은 어느 때와 다름없는 한때를
보내고 있었다.

칠육은 서류를 정리하며 연신 중얼거리고 있었다.

"강남 유수인(柳修仁) 이천 냥. 사천 이소문(李小文) 삼천 냥… 이소문이 고작 삼천 냥이라, 너무 짜군. 강북의 이도객(二刀客) 사천 냥… 하북 용……!"

하품을 하며 다음 서류를 뒤적이던 칠육의 눈이 부릅떠졌다.

눈을 부비며 다시 서류를 들여다보는 칠육이 서류를 내려다보며 고함을 질렀다.

"구삼(九三)! 구삼!"

그러자 밖에서 사내 하나가 뛰어들어 왔다.

"네, 선배님! 무슨 일이십니까?"

"이 청부가 언제 들어온 것이냐?"

칠육이 내미는 서류를 확인한 구삼이 대답했다.

"모두 오늘 들어온 것입니다."

"청부자는 돌아갔느냐?"

"아닙니다. 지금 허가를 기다리며 대기 중입니다."

칠육이 자리에서 일어나며 다급하게 말했다.

"청부자 대기시켜."

칠육이 서류를 들고 어디론가 황급히 달려나갔다.

그가 달려간 곳은 그의 직속상관의 방이었다.

덜컹.

"무슨 소란이냐?"

나른한 오후의 휴식을 방해받은 묵삼오(墨三五)의 목소리에는 짜증이 묻어나고 있었다.

"죄송합니다."

"그래, 무슨 일이냐?"

"이걸 한 번 보셔야겠습니다."

칠육이 내민 서류를 삼오가 힐끔 쳐다보았다.

"천 냥짜리 하북쪽 청부군. 뭐가 문제냐?"

"자세히 보십시오."

"이 새끼가."

삼오가 다시 서류를 내려보았다.

삼오의 눈이 번쩍 뜨였다.

"이게 뭐야? 천, 천, 천만 냥?"

칠육이 침을 꿀꺽 삼켰다.

"네. 천만 냥짜리 청부가 들어왔습니다."

빡—

삼오가 사정없이 칠육의 머리통을 후려갈겼다.

"이 새끼야, 장난도 구분 못해? 어떤 새끼야, 이딴 장난친 새끼가? 그 새끼 잡아와!"

그러자 칠육이 억울함을 얼굴 가득 담고 다급하게 말했다.

"청부 대상을 보십시오."

서류를 들여다보던 삼오의 눈에 힘이 들어갔고 목소리가 떨리기 시작했다.

"청부자는?"

"지금 대기하고 있습니다."

"그 사람 사령(司令)님 방으로, 아니다. 묵주님 방으로 따로 모셔라."

"네? 묵주님 방으로요?"

"새끼야! 시키는 대로 해."

"알겠습니다."

그렇게 한바탕 소동이 있은 후에 청부자는 묵혼사의 주인인 묵주의 방으로 안내되었다.

죽립을 푹 눌러쓴 그는 철저히 얼굴을 가리고 있었다.

그가 들어섰을 때 장막 뒤의 묵주는 서류를 내려다보고 있었다.

묵주가 단도직입적으로 물었다.

"어디서 오셨소?"

그러자 죽립인이 담담하게 대답했다.

"청부자의 신원은 밝힐 수 없소."

진정한 청부자를 밝히지 않겠다는 의도였다.

서로를 탐색하는 짧은 침묵이 이어졌다.

"이번 청부가 어떤 결과를 낳을지 알고 있소?"

그만큼 청부 대상이 강호에서 차지하는 비중이 높다는 것을 짐작할 수 있었다.

"그것까지 그대들이 생각할 필요는 없을 것 같은데."

강호 제일의 살수 집단의 수장을 상대함에도 죽립인은 조금도 주눅이 들지 않았다.

건방에 가까운 그 말에도 묵주는 침착했다.

"청부 액수가 적지 않은데… 그 지불 능력을 믿을 수 있겠소?"

보통 일반적인 청부는 계약금으로 반, 일을 성공적으로 마쳤을 때 반을 받았다. 암살에 실패해도 계약금을 돌려받지 못하는 것이 통례였다.

"청부 금액은 전액 후불이오."

"으하하하!"

묵주의 입에서 웃음이 터져 나왔다.

"감히 내게 이따위 수작을 부리다니."

어느새 묵주의 목소리에는 살기가 진득하니 실려 있었다.

"죽여라."

휘리릭.

천장에서 네 명의 살수가 뛰어내렸다. 죽립인을 향해 난도질이 시작되려는 그때.

그때 죽립인이 죽립을 벗었다.

"멈춰라."

다급하게 수하들을 제지한 묵주의 입에서 신음성이 터져 나왔다.

"설마 당신은?"

묵주의 목소리가 떨리고 있었다.

살수들이 다시 천장으로 사라졌다.

잠시 후, 두 사람 사이를 막고 있던 장막이 거둬졌다.

"모두 잠시 물러가도록."

묵주의 명령에 천장에서 그를 지키던 살수들의 자취가 사라졌다.

묵주를 담담하게 바라보는 사람은 놀랍게도 사마진룡이었다.

"진심이시오?"

"그렇지 않다면 내가 직접 나섰겠소?"

"그대의 약속을 무엇으로 보증하겠소?"

"내가 그대에게 말할 수 있는 것은 단 하나요."

"그게 무엇이오?"

"통일맹주의 약속."

"……!"

통일맹주!

참으로 낯설고도 두려운 말이었다.

마교를 밀어낸 그였다. 또 다른 신화를 이루지 말라는 법이 없었다. 아마도 그 두 번째 신화는 자신들의 청부에 달려 있을 것이다.

참으로 지루한 시간이 흘렀다.

사마진룡은 아무 말 없이 그저 묵주를 응시할 뿐이었다.

얼마나 시간이 지났을까?

이윽고 묵주의 입이 천천히 떨어졌다.

"그대의 약속 받아들이겠소."

　　　　　*　　　　　*　　　　　*

기풍한과 정철령 일행이 중경을 출발한 지 엿새 후, 밤낮으로 말을 달려 그들이 도착한 곳은 하북 곡주(曲周)의 한 낡은 장원이었다.

그들의 최종 목적지가 하북이란 사실에 기풍한은 내심 긴장하고 있었다.

하북은 사도맹의 영역.

혹 혈련주가 사도맹을 대상으로 어떤 암수를 쓰려는 것이 아닐까 하는 걱정이었다. 마교가 패한 이후 폭풍의 핵은 바로 사도맹이었으니까.

그들이 장원으로 들어가는 것을 지켜보는 이들이 있었다. 바로 곽철과 비영이었다.

두 사람은 그곳에서 이백여 장 떨어진 곳의 거목의 가느다란 나뭇가지 끝에 팔짱을 낀 채 장원을 주시하며 서 있었다.

두 사람은 기풍한이 정철령과 함께 중경을 떠나는 순간부터 은밀히 그들을 미행하며 따라온 것이다.

나머지 질풍조들은 임광과 박녕을 안전한 곳에 숨겨준 후 두 사람이 남긴 표시를 쫓아 따라오고 있었다. 너무 많은 인원이 움직이면 미행이 발각될 것을 걱정해서 두 사람이 먼저 나선 것이다.

"이번 일……."

비영이 장원 쪽을 바라보며 말을 꺼냈다.

"왜 직접 하지 않고 조장님께 맡겼지?"

비영의 물음에 곽철이 대수롭지 않게 대답했다.

"그게 뭐 어때서?"

비영이 힐끔 곽철을 바라보았다. 장원을 바라보는 곽철의 눈빛은 평소와는 달리 진지했다. 대부분 위장 잠입 임무는 자신이 도맡아 하던 곽철이었다. 분명 이번 일을 기풍한에게 맡긴 것은 그 임무가 단지 어렵기 때문만은 아니란 생각이 들었다.

"조장도 고생 좀 해봐야지."

실없는 곽철의 말에 비영이 피식 웃었다.

"예전 조장님 생각나?"

난데없는 곽철의 말에 비영이 잠시 아무 대답도 하지 못했다. 곽철의 질문 의도를 알 수 없었기 때문이다.

"내 기억으론 우리 조장님, 천룡맹주에게 꽤나 충성을 다했던 것으로 기억돼. 작전을 마치고 돌아오자마자 가장 먼저 한 일이 우리 예쁜이 단주를 찾았던 것만 봐도 알 수 있지."

곽철의 담담한 말에 비영이 고개를 끄덕였다.

분명 기풍한은 과거 천룡맹주에게 충성을 다했다. 그 알 수 없는 끈

끈한 유대감은 비영 역시 모르는 바 아니었다.

"이번 일에 천룡맹주는 어떤 식으로든 크게 관련이 되어 있지. 결국 조장님과 풀어야 할 매듭이겠지."

비영은 그제야 곽철의 숨은 뜻을 알 수 있었다.

"어라, 저기 한 놈 나온다."

장원을 나서는 이는 바로 무숙이었다.

주위를 신중히 살피던 그가 황급히 저잣거리를 향해 신법을 운용해 달리기 시작했다.

"내가 갈게. 이쪽을 맡아줘."

"조심해."

곽철이 무숙의 뒤를 따라 몸을 날렸다.

휘이익.

앞서 달리는 무숙이 가끔 멈춰 주위를 살피는 신중함을 보였지만 곽철의 미행을 알아내지는 못했다. 무숙이 곽철의 미행을 알아차리려면 몇십 년은 더 고된 수련을 해야 할 것이다.

무숙이 향한 곳은 의외로 저잣거리의 한 객잔이었다.

'오호? 이곳에는 무슨 일이지?'

곽철이 무숙의 뒤를 따라 객잔 안으로 들어갔다.

객잔 안에는 손님들이 많았는데 무숙이 구석 자리를 잡고 앉았다.

힐끔 그를 쳐다보며 지나치던 곽철의 눈에 이채가 일었다.

무숙의 탁자 위.

찻잔 위에 젓가락을 특이한 모양으로 겹쳐 놓은 것을 발견한 것이다.

'어라?'

순간 곽철은 무숙이 이곳을 찾은 이유를 짐작할 수 있었다.

탁자 위의 젓가락 표시는 통이문에 청부를 넣는 표시였던 것이다.

보통 통이문에 청부를 하는 방법은 두 가지가 있었다.

첫째는 직접 중원 각지의 통이문 지부를 찾는 방법이 있었는데 그것은 일급으로 분류된 고객들만 가능했다.

그 외에 처음 거래를 트거나 그 거래 기간이 오래지 않았을 때는 그 도시의 가장 큰 객잔을 찾아 이런 암표(暗表)를 남겨 통이문과 연락을 하는 것이다.

이런 신호를 보내면 통이문 쪽에서 알아서 사람을 보내오는 것이다.

곽철은 그와 조금 떨어진 곳에 자리를 잡고 앉았다.

잠시 후, 점소이가 무숙에게 주문을 받으러 다가왔다. 점소이가 독특하게 놓인 젓가락을 힐끔 쳐다보았다.

"무엇을 드시겠습니까?"

점소이의 물음에 무숙이 대답했다.

"여아주 두 병과 돼지 볶음 반 근, 깨를 넣은 양고기 반 근."

순간 점소이의 눈빛이 반짝였다. 그는 이곳 객잔에 위장하고 있던 통이문도였던 것이다.

무숙의 정확한 밀어에 점소이의 전음이 무숙에게 전해졌다.

"무엇을 알고 싶으시오?"

"추혼객의 용모파기 및 그와 관련된 모든 것."

"반 시진 후, 동문 외성 앞에서 기다리시오."

재빨리 전음이 오고 갔고 점소이가 나지막한 목소리로 대답했다.

"죄송합니다만 여아주가 모두 떨어졌습니다."

그러자 무숙이 미련없이 자리에서 일어나 곧장 객잔 밖으로 걸어갔다.

이번에는 점소이가 곽철 쪽으로 다가왔다.

어느새 곽철의 탁자 위에도 젓가락이 독특한 모양으로 포개져 있었다. 동시에 두 사람이 청부를 넣자 통이문도는 긴장하지 않을 수 없었다.

"무엇을 드릴까요?"

"여아주 두 병과 돼지 볶음 반 근, 깨를 넣은 양고기 반 근."

역시 정확한 밀어였다.

다시 통이문도의 전음이 곽철에게 전해졌다.

"무엇을 알고 싶으시오?"

"방금 그자가 무엇을 청탁했는지를 알고 싶소."

"……!"

통이문도가 내심 깜짝 놀랐다. 이런 청탁은 그가 통이문에 들어온 이래 처음 있는 일이었다.

"안 됩니다."

청탁자의 정보를 누출하는 것은 문규로 엄격히 규제된 일이었다.

곽철이 그 대답을 짐작했는지 다시 전음을 보냈다.

"나 곽철이라고 하오. 그대 문주와 함께 일을 하고 있소. 지금 당장 연락해서 확인해 보시오. 급한 일이니 초지급으로 처리하시오."

자신의 문주와 함께 일을 한다는 말에 통이문도의 마음이 급해졌다.

"잠시만 기다려 주십시오. 곧 음식을 내오겠습니다."

다시 점소이로 돌아간 통이문도가 주방 쪽으로 사라졌다.

곽철이 초조한 마음으로 그를 기다렸다.

몇 가지 요리가 나오고 한참 후에야 통이문도 사내가 다시 다가왔다.

두 사람의 전음이 다시 재빨리 오고 갔다.

"확인되었습니다. 소협께 모든 협력을 아끼지 말라는 명령입니다."

"어서 알려주시오."

"그자가 알고자 한 것은 추혼객의 용모와 이력입니다."

순간 곽철의 마음이 급해졌다. 혹시나 했던 자신의 짐작이 맞은 것이다. 과연 놈들은 철두철미했다. 만약 자신이 무숙의 뒤를 놓쳤다면 기풍한의 정체가 그대로 들통날 뻔했던 것이다.

"잠시 따라오시오."

곽철이 재빨리 이층 객실로 올라갔다. 통이문도 사내가 그 뒤를 따라왔다.

곽철이 빈 객실에 들어가 다급하게 말했다.

"시간이 얼마나 있소?"

"얼마 없습니다."

곽철이 탁자 위에 놓인 먹을 황급히 갈기 시작했다.

먹을 다 갈자 곽철이 가볍게 심호흡을 했다.

그리고 종이에 하나의 얼굴을 그리기 시작했다.

슥슥.

거침없는 곽철의 손놀림에 뒤에서 지켜보던 사내의 눈이 둥그렇게 뜨였다.

곽철의 손재주에 감탄을 한 것이다.

그야말로 어지간한 화공(畵工)은 옆에서 먹이나 갈아줘야 할 대단한 실력이었다.

곽철이 이번에는 다른 종이에 몇 줄의 글을 적기 시작했다. 추혼객에 대한 정보였는데 그것은 통이문과 비교해 손색이 없을 만큼 정확한 것이었다.

이윽고 모든 작업을 마친 곽철이 그것을 사내에게 내밀었다.

종이에 그려진 삭막한 표정의 무인은 분명 기풍한이었다.

그 시각 기풍한은 장원에 마련된 자신의 방에서 창밖으로 보이는 별채 건물을 묵묵히 바라보고 있었다.

'하나, 둘, 셋… 여섯. 정철령을 제외하고 모두 여섯이군.'

별채 내에 있는 고수들의 숫자를 정확히 파악해 낸 기풍한이었다.

느껴지는 기운으로 짐작컨대 그들은 정철령에게는 미치지 못하지만 야혼 정도는 가볍게 요리해 낼 상당한 고수들로 여겨졌다. 정철령은 중경에서 불법 비무로 벌어들인 돈으로 저들을 사들였을 것이다.

'무슨 짓을 벌이려는 것일까?'

막연히 사도맹과 관련이 있을지도 모른다는 추측만 할 뿐이었다.

문득 기풍한의 마음속으로 몇 개의 얼굴이 스쳐 지나갔다.

가장 먼저 띠오른 얼굴은 천룡맹주였다.

그가 이번 음모의 핵심이란 것은 이미 명약관화(明若觀火)한 일이었다. 문제는 왜, 어디까지 개입했느냐만 남았을 뿐이었다.

천룡맹주를 떠올리면 그는 마음이 혼란스러워졌다.

사 년 전, 사마진룡이 자신을 새외로 보내면서 이 모든 일이 벌어졌다.

결국 그는 자신을 믿지 않은 것이다.

왜 자신을 믿지 않은 것일까? 맹주가 자신의 진정한 신분을 알아냈기 때문이란 것을 알지 못했기에 기풍한은 그 이유를 알 수 없었다.

사마진룡을 떠올리자 자연 연화가 생각났다. 맹주의 의도와는 아무 상관이 없는 그녀였다.

과거 임무에 지쳐 맹으로 돌아왔을 때면 으레 연화를 찾던 그였다.

어쩌면 자신의 목마를 타기 좋아하던 어린 연화에게서 그는 안식을 찾고 있었을지도 몰랐다.

그녀에게 자신의 정체를 밝히는 것이 옳은 일일까?

기풍한은 여전히 그에 대해서 고민하고 있었다.

또한 그녀만큼은 이번 음모에서 무사했으면 하는 바람이었다.

마지막으로 무명노인의 얼굴이 떠올랐다.

이번 음모의 발단이자 핵심.

정철령을 통해 혈련주를 찾아내고 다시 그를 찾아낼 수만 있다면 어떻게든 이 모든 일이 마무리될 것이다.

그때 기풍한의 눈에 황급히 별채로 뛰어들어 가는 무숙의 모습이 들어왔다.

건물로 들어선 무숙은 곧바로 정철령의 방으로 달려갔다.

"알아보았느냐?"

소식을 기다리고 있었는지 무숙이 방으로 들어서자마자 정철령이 물었다.

"네. 통이문에 선을 대었습니다."

"통이문의 정보라면 믿을 수 있지."

무숙이 품에서 한 장의 종이를 꺼냈다.

"저자는 추혼객이 확실합니다."

그림을 들여다보던 정철령이 고개를 끄덕였다.

"확실하군."

정철령의 얼굴에 만족스런 미소가 감돌았다.

"흐흐. 복덩이가 절로 굴러들어 왔군."

"추혼객을 끌어들인 것을 아신다면 련주님께서도 크게 기뻐하실 겁니다."

그러다 문득 무숙의 얼굴에 근심이 피어올랐다.

"너무 거물을 끌어들인 게 아닐까요? 그는 야망이나 욕심이 큰 인물입니다."

"걱정 마라. 제아무리 추혼객이라 할지라도 련주님의 십초지적(十招之敵)도 되지 않는다."

그 말에 무숙이 고개를 끄덕였지만 무숙이 걱정하는 바는 그것이 아닌 듯 보였다.

"혹시 그전에 내가 당할까 봐 걱정이 되느냐?"

무숙이 혹 정철령의 자존심에 상처를 입힌 것이 아닌가 고개를 푹 숙였다.

정철령은 그것이 자신을 무시하는 것이 아니라 진심으로 걱정하는 데서 오는 마음이란 것을 잘 알았기에 화를 내지 않았다.

"내가 누구냐? 대혈사련 혈투대주가 아니더냐? 저따위 추혼객 따위에게 쉽게 당하리라 여기느냐?"

"아, 아닙니다."

정철령이 무숙의 어깨를 가볍게 두드렸다.

"걱정 마라. 본 련의 부활을 위해서라면 이깟 목숨 따윈 백번이고 천 번이고 바칠 수 있다."

"대주님, 속하가 목숨으로 지켜 드리겠습니다."

"그래, 믿는다."

혈사련의 부활.

그 얼마나 기다렸던 일이던가? 한참 혈기에 넘치던 자신이나 무숙이 이제 반백의 중년이 되도록 기다려 온 세월이었다. 육 개월 전, 죽은 줄만 알았던 혈련주에게 연락이 왔을 때의 놀람과 기쁨은 상상도 할 수 없었다.

"그들을 모두 불러라."

"알겠습니다."

무숙이 나가고 잠시 후, 기풍한과 여섯 명의 무인들이 차례로 방으로 들어왔다.

"자, 일단 앉읍시다."

그들이 모두 둥근 탁자에 빙 둘러앉았다.

기풍한이 삭막한 표정으로 모두들 둘러보았다.

과연 앞서 느낀 기운대로 그곳에 모인 무인들 하나하나의 기도가 보통이 아니었다.

"내가 간단히 소개를 하겠소."

정철령이 기풍한을 위해 그들을 소개하기 시작했다.

"우선 저기 세 분은 감숙삼협이오."

기풍한이 내심 조소를 지었다.

그들은 기풍한이 이미 알고 있는 이들로 협과는 거리가 먼 이들이었다.

감숙삼흉(甘肅三凶).

감숙 일대에 악명 높은 세 악인으로 과거 그들을 체포하기 위해 작전을 펼친 적이 있었다.

그 악명만큼이나 약삭빠른 자들로 결국 놓친 자들이었는데 오늘 이렇게 만나게 된 것이다.

가장 덩치가 왜소한 이가 그들의 맏형인 일흉으로 심성이 가장 악독하다고 알려진 자였다. 보통 체구의 둘째는 지모가 뛰어나 그들의 모사 노릇을 하는 자였고 마지막 거구의 삼흉은 다혈질로 성정이 급하고 경솔하다고 알려진 자였다.

기풍한이 그들을 향해 고개를 까닥하자 그들은 콧방귀를 뀌며 무시했다.

"그 옆의 두 분은 기련쌍랑(祁蓮雙狼)이시오."

역시 기풍한이 들어본 적이 있는 자들이었다.

그들은 한날한시에 태어난 쌍둥이로 이인합격술(二人合擊術)의 일인자로 유명한 자들이었다. 감숙삼흉 못지않은 악명으로 숱한 정파의 고수를 도륙한 자들이었다.

나머지 한 사람은 여인이었다. 정철령이 소개를 하기 전, 그녀는 교태가 줄줄 흐르는 목소리로 직접 자신을 소개했다.

"호호, 소첩은 흑묘(黑猫)라 하옵니다."

흑묘선사(黑猫仙子).

흑도의 유명한 여고수로 원래의 나이를 아는 사람이 아무도 없었다. 소문으로는 음양채음술(陰陽採陰術)로 남자의 양기를 빨아들여 젊음을 유지한다고 했지만 실제로 그런지는 확인된 바 없었다. 어쨌든 수많은 정파고수들이 요녀 사냥을 앞세워 그녀를 잡기 위해 나섰지만 모두 죽음을 맞았다는 것만으로도 그녀의 무공은 보통이 아니었다.

기풍한의 눈에 살짝 이채가 감돌았다.

질풍조의 정보에 의하면 그녀는 이미 죽은 것으로 처리되었는데 이렇게 버젓이 살아 있었던 것이다.

그녀의 미색은 매우 뛰어났는데 얼굴 가득 흐르는 교태가 그 본연의 미색을 가리고 있었다.

흑묘가 고혹적인 눈빛을 기풍한에게 보냈다.

기풍한은 그저 무심한 눈빛으로 반응했지만 그것이 그녀의 마음을 더욱 자극했는지 기풍한을 바라보는 눈빛은 더욱 깊어지고 있었다.

그렇게 소개가 끝나자 이번에는 정철령이 기풍한을 소개했다.

"여기 이분은 추혼객이오."

추혼객이란 말에 모두들 놀라는 눈치였다.

"생각보다 젊군."

대수롭지 않게 툭 내뱉은 사람은 감숙삼흉의 셋째 삼흉이었다. 과연 소문대로 자기 기분대로 행동하는 자임에 틀림없었다.

"소문을 듣자니 꽤 검이 빠르다던데?"

삼흉의 무례한 언행을 일흉과 이흉은 말리지 않고 있었다. 아마도 자신들 셋이라면 능히 추혼객을 상대할 수 있으리라 여긴 모양이었다.

"그래, 지금까지 몇 명이나 죽였소?"

삼흉의 물음에 기풍한은 아무 반응을 보이지 않았다.

멍하니 탁자만을 내려다보는 기풍한의 모습이 조금 우습게 보였는지 삼흉의 목소리는 더욱 커졌다.

"우리 형제가 지금까지 황천으로 보낸 자들은 모두 아흔아홉이라네. 아쉽게도 백을 채우지 못했지."

마치 그 백 번째가 네가 될 수도 있다는 듯 삼흉은 유독 기풍한에게 시비를 걸고 있었다.

그런 삼흉의 태도에는 이유가 있었다.

바로 기풍한에게 야릇한 눈빛을 보내던 흑묘 때문이었다. 기풍한에 앞서 먼저 이곳에 모인 그들이었다. 흑묘의 미색에 빠져 삼흉이 수작을 부렸지만 그녀는 삼흉에게 눈길 한번 주지 않았던 것이다.

결국 삼흉의 질투심이 기풍한의 무시에 폭발하고 말았다.

"내 말이 우습게 들리오? 몇 명이나 죽였는지 묻지 않소?"

노골적인 시비였다. 그나마 추혼객이란 이름 때문에 존대를 하고 있었다.

그러자 기풍한이 싸늘하게 대답했다.

"난 그런 사소한 것은 기억하지 않는다."

그 말에 모두들 잠시 말을 잃었다.

"호호호!"

흑묘의 웃음을 시작으로 일흉이 껄껄거리며 웃었다.

"한 방 먹었구나."

기련쌍랑마저 서로를 마주 보며 미소를 짓자 삼흉이 벌떡 자리에서 일어났다.

"이 새끼가 날 희롱해?"

당장이라도 도를 뽑아 들 기세였다.

그때였다.

투웅!

정철령이 가볍게 탁자를 두드렸다.

우우우웅!

긴 울림과 함께 어마어마한 압력이 탁자를 휘감았다.

모두들 탁자에서 살짝 물러났다.

탁자에 손을 대는 순간 뼈마디가 모두 부서질 그런 압력이었다. 놀라운 점은 그 위력이 아니었다. 그러한 위력임에도 탁자가 부서지지 않는다는 점이었다. 그만큼 정철령의 수법이 교묘하다는 것을 보여주고 있었다.

자신의 무공을 보여줌으로 삼흉이 싸움을 일으키려는 것을 막은 것이다.

그때 기풍한이 탁자 위에 손을 올렸다.

우우우웅.

긴 울음소리를 내던 탁자가 이내 조용해졌다.

정철령의 내력이 모두 흩어진 것이다.

모두들 깜짝 놀랐는데 특히 정철령의 눈에 이채가 발했다.

'과연 추혼객이구나. 적어도 나와 동수이거나 한 수 위다.'

정철령의 판단은 탁자를 멈춘 기풍한의 팔이 미약하게 떨리고 있음을 눈치챘기 때문이었는데 물론 그것은 그의 큰 착각이었다.

기풍한이 일부러 팔을 떨어 추혼객의 무공 수준 정도만 보여준 것이다.

기풍한이 굳이 한 수를 내보인 것은 추혼객의 성격을 생각해 볼 때 이 정도의 반응은 오히려 자연스러우리라 생각한 것이다.

한바탕 소동을 벌이려던 삼흉을 이흉이 적당히 말리는 척 자리에 앉혔다. 삼흉도 못 이기는 척 자리에 앉았다. 그는 한번 봐주마란 표정을 짓고 있었지만 내심 크게 놀란 상태였다. 앞서 기풍한이 보여준 수는 삼흉이 모두 합심해야만 가능한 절기였던 것이다.

"하하하, 과연 천하의 추혼객이시오. 이 정모는 진심으로 감탄했소이다."

정철령이 어색해진 분위기를 바꾸기 시작했다.

그렇게 삼흉의 기선을 제압한 기풍한이 정철령을 향해 담담하게 말했다.

"우리가 할 일이 뭐요?"

모두의 시선이 정철령에게 집중되었다. 모두들 궁금해하는 바이기도 했다. 거액을 들여 자신들을 불러 모았을 때는 분명 강호를 발칵 뒤집을 큰일임에 틀림없었다.

정철령이 대수롭지 않게 말했다.

"사람 하나를 죽여주시면 되오."

그 말에 모두들 의아한 얼굴이 되었다.

삼흉이 서로를 돌아보았고, 기련쌍랑의 표정이 굳어졌다.

"호호호! 그대는 천룡맹주라도 죽일 작정이신가요?"

흑묘의 농담에 정철령이 진지하게 말했다.

"왜? 그럼 안 되오?"

순간 흑묘의 표정이 굳어졌다.

"미친!"

기련쌍랑이 한목소리로 외치며 자리에서 벌떡 일어났다.

정철령이 손을 들어 그들을 제지했다.

그리고 미소를 지으며 말했다.

"하하. 농담이오. 그보다는 훨씬 쉬운 상대니까."

기풍한은 왠지 모를 불길함에 휩싸여 다시 나지막이 물었다.

"상대가 누구요?"

잠시 모두들 돌아보던 정철령이 담담하게 말했다.

"바로 천룡맹주의 딸이오."

순간 기풍한의 얼굴이 싸늘하게 굳어졌다.

마음속의 놀람은 그보다 훨씬 더 컸지만 기풍한은 어금니를 악물고 마음을 다스리고 있었다.

"맹주나 맹주의 딸이나! 어차피 맹주의 딸을 죽인다면 우린 무림공적으로 몰릴 텐데."

일흉의 말에 정철령이 싸늘하게 말했다.

"그럼 그 큰돈을 거저 삼키려고 했소?"

모두 아무 말도 하지 않았다.

그때 흑묘가 품 안에서 전표 다발을 꺼내 탁자 위에 내려놓았다.

"아무리 돈이 좋다지만… 이건 도로 토해내야겠네요."

모두들 그녀와 같은 심정이었다.

그러자 정철령이 고개를 가로저었다.

"그럴 필요 없소."

의아한 표정의 흑묘를 향해 정철령이 미소를 지었다.

이번에는 정철령이 품 안에서 무엇인가를 꺼냈다.

휙— 휙—

그가 모두에게 종이를 한 장씩 날렸다.

종이에 적힌 글을 읽던 모두는 다시 깜짝 놀랐다.

"사면장(赦免狀)?"

그것은 분명 사면장이었다. 그것도 천룡맹주의 직인이 찍힌 진품사면장이었다. 그들이 벌인 일에 대해 결코 책임을 묻지 않겠다는 내용이었다.

유심히 사면장을 살피던 이흉이 일흉에게 말했다.

"진짜입니다."

평소 신중하고 똑똑한 그의 말이었기에 일흉의 놀람은 매우 컸다. 기풍한 역시 그 사면장이 진짜임을 한눈에 알아보았다.

그때 삼흉이 정철령을 향해 버럭 소리를 내질렀다.

"이 덜 자란 자라새끼야! 이게 뭔 수작이냐?"

맹주가 자신의 딸을 죽이는 것에 사면장을 내줄 리가 없었기 때문이다. 정철령은 삼흉의 반응이 당연하다는 표정이었다.

"보시는 그대로요. 이번 일은 천룡맹주의 허가 하에 이루어지는 합법적인 일이오."

모두들 뭔가 한마디씩 던지려는 그때 정철령이 한마디로 그들의 말을 일축했다.

"강호일통을 위한 희생!"

장내에 무거운 침묵이 흐르기 시작했다.

잠시 후, 흑묘가 알 수 없는 미소를 지으며 말했다.

"천룡맹주가 자신의 야망을 위해 딸을 희생시킨다? 호호, 재밌군요. 재밌어."

한편 골똘히 생각에 잠겨 있던 이흉이 일흉의 귀에 나지막이 속삭였다.

"거절해야 합니다. 만약 그의 말이 사실이라 해도 일이 끝난 후 우릴 그냥 살려둘 리 없습니다."

일흉이 수긍한다는 듯 고개를 끄덕였다.

일흉이 벌떡 자리에서 일어난다.

"우린 거절하겠소."

그리고 품 안에서 이번 일을 위해 받은 전표를 꺼내 탁자 위에 거칠게 내려놓았다.

"돌아간다."

이흉과 삼흉이 두말 않고 자리에서 일어났다.

기련쌍랑 역시 전표를 내놓으며 자리에서 일어났다.

기풍한만이 그 자리를 지키고 앉아 있을 뿐이었다.

그때 정철령이 싸늘하게 말했다.

"이대로 돌아간다면 내일 아침을 기해 그대들 모두 무림공적으로 선포될 것이오."

"뭣이?"

삼흉이 인상을 구기며 홱 돌아섰다.

당장이라도 달려들 것만 같은 삼흉을 일흉이 제지했다.

일흉이 말없이 정철령을 응시했다.

정철령은 무표정한 얼굴로 그를 마주 볼 뿐이었다.

"지금 그대를 죽이고 우리가 달아난다면?"

그 험악한 협박은 정철령의 표정 하나 바꿔놓지 못했다.

"그래도 변하는 것은 없소. 오늘 이후 강호에 그대들이 설 자리는 없을 것이오."

일흉의 입가에 조소가 피어오르다가 이내 크게 웃음을 터뜨렸다.

"으하하하. 정파입네 협이네 온갖 고상을 떨던 자가 고작 자신의 딸을 희생으로 전쟁을 일으키려 하다니. 지나가던 개가 비웃을 일이로다. 좋다, 이번 일 맡겠다."

"형님!"

이흉의 만류에 일흉이 고개를 가로저었다.

"우리에게는 선택이 없네."

기련쌍랑은 여전히 갈등하고 있었고 흑묘는 마음을 정했는지 다시 전표를 자신의 품 안으로 집어넣었다.

여전히 기풍한은 아무 말도 하지 않은 채 침묵을 지킬 뿐이었다.

기풍한이 방에서 나와 장원의 앞마당으로 나온 것은 그로부터 반 시진이 지난 후였다.

결국 모두들 이번 일을 받아들이기로 결정을 내렸다.

상대는 혈사련의 혈투대주였고 더구나 천룡맹과 손을 잡고 있었다.

하기 싫다고 피할 상황이 아니란 것을 모두 받아들인 것이다. 더구나 사면장까지 준비한 것으로 봐서, 일을 마친 후 자신들을 살려줄 가능성도 분명 존재했다.

산책을 하듯 기풍한이 정원을 거닐기 시작했다.

기풍한은 도저히 이해할 수 없었다.

자신이 아는 사마진룡은 비록 강호일통이란 대업적 앞에서 모든 일을 다 할 수 있는 사람이라 하더라도 자신의 딸을 희생시킬 정도로 비정한 인물은 아니었던 것이다.

분명 이 일의 내막에는 모종의 음모가 숨겨져 있으리라 생각했다.

문득 뒤에서 누군가 말했다.

"달빛이 밝군요."

돌아보니 흑묘가 자신을 향해 걸어오고 있었다.

고혹적인 미소를 지으며 머리카락을 뒤로 넘기는 그녀의 모습이 달빛에 반사되면서 독특한 매력을 뿜어내고 있었다.

기풍한이 그녀를 못 본 척 발걸음을 옮겼다.

그러자 그녀가 짐짓 뾰로통한 표정을 지었다.

"듣던 대로 무정한 성격이군요."

가질 수 없는 것에 대해 더욱 열망하는 것이 인간의 본성이라면 그녀는 그 본성을 남보다 더 많이 가지고 태어난 여인 같았다.

기풍한이 한옆의 작은 바위에 앉자 흑묘가 허락도 구하지 않고 나란히 앉았다.

"나 어때요? 가지고 싶지 않은가요?"

그야말로 대담한 유혹이었다.

그녀의 손이 기풍한의 가슴을 쓰다듬었다. 탄탄한 기풍한의 가슴을 쓰다듬던 그녀의 손이 기풍한의 목을 거쳐 얼굴로 올라갔다.

기풍한은 그녀의 자극적인 행동을 그대로 지켜보고만 있었다.

흑묘의 붉은 입술이 기풍한의 귓가로 다가왔다.

흑.

한줄기 입김을 뿜어내며 흑묘가 간지럽게 속삭였다.

그녀의 말은 기풍한을 깜짝 놀라게 하기에 충분했다.

"당신 누구지?"

흑 자신의 정체를 알아낸 것인가 놀란 기풍한이 애써 담담한 어조로 물었다.

"무슨 소리요?"

"…당신은 추혼객이 아니야."

"……!"

"내가 아는 추혼객은 그저 피에 굶주린 살인귀에 불과해. 당신과 같은 멋진 사내일 리가 없지."

그 말에 기풍한이 내심 안도했다. 그녀는 자신의 정체를 알아낸 것이 아니라 그저 유혹을 하고 있는 것이다.

기풍한이 달을 올려다보며 무심하게 말했다.

"만월(滿月)은 여인을 미치게 하지."

"호호호!"

그녀의 입술이 기풍한의 입술로 다가왔다.

거의 포개질 듯 가까워진 순간.

꽈악.

"으윽!"

흑묘의 입에서 신음이 터져 나왔다.

기풍한의 손이 그녀의 목을 사정없이 움켜쥔 것이다.

그녀의 눈을 무정하게 응시하며 기풍한이 말했다.

"하지만 난 아냐."

그리고 그녀를 뒤로 휙 밀어냈다.

흑묘의 표정이 싸늘하게 변했다.

그러다 이내 알 수 없는 야릇한 미소를 짓기 시작했다.

"…서두를 것 없겠지요. 호호호."

그리고는 돌아서 자신의 숙소 쪽으로 사라졌다.

기풍한이 짤막한 한숨을 내쉬었다.

그때 한마디 전음이 들려왔다.

"바람둥이."

기풍한을 피식 웃게 만든 그 전음의 주인공은 바로 곽철이었다.

저 멀리 담장 밖에 세워진 나무에서 미세한 곽철의 기척이 느껴졌다. 기풍한이 아니라면 결코 알아내기 힘들 위장이었고 보통의 고수는 흉내 낼 수 없는 장거리 전음이었다.

두 사람의 전음이 빠르게 오고 갔다.

"놈들의 목표를 알아냈다."

"누굽니까?"

"연화 아가씨다."

"네? 우리 예쁜이 단주님 말씀입니까?"

"그래. 감숙삼흉, 기련쌍랑, 흑묘선자가 동원될 것이다."

"이해할 수 없군요. 그럼 지금 바로 다 잡아들이시겠습니까?"

"아니, 놈이 혈련주를 찾아갈 때까진 기다려야 한다."

"알겠습니다… 밖의 일은 제가 알아서 처리하겠습니다."

"부탁하마."

기풍한이 바위에서 일어났다.

그리고 묵묵히 자신의 숙소를 향해 발걸음을 옮겼다.

마지막으로 들려오는 곽철의 전음에 다시 한 번 기풍한의 입가에 미소가 지어졌다.

"바람피우면 다 이릅니다."

第54章

바꿔치기

바꿔치기

배덕수(裵德壽)의 직업은 하남과 하북의 경
계 지점의 관도에서 만두와 차를 파는 일이었다.

인근 이십여 리 안에 객잔이 없는 관계로 그의 만두 수레는 배고픈
여행객들에게 큰 환영을 받았는데 비가 오나 눈이 오나 수레를 끌고
나오는 성실함으로 제법 짭짤한 수입을 올리고 있던 차였다.

배덕수는 먹구름이 잔뜩 낀 하늘을 올려다보며 인상을 찌푸렸다.

"지나가는 비로구먼."

그가 수레에서 나무껍질로 엮어진 피풍우의(避風雨衣)를 찾아 입었
다. 그리고는 다시 수레 위에 작은 천막을 치기 시작했다.

그들이 나타난 것은 바로 그때였다.

두두두두.

세 마리의 말이 배덕수의 수레 앞에 멈춰 섰다.

한눈에 보아도 강호의 무인들이 틀림없었는데 남자 둘, 여인 하나로 이루어진 일행이었다.

"어서 오십시오. 뭘 드릴까요?"

배덕수가 반갑게 그들을 맞았다.

말을 탄 사내 중 하나가 말에 탄 채로 짤막하게 말했다.

"만두 사 인분. 그리고 차 두 통."

"네, 네. 잠시만 기다려 주십시오."

사람은 셋이었는데 요리는 사 인분을 주문하는 것이 조금 이상했지만 그런 일이야 배덕수가 상관할 일이 아니었다.

그가 찜통의 불을 올리며 차를 대나무통에 담기 시작했다.

그들은 배덕수가 음식을 준비하는 동안에도 말에서 내리지 않았고 주위를 유심히 살피고 있었다. 분명 누군가에게 쫓기는 눈치였다.

배덕수가 힐끔 그들을 살폈다.

사내 둘은 모두 이십대의 젊은이들이었는데 나이에 비해 무공이 고강할 것 같은 강인한 눈빛을 지니고 있었다.

배덕수의 눈길을 끈 것은 여인이었다.

하얀 피부에 귀티가 흐르는 이목구비. 한눈에 보아도 보통 신분이 아닌 듯 여겨지는 여인이었다.

배덕수의 눈빛에 이채가 감돌았다.

그때 사내 하나와 눈이 마주쳤다.

"뭘 쳐다보지?"

"아, 아닙니다."

화들짝 놀란 배덕수가 황급히 고개를 숙이고 부지런히 손을 놀리기 시작했다.

사내는 유심히 배덕수를 노려보기 시작했다.

그 부담스런 눈빛에 배덕수의 손이 살짝 떨렸다.

이윽고 배덕수가 준비된 요리를 잘 포장해서 사내에게 건넸다.

"두 냥입니다요."

요리를 받아 든 사내가 동전 두 개를 꺼내 배덕수에게 던졌다.

데구르르.

미처 받지 못한 동전들이 바닥을 굴렀다.

그렇게 그들이 그곳을 떠나갔다.

그들이 사라지자 배덕수가 재빨리 수레 안에서 무엇인가를 꺼냈다.

그가 꺼내 든 것은 한 장의 초상화였는데 그곳에는 분명 방금 전 보았던 여인이 그려져 있었다.

"틀림없군."

배덕수가 다시 수레 안에서 한 마리의 비둘기를 꺼냈다.

그리고는 재빨리 몇 자 적어 발목의 통에 적어놓고는 전서구를 하늘로 날렸다.

"오늘 장사는 여기까지 해야겠군."

그때였다.

쉬이익.

공기를 가르는 날카로운 소리에 배덕수가 황급히 돌아보았다.

방금 날아오른 비둘기가 비수에 맞아 땅으로 떨어지고 있었다.

비둘기를 떨어뜨린 사내가 배덕수를 향해 사악한 미소를 지었다.

"쥐새끼 같은 놈!"

깜짝 놀란 배덕수가 수레를 버리고 달리기 시작했다.

길가에서 만두를 파는 이가 보여줄 수 있는 경신법이 아니었다.

자신을 추격하는 사내 역시 무서운 속도로 배덕수의 뒤를 따랐지만 쉽게 따라잡지 못했다.

배덕수가 길모퉁이를 막 돌아서던 그때였다.

퍽.

눈앞이 캄캄해 오면서 배에서 끔찍한 고통이 느껴졌다.

배덕수가 달려가던 탄성을 멈추지 못하고 바닥을 구르며 쓰러졌다.

그의 배에 주먹을 찔러 넣은 사내는 앞서 만두를 사갔던 일행 중 하나였다.

사내가 거칠게 배덕수의 멱살을 움켜쥐고 일으켜 세웠다.

"뭔가 수상하다고 생각했다."

뒤에 비둘기를 떨어뜨린 사내가 전서구를 꺼내 읽다 거칠게 구겼다.

"우릴 찾고 있군."

다시 배덕수의 멱살을 잡고 거칠게 일으켜 세웠다.

"어디 소속이지?"

이미 정체가 탄로난 그는 어림없다는 표정이었다.

퍽. 퍽.

연이어 사내의 주먹이 그의 배에 박혔다.

옆에서 지켜보던 여인이 안타까운 얼굴로 그 모습을 지켜보고 있었다.

배덕수가 고통을 참지 못하고 헛구역질을 했다.

그런 그의 등으로 다시 무자비한 사내의 발길질이 이어졌다.

"그만 하세요."

여인의 만류에도 사내들은 들은 척도 하지 않았다.

이윽고 사내 하나가 숨을 헐떡이며 쓰러진 배덕수를 내려다보며 차갑게 말했다.

"시간 없다. 그냥 죽여."

사내를 죽이란 말에 여인이 깜짝 놀라 소리쳤다.

"안 돼요!"

여인이 사내들을 막아섰다.

"명령이에요. 그만 하세요."

여인의 말에 사내들이 피식 웃었다. 결코 여인의 명령을 순순히 들어줄 이들이 아닌 듯 보였다.

"저희 임무는 오직 아가씨를 지켜 드리는 겁니다."

한 사내가 연화를 막고 대답을 하는 사이 뒤쪽에서 묵직한 신음 소리가 들렸다.

"크윽."

다른 사내가 배덕수의 등에서 검을 뽑고 있었다.

여인이 탄식하며 한숨을 내쉬었다.

"자, 어서 출발합시다."

여인이 강제로 밀려 말에 올라탔다.

그렇게 사내들과 여인은 그곳을 떠나갔다.

쿠르르릉!

천둥소리와 함께 비가 내리기 시작했다.

쏴아아아!

배덕수의 등에서 흘러나온 피가 빗물과 함께 흘러가기 시작했다.

한 가지 이상한 점은 차디찬 시체가 되어버린 그의 표정은 왠지 억울함보다는 임무를 완수했다는 만족감이 깃들어 있었다는 점이었다.

…칠 년차 통이문도 배덕수의 죽음이었다.

그곳에서 백여 리 떨어진 길옆 공터에서 연화는 차갑게 식은 만두를 결국 땅바닥에 던져 버렸다.

그녀는 아무것도 먹고 싶은 심정이 아니었다.

그녀와 조금 떨어진 나무 아래에서 세 사내가 만두와 차를 마시며 잡담을 나누고 있었다.

배덕수를 죽인 세 사내는 바로 연화와 함께 천룡맹을 출발한 소천룡들로 소림의 원명, 청성의 무영, 무당의 일성이 바로 그들이었다.

통이문도를 고문하고 잔혹하게 살해한 일은 과거 그들의 심성을 생각해 볼 때 그 누구도 믿지 못할 일이었다.

하지만 그들의 심성은 이제 완전히 변해 있었다.

연화는 과거 그들과 만난 적은 없었지만 적어도 그들에게 뭔가 큰 변화가 있었다는 것은 짐작할 수 있었다. 하긴 자신의 아버지인 천룡맹주마저 가짜로 바꿔치기 된 마당에 그들의 이러한 변화는 놀랄 일도 아니었다.

시원스럽게 내리던 비는 어느새 그쳐 있었다.

소천룡 중 원명의 시선이 자꾸 연화를 향했다. 그의 시선을 느낀 연화가 자신을 내려다보았다.

비에 젖은 옷이 그녀의 몸에 쫙 달라붙어 그녀의 늘씬한 몸매가 드러나 있었다.

그제야 연화는 원명이 자신의 몸을 훔쳐보고 있다는 것을 깨달았다. 출발할 때부터 자신에게 유독 기분 나쁜 눈길을 주던 그였다.

연화가 그의 시선을 피하고자 자리에서 일어나며 말했다.

"잠시 세수 좀 하고 오겠어요."

그러자 원명이 싸늘하게 말했다.

"너무 멀리 가지 마시오."

연화는 아무 대꾸도 하지 않고 길 아래 비탈로 미끄러져 내려갔다. 그녀는 이미 느끼고 있었다. 그들은 자신을 지켜주러 따라나선 것이 아니라 자신을 감시하기 위해 따라나선 것이란 것을.

길 아래에는 작은 시냇물이 흐르고 있었다.

시냇가를 따라 그녀가 조금 아래쪽으로 걸어 내려갔다. 소천룡들의 시야에서 완전히 벗어나기 위함이었다.

수풀에 가려 그들이 보이지 않자 그제야 그녀가 시냇가에 쪼그리고 앉았다.

그녀는 멍하니 흘러가는 시냇물을 바라보았다.

맹을 나선 지 벌써 열흘째.

목적지에 서서히 다가올수록 그녀의 마음은 불안하기만 했다.

풍진강호(風塵江湖)의 살벌한 음모 속을 헤쳐 나가는 것이 이러한 것일까?

이제 그녀는 그 누구도 믿을 수 없었고 의지할 사람이 없었다.

그나마 자신을 지켜주던 단화경마저 출발하기 전날 어디론가 사라진 후 돌아오지 않았다.

어쩌면 자신을 따라오며 몰래 지켜주고 있을지도 모른다는 희망을 가졌지만 그럴 가능성은 희박해 보였다.

'어디로 가신 것일까?'

어쩌면 단화경이 자신을 떠나 버렸을지도 모른다는 생각이 들었다. 기풍한과 질풍조가 자신을 떠난 시점에 어쩌면 단화경에게 자신은 목숨을 위태롭게 하는 위험한 짐이 될 뿐이란 생각이 들었다.

멍하니 생각에 잠겨 있던 그녀가 섬뜩한 느낌에 고개를 돌렸다.

어느 틈에 원명이 자신의 뒤에 서서 자신을 쳐다보고 있었다.

정확히 말하자면 그녀의 새하얀 팔뚝과 다리를 쳐다보고 있었다.

차가운 눈빛 속에 담긴 기이한 열망.

연화는 기억할 수 있었다. 근래 저러한 눈빛을 본 적이 있었다는 것을.

그것은 분명 가짜 사마진룡이 자신을 바라볼 때와 같은 눈빛이었다.

그녀의 직감은 정확했다.

소천룡들에게 걸린 묵룡환체술의 부작용.

묵룡환체술은 그것에 걸린 사람들의 마음 깊숙한 곳에 숨겨진 욕망을 드러나게 했는데 소림의 원명에게 있어 그것은 바로 색욕(色慾)이었다.

평소 금욕적인 생활을 강요받던 젊은 무승의 절제력은 이제 묵룡환체술에 의해 바닥을 보이기 시작한 것이다.

원명이 한 발 두 발 다가오기 시작했다.

그녀가 한 발 뒷걸음질을 치며 뒤로 물러섰다.

"무, 물러서라!"

날카로운 그녀의 외침에 흠칫 원명이 걸음을 멈췄다.

"왜 그러시오?"

원명의 말은 정상적이었지만 그 목소리는 정상이 아니었다. 끈적끈적한 그 어떤 것이 눌어붙어 있었다.

원명의 시선이 그녀의 봉긋한 가슴으로 향했다.

순간 원명의 눈동자에 불꽃이 피어올랐다.

"흐흐."

그의 입에서 괴이한 웃음이 흘러나왔다.

이미 그의 욕망을 막을 수 없으리라 여긴 연화가 검을 뽑아 들었다.

"원명!"

연화가 그의 이름을 크게 외쳤다.

"불가의 제자가 지금 무슨 짓을 하려는 게냐!"

연화는 애써 그의 정신을 되돌리려 애썼지만 부처도 그를 버렸는지 소용없는 짓이었다.

원명이 한 발 더 다가서자 연화가 사정없이 검을 휘둘렀다.

쉭. 쉭.

원명이 가볍게 검을 피했다.

연화는 자신이 생각해 낼 수 있는 모든 초식을 이용해 필사적으로 검을 휘둘렀고 덕분에 원명은 쉽게 그녀를 제압하지 못했다.

"무슨 일이야?"

그때 일성과 무영이 그곳으로 달려왔다.

그녀는 그제야 안도할 수 있었다.

그들을 향해 돌아서는 원명의 눈빛에 두 사내는 어떻게 된 상황인지 단번에 알 수 있었다.

"허허. 이 친구. 결국 사고를 치는군."

저지른 짓에 비해 너무나 사소하게 여기는 일성의 말이었다.

원명이 그들을 향해 전음을 날렸다.

"어차피 곧 죽을 년이야."

"그러다 자결이라도 하면 어쩌려고?"

"흐흐. 말이 쉬워 자결이지 그게 그리 쉬운 일인가? 그리고 이번이 아니면 언제 저리 예쁜 년을 품어볼 기회가 있겠나?"

"흐음……."

그들의 입술이 달싹거리는 것으로 전음을 주고받는다는 것을 짐작한 연화는 다시 불안해졌다.

그들이 전음을 마치고 돌아섰을 때 연화는 알 수 있었다.

이제 그녀가 상대해야 할 사람이 둘 늘었다는 것을.

그녀의 얼굴에 절망의 빛이 감돌았다.

그들이 연화에게 다가서던 그때였다.

찌지지지—

작은 담비 한 마리가 울음소리를 내며 그곳으로 뛰어들었다. 잡털 하나 섞이지 않고 하얀 털이 났는데 한눈에 보아도 범상치 않은 동물 같아 보였다.

담비가 연신 코를 큼큼거리기 시작했다.

"뭐지?"

"족제비인가?"

"죽여 버려!"

그렇게 세 사람이 담비에 정신을 팔고 있던 순간, 연화가 재빨리 몸을 날렸다.

"잡아!"

가장 먼저 원명이 그녀의 뒤를 따라 몸을 날렸고 그 뒤를 일성과 무영이 뒤따랐다.

찌지지지—

그들 뒤를 담비가 따라 달리기 시작했다.

연화는 혼신의 힘을 다해 달렸다. 자신의 무공으로 저들을 감당하지 못하는 이상 잡히면 그녀가 겪게 될 것은 상상도 하기 싫은 일이었다.

탁탁탁.

그러나 점차 추격해 오는 원명과의 간격이 좁혀지고 있었다.

이십 장, 십오 장, 십 장……

"크크크. 자고로 여인이란 발악을 해야 제 맛이지."

그야말로 삼류 중의 삼류 파락호들의 대사를 원명은 자연스럽게 내뱉고 있었다. 그 어울리지 않는 말이 그녀를 오싹하게 만들었다.

연화는 연신 이어지는 원명의 음란한 말에 욕설을 내뱉을 여유도 없었다. 그저 달리고 또 달렸다.

팔 장, 칠 장… 점차 거리는 좁혀지고 있었다. 이제 손을 뻗으면 그녀의 등에 닿을 정도의 거리가 되었다.

"안 돼!"

연화의 절망적인 외침이 터져 나오던 그때였다.

와락.

누군가 나무에서 뛰어내려 절묘하게 연화를 안아 빙글 돌며 뒤따르던 원명을 사정없이 걷어찼다.

퍽!

난데없는 공격에 원명이 바닥을 뒹굴었다.

"아악!"

누군가 자신을 안자 연화가 반사적으로 몸부림을 치는 순간, 그녀의 귓가로 귀에 익은 목소리가 들려왔다.

"잘 지냈어요? 우리 예쁜 단주님!"

연화의 몸부림이 딱 멈췄다.

고개를 들어 자신을 안은 사람을 확인하는 연화의 눈이 놀람으로 가득 찼다.

"곽 오라버니!"

그녀를 안아 든 사람은 바로 곽철이었던 것이다. 곽철을 확인한 연화의 두 눈에 금세 반가운 눈물이 고였다.

"어떻게 여길……?"

그녀의 놀람에 곽철이 한숨을 내쉬며 말했다.

"그러게요. 찾느라고 혼났습니다."

그때 아까의 그 담비가 조르르 달려와 곽철의 어깨 위로 올라탔다.

"백향(白香)이라 불리는 녀석이지요. 특정한 향을 맡으며 천 리를 쫓아간다는 천고의 영물로 강호에 채 열 마리도 안 되는 놈입니다."

다시 곽철이 연화의 귀에 살짝 속삭였다.

"절대 내줄 수 없다는 걸 통이문주를 졸라 한 마리 빌렸지요."

"아!"

"이놈 다치기라도 하면 큰일납니다. 평생 일해도 못 갚아요."

그러나 다시 연화는 의문이 들었다. 아무리 영물이라도 무슨 단서가 되는 향이 있어야 쫓아왔을 것이 아닌가?

곽철이 그 의문을 이해한다는 듯 미소를 지으며 설명했다.

"아까 만두 드셨죠?"

"아… 네."

"만두를 포장한 종이에 백향이 좋아하는 향이 묻어 있었습니다."

그제야 연화는 곽철이 자신을 찾아낸 사정을 알 수 있었다. 배덕수는 결국 임무를 완수해 낸 것이다.

"다른 분들은?"

곽철이 대답을 하려는 순간 바닥에 쓰러졌던 원명이 자리에서 일어났다.

"이런 개 같은 놈이!"

곽철이 능글능글한 얼굴로 목소리를 저음으로 깔았다.

"아미타불. 스님, 진정하시오."

씩씩거리는 원명에게 곽철이 다시 이죽거렸다.

"스님 눈알이 빨갛소. 어찌 못 먹을 거라도 드셨소?"

그 말이 자신을 희롱하는 것이란 것을 모를 리 없는 원명이었다. 그의 눈에서 살기가 솟구쳐 올랐다.

그때 그 뒤를 따르던 일성과 무영이 도착했다.

온몸에 진흙을 뒤집어쓴 원명을 보며 일성과 무영의 표정이 굳어졌다.

원명의 무공은 셋 중 가장 뛰어났는데 그를 쓰러뜨렸다는 것은 상대의 무공이 범상치 않다는 것을 말해주는 것이기 때문이었다.

"네놈은 누구냐?"

곽철의 말투가 다시 평소의 말투로 바뀌었다.

"뒤에 있는 친구들에게 물어봐. 너희들 찾느라고 꽤 고생해서 성질이 사나워진 상태니까 조심하고."

깜짝 놀란 세 사람이 돌아보니 어느 틈에 두 사내가 자신을 노려보고 있었다.

"개만도 못한 것들! 내가 세상에서 제일 싫어하는 놈이 바로 강제로 여자를 어찌해 보려는 놈이야! 게다가 감히 우리 단주님을?"

풍뢰도를 뽑아 들고 일갈 호통을 치는 이는 바로 팔용이었다.

그에 비해 비영은 눈빛으로 자신의 감정을 표현하고 있었다.

섬뜩.

원명을 비롯한 세 소천룡이 침을 꿀꺽 삼켰다.

자신을 바라보는 비영의 눈빛은 먹잇감을 노리는 야수의 눈빛이었다.

나타난 사람은 그들뿐만이 아니었다.

누군가 곽철의 어깨를 콕콕 찔렀다.

돌아보니 서린이 묘한 미소를 지으며 웃고 있었다.

서린의 표정이 무엇을 말하는지 곽철이 단번에 알아보았다.

그때까지 연화를 안고 있었던 곽철이었다.

연화를 후딱 내려놓고는 곽철이 히죽 웃으며 말했다.

"바람피운 거 아니야."

그 말에 공연히 연화의 얼굴이 붉어졌다.

"오해 마. 난 기모 조장처럼 바람이나 피우는 사람이 아니라구."

그러자 어디선가 웃음 섞인 말이 들려왔다.

"죄없는 사람 모함하면 벌받아요."

서린의 뒤쪽에서 이현이 걸어오고 있었다.

"어허, 모함 아니라니까요. 달빛 아래 웬 여인이랑 입맞춤을… 아얏!"

서린이 곽철의 허리를 사정없이 꼬집었다.

그녀의 표정은 마치 철이 너라면 모르되 기 조장님이 그럴 리가 있겠냐는 표정이었다. 이현이 잘했다는 듯 서린에게 한쪽 눈을 찡긋 감았다.

다시 반가운 목소리가 들려왔다.

"에구. 애들이랑 같이 뛰어다니려니 힘드네. 힘들어."

뒤늦게 도착해 뒤쪽 거목 앞에 앉아 허리를 두드리고 있는 화노였다.

마치 봄나들이라도 나온 듯한 그들의 여유로운 모습에 세 소천룡은 잔뜩 긴장했다.

그러나 썩어도 준치라고, 그래도 그들은 강호의 새로운 영웅으로 떠오른 소천룡이 아니던가? 게다가 소천룡 중 가장 무공이 뛰어난 그들이었다.

이내 무영이 살기를 가득 품고 말했다.

"우리가 누군지 알고 수작질이냐?"

그러자 곽철이 그들을 돌아보며 싸늘하게 말했다.

평소의 곽철의 표정이 아니었다.

"알 필요 없다. 지금의 너희는 너희 자신조차 모르고 있을 테니까."

곽철의 깊어진 눈빛은 분명 동정을 담고 있었다. 그 눈빛에 원명의 기분이 나빠졌다.

"무슨 헛소리냐?"

"그냥 조용히 무기 버리고 무릎 꿇어. 마음 같아선 패 죽이고 싶지만 네놈들에게 무슨 죄가 있겠냐. 말 들어."

원명의 눈빛이 가늘어지면서 볼에 살짝 경련이 일어나기 시작했다.

곽철은 그의 분노를 느낄 수 있었다. 순순히 무릎을 꿇을 그들이 아니란 것도.

"죽어!"

원명의 주먹이 기습적으로 곽철을 향해 내질러지는 것과 동시에 무영과 일성이 동시에 몸을 날렸다.

원명이 곽철에게 날린 장법은 소림의 독문절기 백보신권(百步神拳)이었다.

과거 원명은 소림의 젊은 무승 중 가장 기대를 받던 제자였기에 소림의 신공절예를 전수받았던 것이다.

꽈직.

곽철이 여유롭게 몸을 비틀어 피하자 뒤쪽의 거대한 고목이 두 동강 나며 부러졌다. 그 아래서 쉬고 있던 화노가 고함을 질러댔다.

"어이쿠! 이놈들아, 살살 싸워!"

두 번째 백보신권이 빗나갔을 때 이미 곽철의 팔꿈치가 원명의 어깨를 찍어 누르고 있었다.

원명의 상체가 흐느적거리듯 움직이며 곽철의 공격을 아슬아슬하게 피했다.

금강부동신법(金剛不動身法)이 발휘된 것이다.

곽철이 입을 삐죽 내밀었다.

"망할 놈에게 많이도 가르쳤네."

그러나 원명은 곽철의 농담을 듣고 있을 여유가 없었다.

말을 하면서도 곽철의 두 손은 쉬지 않고 있었던 것이다.

원명은 자신의 장기인 백보신권을 발휘할 거리도, 여유도 없었다.

자신의 옆구리를 찔러오는 곽철의 수도(手刀)를 향해 쌍장을 내질렀다.

소림의 수공 중 하나인 참맥수(斬脈手)로 곽철의 팔목 근육을 끊으려 한 것이다.

"으아악!"

이어지는 비명은 원명 자신의 것이었다.

곽철의 수도에 손가락 두 개가 부러지며 그대로 옆구리를 가격당한 것이다.

이후부터는 완전 몰매였다.

퍽. 퍽. 퍽.

쏟아지는 곽철의 매질에 원명은 정신을 차릴 수가 없었던 것이다. 시정잡배의 마구잡이식 주먹질을 도무지 피할 수 없었던 것이다.

무영과 일성의 상황 역시 크게 다르지 않았다.

자신을 향해 달려드는 비영을 향해 무영이 펼친 검법은 청성의 자랑인 칠성검법(七星劍法)이었다.

파라라라라―

일곱 갈래의 검기가 뱀처럼 꿈틀거리며 비영을 찢어발기듯 날아들었다.

비영의 신형이 미꾸라지처럼 검기 사이를 헤엄치며 무영을 향해 날아들고 있었다.

비영의 동작은 과거 기풍한이 신마기와 싸울 때 검기를 피하던 그 동작과 닮아 있었다. 그때 비영은 크게 깨달은 바가 있었던 것이다.

칠성검기를 피해 비영이 무영의 코앞까지 날아들었다.

반격할 생각도 못하고 멍하니 그 모습을 쳐다보는 무영이었다.

이미 칠성검법이 깨어지면서 무영의 투지도 함께 깨진 것이다.

비영의 선풍검이 햇살에 반짝이며 무영을 향해 날아들었다.

마지막 순간 비영이 검을 거두었다.

퍽.

대신 비영의 양 무릎이 사정없이 무영의 양쪽 어깨를 가격했다.

무영이 그대로 그 자리에 주저앉았다.

숨을 헐떡이며 고통스러워하는 그의 몸에서 비영이 날렵하게 떨어져 나왔다.

그때 마지막 남은 일성은 해서는 안 될 선택을 하고 있었다.

무당의 태극검법 전 십이식(前十二式) 태극십이검(太極十二劍)이 팔용의 풍뢰도에 모두 막히고 후 삼식(後三式) 태극혜검(太極慧劍)마저 통하지 않자 목표를 바꾼 것이다.

그때 서린과 이현은 백향을 쓰다듬으며 놀고 있었다.

일성은 이현을 베고 서린을 인질로 삼을 작정이었다. 겉으로 보기에 강인해 보이는 이현보다 수수한 서린이 인질로 더 가치있어 보였나 본데 그것은 실로 어리석은 선택이었다.

따앙!

일성의 눈이 경악으로 부릅떠졌다.

이현을 내려치던 자신의 검을 서린이 팔을 내밀어 막아낸 것이다.

그녀의 팔목에 둘러진 풍투갑이 햇살에 빛나고 있었다.

서린은 아예 일성 쪽은 쳐다보지도 않았고 다른 한 손으로는 백향을 쓰다듬고 있었다. 옆에 이현 역시 그에게 시선 한 번 주지 않았다.

"너, 너희들은 누구냐?"

일성의 목소리가 무섭게 떨리고 있었다.

상대는 자신들과 비슷하거나 조금 나이가 들었을 뿐 새파랗게 젊은 이들이었다. 무당의 검을 이렇게 쉽게 막아낼 젊은 강호는 그에게 놀람 이상의 충격을 주었다.

"너무 귀엽죠? 한 마리 키우고 싶어요."

이현의 말에 서린이 미소를 지으며 고개를 끄덕였다.

완전 담비보다 못한 놈이 돼버린 그의 뒷목을 팔용이 움켜쥐며 번쩍 들어올렸다.

무기력하게 그의 몸이 번쩍 들렸다.

"에라, 이놈아!"

팔용이 풍뢰도의 도신으로 그의 등을 사정없이 후려갈겼다.

일성이 바닥을 뒹굴었다.

그렇게 세 소천룡이 모두 쓰러졌다.

퍽퍽퍽!

그때까지도 쓰러진 원명을 향한 곽철의 매질은 멈추지 않고 있었다.

두들겨 맞는 원명도 제정신이 아니었지만 두들겨 패는 곽철도 정상으로 보이지 않을 정도의 매질이었다.

퍽퍽퍽!

비영은 곽철의 마음을 알 수 있었다.

그는 지금 화가 나 있는 것이다. 연화에게 나쁜 짓을 해서가 아니라 이런 젊은이들까지 이용해 먹는 이 빌어먹을 '강호' 에 화가 나 있는 것이다.

화노가 곽철을 말렸다.

"이놈아, 이제 그만 해라."

퍽퍽!

화노의 말을 알아듣지 못했는지 곽철의 주먹은 쉬지 않았다.

날아가던 주먹이 허공에서 멈췄다.

곽철의 팔목을 잡은 이는 바로 서린이었다.

"미안."

서린을 향해 곽철이 서글픈 미소를 지었다.

서린은 언제나처럼 그 변함없는 미소를 지어 보였다. 곽철을 바라보는 서린의 미소에도 서글픔이 가득 담겨 있었다. 서린이라고 왜 곽철의 마음을 모르겠는가?

서린이 손바닥에 놓인 백향을 곽철 쪽으로 내밀었다.

말하지 않아도 어찌 그리 서린의 마음을 잘 아는지 이번에도 곽철은 단번에 그녀의 마음을 읽어냈다.

"…사달라고?"

서린이 미소를 지으며 고개를 끄덕였다.

"이게 얼마나 하는 줄 알아? 우리들이 모두 평생 벌어도 못 사. 용이 놈과 이 녀석이 동시에 위기에 빠지면 이 녀석부터 구해야 한다구."

그러자 듣고 있던 팔용이 울상을 지었다.

"흑흑. 그래… 난 족제비보다 못한 놈이야."

그렇게 서린의 재치와 족제비 대신 죽은 팔용의 희생으로 곽철이 흥분을 가라앉혔다.

곽철이 이제 완전 뻗어버린 원명을 내려다보며 한숨을 내쉬었다.

"백보신권을 배우고 금강부동신법을 익힌 녀석이야. 얼마나 사랑을 많이 받았을까? 아마도 참으로 바르고 착한 녀석이었겠지? 그러니까 아낌없이 다 가르쳤겠지?"

곽철이 원명에게 시선을 돌려 하늘을 올려다보았다.

"그놈들 잡히면 절대 용서하지 않을 거야. 이건… 강시로 만드는 것보다 더 나쁜 짓이야."

모두들 쓰러진 소천룡들을 보며 한숨을 내쉬었다.

화노가 팔용에게 말했다.

"그 아이들 이리 데려오너라."

팔용이 쓰러진 소천룡의 혈도를 돌아가며 제압했다.

이미 저항할 수 없을 정도로 부상당한 그들이었지만 혹 화노에게 암습이라도 가하지 않을까 하는 걱정 때문이었다. 화노사랑 하면 역시 팔용이었다.

질풍조 고유의 제압법으로 제압당한 그들은 이제 파해법을 익히지 않는 한 결코 무공을 사용할 수 없게 된 것이다.

팔용이 그들을 화노의 앞으로 질질 끌고 갔다.

화노가 원명의 머리에 몇 개의 침을 꽂기 시작했다.

그리고 그의 가슴에 손을 가져다 댔다.

우우웅.

화노의 내력이 원명에게 쏟아져 들어갔다.

묵룡환체술을 파해하기 위한 화노의 치료가 시작된 것이다.

화노의 표정이 순간 급변하더니 서둘러 원명의 가슴에서 손을 뗐다.

"더 이상은 무리다. 보통의 묵룡환체술이 아니다. 더 계속하다가는 전신 혈맥이 끊어져 죽고 말 것이야."

그러자 팔용이 답답하다는 듯 한숨을 내쉬었다.

"그럼 어쩌지요? 한둘도 아닌데… 소천룡 놈들을 모두 때려죽일 수도 없는 노릇 아닙니까?"

잠시 생각에 잠겨 있던 화노가 모두에게 말했다.

"소림으로 데려가야겠다."

"소림은 왜요?"

팔용의 물음에 화노가 고개를 가로저었다.

"방법이 없다. 소림의 대승반야신공(大乘般若神功)의 도움을 얻지 못한다면 그 아이들의 묵룡환체술을 풀어낼 수 없다."

"안 됩니다. 위험합니다."

비영이 단호하게 말했지만 화노는 이미 결심을 굳힌 모양이었다.

모두들 걱정스런 얼굴이었다.

질풍조의 걱정은 단 하나. 혹시 소림의 내부에도 묵룡천가의 음모가 이어져 있을까 하는 걱정이었다.

곽철이 담담하게 말했다.

"꼭 가서야 한다면 린이와 용이를 데려가십시오."

마음 같아선 모두 함께 가고 싶었지만 곽철과 비영, 이현은 마저 해야 할 일이 남아 있었다. 원래는 자신과 비영, 그리고 팔용이 대신 소천룡의 역할을 하려고 했었다. 그러나 혹시 모를 위험에 대비해 팔용까지 보내려고 마음먹은 것이다.

이쪽 일 역시 팔용에 비해 이현의 무공은 떨어졌지만 실전 경험이 풍부한 그녀라면 능히 팔용의 역할을 잘해내리라 생각했다.

곽철이 서린과 팔용을 말없이 바라보았다.

두 사람이 묵묵히 고개를 끄덕였다. 굳이 말하지 않아도 곽철이 무엇을 원하는지 알 수 있었다.

"걱정 마라. 우리가 잘 모시고 다녀올게."

그러자 곽철이 미소를 지으며 농담을 던졌다.

"술 숨겨가지고 들어가면 안 돼!"

"컥. 그러고 보니 거기 가면 술이랑 고기 못 먹네. 안 돼! 나 안 가! 못 가!"

팔용이 울상을 지으며 공연히 너스레를 떨었다.

이번에는 연화가 곽철에게 물었다.

"그럼 우린 뭘 해야 하죠?"

"원래 가던 길을 가야지요. 저희가 놈들 대신 모시고 가겠습니다."

연화가 고개를 끄덕였다. 이제 질풍조를 다시 만난 이상 강호에 무서울 것은 그 어떤 것도 없었다.

곽철이 짐짓 무서운 표정을 지으며 말했다.

"아직 한 번도 죽어본 적 없죠?"

"헉! 저 죽게 되나요?"

농담 반 진담 반의 연화의 장난에 곽철이 미소를 지으며 말했다.

"강호에서 가장 강한 사람의 칼에 맞을 예정입니다."

연화가 환하게 웃으며 말했다.

"죽어도 좋으니까… 이제 말없이 떠나지만 마세요."

第 55 章

신경전

신
경
전

그로부터 닷새 후. 연화 일행은 하북의 곡주에 도착했다.

지도상에는 표시되어 있지 않지만 엄연히 현실에서는 존재하는 사도맹의 영역에 드디어 들어온 것이다.

사도맹의 무인들과 비밀리에 접선하기로 한 구현까지는 하루 반나절 거리가 남았다.

휘이잉.

네 사람이 곡주의 초입 마을에 도착했을 때는 이미 자정 무렵이 다 되었다.

이미 대부분의 상점들 불은 꺼진 상황이었고 휴지 조각만이 이리저리 날리며 스산한 분위기를 자아내고 있었다. 휘파람을 불면 곧바로 귀신이 불쑥 튀어나올 것 같은 으스스한 거리였다.

어둠에 잠긴 골목길 끝에 객잔의 주(酒) 자 등이 바람에 흔들리고 있었다.

곽철이 그곳을 바라보며 말했다.

"자, 오늘은 저곳에서 쉬어갑시다."

말에서 내린 네 사람이 객잔 안으로 들어서려는 순간 곽철이 발걸음을 멈췄다. 그와 동시에 비영의 발걸음도 멈췄다.

객잔 안에서 뿜어져 나오는 묘한 기운을 함께 느낀 것이다.

두 사람이 마주 보며 고개를 끄덕였다. 자신들이 도착했음을 알아차린 기풍한이 그들에게 보내는 일종의 신호였다. 기풍한이 객잔 안에 있다면 이곳이 곧 그들이 일을 벌일 장소란 뜻.

곽철이 연화에게 나지막이 속삭였다.

"여깁니다."

연화가 다소 긴장된 얼굴로 고개를 끄덕였다.

이미 곽철을 통해 몇 번이나 들은 작전이었다. 작전의 내용은 단순했다.

기풍한의 검에 죽는 연기를 하면 그뿐이었다.

이미 연화는 가슴에는 사슴피를 채운 가죽 주머니를 차고 있었다. 그 아래 다시 몇 겹의 가죽을 대어 혹시 모를 상처를 대비했다. 하지만 예상대로 기풍한이 그녀를 향해 검을 휘두른다면 아무 걱정 할 것이 없었다.

곽철이 앞장서 객잔 안으로 들어섰다.

자정이 넘은 시간이었음에도 객잔 안에는 삼십여 명의 손님들이 술을 마시고 있었다. 마치 바깥이 스산한 이유가 모든 사람들이 이곳에 모여 있기 때문이란 생각이 들 정도였다.

곽철은 정철령이 이렇게 사람이 많은 곳에서 암살을 감행하려 하는 것에 의외란 생각이 들었다.

그러나 이내 곽철은 그 이유를 이해할 수 있었다.

살인자에 대한 증인.

그들은 증인이 필요한 것이다.

사파의 무인들에 의해 천룡맹주의 딸이 죽었다는 사실을 증명해 줄 사람들. 이들의 입을 통해 그 소식은 순식간에 강호 전역에 퍼지게 될 것이다.

계산대에서 주판을 튕기던 중년 사내가 반갑게 그들을 맞았다.

"어서 오십시오. 어이, 춘심아, 손님 받아라."

중년 사내가 소리친 곳은 여전히 술판이 거나하게 벌어진 한옆의 탁자였다.

사내 넷이 어울려 술을 마시고 있었는데 그들의 술시중을 들며 희희낙락대던 여인이 자리에서 일어났다.

객잔의 점소이가 여자인 것은 그다지 특이할 일이 없었다. 강호의 많은 객잔들이 의도적으로 여인들을 점소이로 쓰고 있는 추세였으니까.

춘심이란 여인은 짙은 화장에 한눈에 색기가 줄줄 흐르는 여인이었는데 자신의 술자리가 방해받았다고 생각했는지 귀찮다는 표정이 역력했다.

"묵고 가실 건가요?"

여인의 물음에 곽철이 고개를 끄덕였다.

"방 두 개 내주고. 그전에 요깃거리나 한상 차려주시오."

여인이 시커멓게 때가 탄 걸레로 대충 탁자를 닦았다.

그야말로 변두리 객잔의 성의없는 여점원의 모습 그대로였다.

그들이 자리를 잡고 앉자 춘심이 다시 물었다.

"안주는 무엇으로 드릴까요?"

"그냥 대충 알아서."

어디 객잔의 손님들 중 안주는 알아서 대충 내오라는 손님이 하나둘이겠는가? 춘심이 두말 않고 주방 쪽으로 가서 몇 가지 안주를 주문했다.

객잔을 쭉 둘러본 곽철의 전음이 연화를 비롯한 모두에게 재빨리 전해졌다.

"계산대 놈이 감숙삼흉 중 첫째. 저기 바로 보이는 두 놈이 둘째, 셋째, 그리고 등 돌린 두 놈이 기련쌍랑. 춘심이라 불리던 여인이 흑묘선자, 아마도 조장님과 정철령은 주방 안에 있는 것 같습니다."

과연 곽철의 안목은 정확했다.

이미 기풍한을 통해 연화를 노리는 자들이 누구인지 미리 알았기에 그들을 알아보는 것은 어렵지 않았다.

그들 외에 손님들은 다양했다.

구석에서 이야기꽃을 피우고 있는 소녀와 늙은 노부부. 아마도 손녀를 데리고 길을 나선 모양이었다. 그 외에도 장사치들로 보이는 사내들도 보였고 진탕 술에 취해 비몽사몽인 뜨내기 무인들도 보였다. 먹살을 잡고 싸우는 사람들까지 그야말로 객잔 안은 시끌벅적했다.

"오라버니들과 언니가 아니었다면 전 이런 곳에서 죽었겠군요."

연화의 속삭임에 이현이 미소를 지으며 말했다.

"저희가 없었다 해도 단주님은 죽지 않았을 거예요."

그러자 연화가 피식 웃었다.

"그럴 리가요?"

"단주님은 관상학적으로 쉽게 죽을상이 아니에요."

"엉터리!"

두 여인이 마주 보며 웃었다.

이현이 무슨 생각이 들었는지 연화를 보며 담담하게 말했다.

"강호인에게 생과 사는 의지라 생각해요."

"의지요?"

"네."

문득 이현의 얼굴에 쓸쓸함이 스쳐 지나갔다. 과거 적운조를 하면서 겪은 숱한 죽음의 순간들을 헤쳐 나온 그녀였다.

"강호인들의 생과 사에는 보이지 않는 무엇인가가 존재한다고 생각해요."

"그게 언니가 말씀하신 그 의지인가요?"

이현이 미소와 함께 고개를 끄덕였다.

"삶을 지키고자 하는 의지가 생사의 갈림을 바꿀 수도 있다고 생각해요. 아, 너무 당연한 이야기지요? 하지만 우린 가끔 그 당연한 사실을 잊고 살지는 않을까요? 무공이 약해 죽는구나, 다른 초식을 썼으면 살았을 텐데 재수가 더럽게 없어 죽는구나. 아, 발버둥 쳐봐야 천명(天命)은 어쩔 수 없구나… 이런 생각으로 죽음을 대하죠. 심지어는 자신의 죽음까지도요. 하지만 어쩌면 그 모든 죽음은 자신의 삶을 지키고자 했던 의지의 부족 때문은 아닐까요? 의지를 강하게 가져라란 말, 어려서부터 귀에 못이 박히도록 들어온 말이기에, 그래서 그저 듣기 좋은 말 따위에 불과해. 현실적이지 못해. 그런 말은 누가 못해. 혹 우린 이런 오만으로 잊지 말아야 할 무언가를 잊어버린 것은 아닐까요?"

공연히 말을 했다는 듯 이현이 쑥스럽게 머리를 긁적였다.

"에구, 술도 안 마시고 주정을 부렸네요."

연화가 그녀를 바라보며 진지하게 말했다.

"전 잊지 않을게요."

"잊어요!"

"정말요? 삶을 지키려는 제 의지를 잊어버려요?"

"아, 그 말이 아니고……."

"호호호."

연화의 장난에 이현이 더욱 난처한 표정을 지었다.

곽철과 비영은 그녀가 말하고자 하는 바를 이해할 수 있었다.

그녀가 진정으로 연화에게 하고 싶은 말은 삶에 대한 굳은 의지를 가지면 죽음도 극복할 수 있다란 말이 아닐 것이다.

강호의 많은 젊은이들은 오직 강해지는 길만을 찾아 헤매고 있었다.

강해지자, 강해지자, 남들보다 강해지자. 그것만이 강호에서 살아남는 길이다. 그것이 지금의 강호가 젊은이들에게 전하는 유일한 교훈. 어떻게 진실되게 살아갈까보다는 얼마나 멋지게 죽을까를 고민하는 강호.

진정 강해지는 최고의 비급은 자신의 삶을 아끼고 그 삶과 관계된 또 다른 삶을 지켜주려는 마음이고 의지란 것을.

천년하수오를 무 먹듯 먹어도, 공청석유를 익사할 정도로 들이마셔도 결코 이길 수 없는 최강의 비급을 이미 마음속에 가지고 있다는 것을 말해주고 싶은 것이다.

그것을 잊고 현란한 초식만을 찾아, 더욱 강한 무공과 사부를 찾아 헤매는 젊은 후배들에 대한 안타까움. 연화는 그런 길을 걷지 않기를 바라는 진심 어린 충고라는 것을. 곽철과 비영은 그렇게 그녀의 마음을 이해하고 있었다.

한편, 그렇게 그들이 이야기를 나누던 그 시각. 주방 안의 기풍한과 정철령은 음식을 내가는 작은 구멍을 통해 밖을 살피고 있었다.

정철령이 그들이 객잔에 들어왔을 때부터 연화 쪽만을 노려보고 있었다.

"따라온 천룡맹 무인들은 어떻게 하오? 함께 처리하는 것이오?"

기풍한의 물음에 정철령이 고개를 끄덕였다.

"물론이오. 그렇지 않다면 그대들을 이렇게 고용할 필요가 없었겠지. 나 혼자 처리해도 충분할 테니까."

마치 큰 비밀이라도 알려주는 듯 정철령이 몇 마디 덧붙였다.

"사실 저들은 자신들이 희생될 것이란 것을 모르고 있소. 자신들이 신호를 보내 빠지면 그때 저 아이를 죽이는 것으로만 알고 있소. 하지만 저들을 죽이지 않으면 모든 강호인들이 의구심을 품을 것이오. 수행하는 무인들은 무사한데 맹주의 딸이 죽었다면 어찌 이상한 일이지 않겠소?"

기풍한이 수긍한다는 표정을 지었다.

사실 기풍한의 계획은 이러했다.

우선 자신이 연화를 거짓으로 벨 것이다.

동시에 삼흉과 쌍랑이 곽철과 비영, 이현을 처리하려 덤벼들 것이다.

곽철과 비영이라면 적당히 베이고 죽는 시늉을 할 수 있을 것이다.

문제는 아무래도 무공이 떨어지는 이현이었는데 그 부분은 전적으로 곽철에게 맡겨둘 작정이었다.

일단 그들이 모두 쓰러지면 정철령을 비롯한 자신들은 황급히 이곳을 떠날 것이다. 객잔 안에 사람들이 많았기에 그들이 이곳에 오래 머물 까닭이 없었다. 그들의 죽음을 확인할 시간은 없을 것이다.

천룡맹주의 딸을 암살하는 일은 결코 작은 일이 아니다. 강호를 발칵 뒤집어놓을 이번 일을 마치면 정철령은 틀림없이 혈사련주와 합류할 것이라 기풍한은 확신했다.

기풍한이 곽철에게 대충의 작전을 전음으로 전달했다.

전혀 입술을 달싹거리지 않은 전음이었기에 정철령은 결코 눈치챌 수 없었다.

전음 대화의 마지막에 기풍한이 물었다.

"이들이 왜 이런 일을 계획했는지 알아냈느냐?"

"네. 이유는 간단했습니다."

"……?"

"현 맹주가 가짜랍니다."

이곳으로 오는 도중 연화에게서 그 이야기를 전해 들은 곽철이었다.

기풍한의 놀람은 매우 컸다.

"그럼 진짜 맹주님은?"

"생사를 확인할 수 없습니다. 지금 사마진서가 찾고 있다고 합니다."

이어 화노와 서린, 팔용이 소천룡 셋을 데리고 소림사의 도움을 얻기 위해 떠났다는 보고를 끝으로 두 사람의 전음을 통한 대화가 끝이 났다.

옆에서 요리를 하던 숙수가 이윽고 연화의 탁자에 나갈 몇 가지 안주를 내놓았다. 정철령과 기풍한의 협박에 숨소리 하나 내지 않고 요리만 만들던 그였다.

기풍한이 음식을 받아 작은 구멍으로 내밀려는 순간이었다.

"잠시 기다리시오."

정철령이 기풍한의 행동을 제지했다.

그리고 품 안에서 하나의 약병을 꺼냈다.

분명 음식에 독약을 타려는 것이 분명했다.

기풍한을 비롯한 모두에게 사전에 이야기하지 않은 부분이었다. 또 하나의 생각지 못한 변수였다.

기풍한이 싸늘하게 말했다.

"그대는 우릴 믿지 않고 있었군."

그러자 정철령이 싸늘하게 웃었다.

"확실히 하려는 것뿐이오."

제아무리 강호의 영웅으로 떠오른 소천룡들이라 해도 그들 셋이 기풍한을 비롯한 여섯 고수의 기습 공격을 막아낼 리 없었다. 그럼에도 정철령은 거기에 안전 장치까지 달려는 것이다. 그가 얼마나 이번 일을 중요시 여기는지 알게 해주는 대목이었다.

"독이 풀리면 곧바로 눈치를 챌 텐데."

"그 점은 걱정하지 않아도 되오."

기풍한의 걱정이 기우라는 듯 그는 모든 요리와 술에 골고루 약을 섞었다.

기풍한이 최대한 오감을 끌어올렸다. 맛을 보거나 냄새를 맡지 않았음에도 그것이 순간 내공을 흩어버리는 산공독임을 알아낼 수 있었다. 아마도 그 효과가 천천히 발휘되는 그러한 종류이리라.

그나마 무형지독이 아니라 산공독인 것은 다행한 일이었다.

다시 기풍한의 전음이 곽철에게 날아갔다.

"요리에 산공독이 풀렸다. 미리 대비해라."

"알겠습니다."

"감시받고 있으니 조심하고."

"네."

기풍한의 전음 내용이 순간 비영과 이현, 그리고 연화에게 전달되었다. 그사이 요리가 흑묘의 손에 의해 그들에게 배달되었다.

그녀가 다시 제자리로 돌아가자 곽철이 은밀히 품에서 두 개의 알약을 꺼냈다.

비영과 이현은 이미 그 해약을 가지고 있었기 때문에 알아서 먹을 것이다. 그러나 연화는 해약을 지니고 있지 않았다.

문제는 그들에게서 한 치의 눈도 떼지 않는 정철령에게 있었다.

기풍한이 정철령에게 의도적으로 말을 걸었다.

"또 내가 모르는 것이 있소?"

"무슨 뜻이오?"

정철령은 기풍한의 말뜻을 모른다는 듯 시치미를 뗐다. 작전을 완전히 공개하지 않고 뭔가 숨기고 있는 자신에 대한 항의라는 것을 정철령이 모를 리 없었다.

정철령의 시선이 잠시 연화 일행에게서 벗어나 기풍한을 향했다.

동시에 기풍한의 전음이 곽철에게 날아갔다.

"지금이다."

획.

탁자 밑으로 해약이 날아갔다.

연화가 탁자 밑으로 날아오는 해약을 받았다.

곧이어 정철령이 다시 연화 쪽으로 고개를 돌렸을 때는 이미 그들은 모두 해약을 복용한 후였고 젓가락질을 시작하고 있었다.

그들이 요리를 먹는 것을 확인한 후에야 정철령이 뒤늦게 대답했다.

"난 그대에게 숨기는 것이 없소."

기풍한이 다시 물었다.

"그대는 이번 일로 무엇을 얻게 되오?"

"없소."

없는 것이 아니라 바라지 않는다는 표현이 정확하리라.

기풍한은 그의 혈련주에 대한 충성심을 확인할 수 있었고 강제적으로는 결코 혈련주의 행방을 알 수 있는 방법은 없으리라 확신했다. 그가 제 발로 혈련주를 찾아갈 때를 기다리는 길뿐이었다.

옆에서 자신을 바라보는 기풍한의 눈빛이 왠지 따갑다고 느껴진 순간 정철령은 가슴이 서늘해지는 것을 느꼈다. 마치 벌거벗은 채 상대에게 모든 것이 까발려진 느낌.

그가 힐끔 기풍한을 돌아보았을 때는 이미 기풍한의 눈빛은 추혼객의 그것으로 돌아가 있었다.

'착각이었나?'

한편 곽철은 술을 마시면서 은밀히 주위를 살피고 있었다. 상대가 어떤 식으로 공격을 해올지 알아내려는 것이다.

실내에 있는 여섯 사람. 즉 감숙삼흉과 기련쌍랑, 그리고 흑묘선자는 그야말로 자신의 역할만 충실히 할 뿐 아무런 이상한 점도 없었다.

그러던 곽철의 눈빛이 반짝였다.

'분명 연화 아가씨를 베는 것은 조장님의 역할일 것이다. 그런데 조장님은 주방에 배치되어 있다? 그렇다면?'

곽철의 시선이 이층 객실로 올라가는 계단으로 향했다.

이층 계단은 일반 객잔과는 다르게 주방 쪽 입구 옆에 마련되어 있었던 것이다.

'역시 그렇군.'

다시 곽철의 시선이 감숙삼흉과 기련쌍랑이 앉은 위치를 살폈다.

그들은 이층으로 올라가는 계단 옆, 그러니까 주방에서 가장 가까운 곳에 위치하고 있었다.

순간 곽철의 머리 속에 하나의 그림이 그려졌다.

그들이 식사를 마치고 이층으로 향한다. 분명 앞서 가는 것은 연화일 것이고 그들 셋이 뒤를 따를 것이다. 그들이 계단 앞에 도착했을 때 주방에서 기풍한이 달려나와 연화를 벨 것이다. 남은 세 사람은 뒤에서 앉아서 술을 마시던 감숙삼흉과 기련쌍랑이 기습. 혹 그들 중 하나가 기습을 피해 좌측으로 몸을 날린다면 흑묘선자에게 당할 것이다. 반대로 입구 쪽으로 달아나려 한다면 정문 옆의 일흉이 그를 기다릴 것이다.

그 누구도 피할 수 없는 완벽한 배치였다.

곽철의 생각대로라면 그 일은 단 한 호흡에 이뤄질 것이고 그들 모두는 각기 다른 방향으로 도주할 것이다.

기풍한과 정철령은 주방 뒤로 난 비상문으로, 이흉과 삼흉, 그리고 기련쌍랑은 이층을 통해 객실 창문을 뚫고, 그리고 혼란스런 틈을 타서 일흉과 흑묘선자가 마지막으로 정문을 통해 빠져나갈 것이다.

모든 그림이 그려지자 곽철이 마지막으로 작전을 확인했다.

상당히 위험한 작전이었기에 곽철의 얼굴에선 그 어떤 장난기도 보이지 않았다.

"단주님은 그대로 쓰러지시면 되고, 저와 영이가 저들 중 둘을 부상시키고 쓰러지겠습니다. 제가 쓰러지면서 이 조장님을 공격하는 자의 팔을 잠시 마비시킬 테니 알아서 적당히 베이십시오."

말은 쉬웠지만 그야말로 완벽한 호흡이 필요한 작전이었다.

네 명이 모두 죽음을 위장해야만 하는 작전.

이번 작전의 마무리는 정철령의 뒤를 쫓는 기풍한이 할 것이다.

"자, 그럼 시작하죠."

모두 자리에서 일어났다.

그리고 객실이 있는 이층으로 걸어가기 시작했다.

이윽고 그들이 객실로 올라가는 이층 계단에 도착했다.

쉬―익―

검을 빼어 든 기풍한이 주방 안에서 연화를 향해 날아들었다.

기풍한의 검이 연화를 베어내려는 그 순간이었다.

순간 연화가 두 눈을 질끈 감았다.

그 순간 기풍한의 마음을 철렁 내려앉게 만든 일이 시작되었다.

생각지도 못한 노인 하나가 자신을 향해 몸을 날린 것이다.

그 노인은 어린 소녀와 함께 있던 두 노인 중 하나였다.

순간 기풍한의 주위가 느리게 흘러가기 시작했다.

기풍한의 온몸의 모세 혈관이 활짝 열리면서 극도의 집중력이 발휘되기 시작한 것이다.

주위의 사물들이 천천히 움직이고 있었다. 그 와중에 가장 빨리 움직이고 있는 것은 연화를 구하기 위해 날아드는 노인이었다.

노인의 무공은 대단했다. 기풍한이 짐작하건대 십이천성에 버금가는 실력이었다. 객잔 안에 사람이 워낙 많았고 그가 철저히 자신의 내력을 숨기고 있었기에 기풍한은 미리 그의 존재를 알아차리지 못했던 것이다.

기풍한의 움직임은 여전히 추혼객의 무공 수위의 움직임이었다. 그것은 기풍한이 의도적으로 느리게 움직이는 것이었다. 아마 노인의 눈에는 자신의 움직임이 노인 자신보다 세 배 정도 느리게 느껴질 것이다.

물론 기풍한이 자신의 본 실력을 드러내면 연화를 벨 수 있겠지만 그럼 모든 일이 들통나 버리고 말았다. 더구나 연화를 재수 좋게 벤 것처럼 꾸민다 해도 저 노인을 피해 정철령과 일행이 탈출할 가능성은 거의 없어 보였다. 더구나 연화가 가짜로 죽은 것도 노인에 의해 단번에 들통나 버릴 것이다.

그 찰나의 순간 기풍한은 많은 생각을 했지만 결국 선택할 방법은 하나였다.

쉬익—

다시 시간이 원래대로 돌아왔다.

쫘악.

노인이 연화의 앞을 막아서며 기풍한의 팔목을 움켜잡았다.

"크윽."

기풍한의 비명 소리가 터져 나왔을 때는 이제 막 이흉과 삼흉, 그리고 기련쌍랑이 곽철 등의 세 사람을 기습하려던 순간이었다.

기풍한의 손에서 검이 바닥으로 떨어졌다. 동시에 기풍한이 무릎을 꿇었다. 물론 어느 정도 연기가 들어간 행동이었지만 팔목의 고통은 상당한 것이었다.

기풍한이 갑자기 나타난 노인 손에 제압당하자 그들이 잠시 머뭇거렸다.

예상치 못했던 일은 이제 시작에 불과했다.

쉭— 쉭—

그들을 향해 여섯 자루의 검이 날아든 것이다.

"으악!"

이흉의 등이 갈라지며 그대로 꼬꾸라졌다.

삼흉은 도를 반쯤 뽑다가, 기련쌍랑은 검은 뽑았지만 제대로 한번 휘둘러 보지도 못하고 가슴이 갈라지고 말았다.

그들에게 검을 휘두른 이들은 옆 탁자에서 술을 마시던 장사치들이 었다. 순식간에 네 명을 벤 그들의 실력은 대단했는데 사실 감숙삼흉 과 기련쌍랑은 이렇게 허무하게 당할 실력이 아니었다.

그러나 곽철 등에 모든 신경을 쓰고 있던 차에 노인의 등장에 당황 했고 가장 중요한 이유는 자신들이 기습을 당하리라곤 꿈에도 생각지 못했던 탓이었다.

어쨌든 이 모든 일은 눈 깜짝할 사이에 일어났다.

연화와 질풍조원들은 물론 주방 안의 정철령을 비롯해 술을 나르던 흑묘선자, 그리고 문 옆에 있던 일흉까지 모두 깜짝 놀랐다.

그들 중 가장 먼저 행동을 보인 것은 일흉이었다.

일흉이 문밖으로 몸을 날렸다.

"으아악!"

문밖에서 들려오는 참혹한 비명 소리.

곧이어 중년의 사내 하나가 가슴이 쩍 벌어진 일흉의 시체를 질질 끌고 들어왔다.

스윽.

어떻게 알았는지 흑묘선자의 목에 여섯 개의 검이 교차해 겨누어졌다. 앞서 이홍 등을 벤 그들의 검이었다.

일이 틀어졌음을 직감한 정철령이 주방 뒷문으로 몸을 날리던 순간이었다.

"이놈! 어림없다."

노인이 일갈을 내지르며 기풍한을 잡고 있던 반대쪽 손을 쭉 뻗었다.

슈라라라랑.

정철령의 몸이 마치 소용돌이 속에 빨려 들어가듯 노인의 손아귀로 빨려 들어왔다. 대단한 위력의 흡입공(吸入功)이었다.

노인이 정철령의 목을 움켜쥐었다.

정철령이 내력을 끌어올려 저항하려 했지만 노인의 거대한 내력에는 불가항력이었다.

이윽고 정철령의 무릎이 꿇어졌다.

노인의 양손에 기풍한과 정철령이 나란히 제압당한 것이다.

"연화 소저."

원래 노인이 앉아 있던 탁자에서 소녀가 일어났다.

그녀가 자신의 이름을 부르자 연화는 깜짝 놀랐다.

소녀가 연화 쪽을 향해 몸을 돌렸다.

소녀의 얼굴을 확인한 연화는 깜짝 놀랐다.

목소리만 들어서는 소녀 같았던 그녀는 이십대의 성숙한 여인이었다. 목소리가 워낙 카랑카랑했기 때문에 어린 소녀라 착각을 했던 것이다.

기풍한의 전음이 곽철에게 전해졌다.

"혹시 이것이 날 놀래키려고 말하지 않은 네 계획의 일부냐?"

곽철의 머쓱한 전음이 다시 기풍한에게 돌아갔다.

"그랬으면 좋겠지만… 아닌 것 같은데요."

그렇게 정철령의 작전과 그 작전을 지배하고 있다고 생각되던 질풍조의 작전은 전혀 예상치 못한 방향으로 흘러가기 시작했다.

용
설
란

여인의 외모는 연화와 비교할 수 있었다.

그녀는 연화와 비슷한 고귀한 분위기를 지녔는데 연화가 따스한 쪽이라면 그녀는 조금 차갑다는 인상을 주고 있었다. 어쨌든 뚜렷한 이목구비와 늘씬한 몸매는 가히 모두의 시선을 사로잡기에 충분했다.

여인의 뒤로 함께 앉아 있던 노파가 따라나섰다.

백발이 성성한 그녀는 인자한 인상을 지녔는데 그녀가 들고 있는 철장 끝에는 어른 머리통만한 크기의 쇠로 만들어진 용머리 장식이 달려있었다.

그 용두철장(龍頭鐵杖)을 보자 기풍한은 단박에 그녀의 정체를 짐작할 수 있었다.

'그렇다면?'

그녀의 정체를 짐작하자 대번 노인의 정체 역시 알 수 있었다.

설여봉(泄麗鳳)과 구미룡(俱美龍).

두 사람은 반 갑자 이전의 고수들로 당시의 강호에 매우 유명한 한 쌍이었다.

그들은 서로 깊이 사랑하여 언제나 함께 붙어 다녔는데 설여봉이 가는 곳에는 언제나 구미룡이 있다란 말이 유행처럼 퍼지기도 했었다.

강호인들은 그들을 봉매매와 용가가란 애칭으로 불렀다.

오래전 강호에서 모습을 감춘 그들이 오늘 이 자리에 모습을 드러낸 것이다.

기풍한은 그런 두 전대 고수를 대동하고 나타난 여인의 정체를 짐작할 수 있었다. 저런 어린 나이에 봉매매와 용가가를 부릴 수 있는 사람은 강호에 한 명뿐이었다.

여인이 다시 연화를 불렀다.

"연화 소저?"

"누구신데 저를 알고 계시나요?"

얼떨떨한 연화의 물음에 여인이 활짝 웃었다.

"저는 용설란(龍雪蘭)이라고 해요."

연화에게 그녀의 이름은 생소했지만 기풍한을 비롯한 질풍조원들은 그 이름을 알고 있었다.

용설란.

그녀는 바로 사도맹주의 딸이었다.

곽철이 연화에게 귓속말로 속삭였다.

"사도맹주의 딸입니다."

"아!"

사도맹주에게는 두 명의 자식이 있었는데 첫째가 용설란이었고 둘째가 그녀의 남동생 용권식(龍權植)이었다.

용천악은 맹의 일에 철저히 자신의 자식을 배제했고 그 결과 강호에는 겨우 이름만 알려진 그들이었다. 용천악은 그들에게 자신의 무공을 전수하지 않았다. 그는 혈연 승계가 아닌 능력과 역량을 따져 후계자를 뽑겠다고 선포했고, 혹시 자신의 자식들이 권력에 욕심을 낼까 걱정을 했기 때문이다. 용천악은 그러한 인물이었다. 그런 탓에 기풍한과 질풍조는 물론이고 과거 적운조의 조장이었던 이현마저도 그녀를 오늘 처음 본 것이다.

용설란이 활짝 웃으며 말했다.

"아버님의 명으로 마중을 나왔습니다. 다행히 늦지 않아 악적들의 비겁한 암습을 막을 수 있었네요."

"아, 깊이 감사드립니다. 한데 저희들이 만나기로 한 장소는……."

"네. 물론 여기가 아니지요. 하지만 얼마 전 저희에게 한 장의 투서(投書)가 날아들었습니다."

"투서라면?"

"누군가 이곳에서 그대를 노린다는 내용이었지요. 보낸 이의 이름을 밝히지 않아 반신반의했지만 혹시나 해서 이렇게 여기까지 마중을 나왔답니다."

"아… 덕분에 목숨을 구했습니다. 감사드립니다."

연화는 정중하게 인사를 했지만 내심 당혹해하고 있었다.

"이번에 귀 맹에서 사마 소저께서 직접 오신다는 소리를 듣고 이번 일을 제게 맡겨달라고 아버님을 졸랐답니다. 겨우 허락을 얻어낸 일이랍니다."

그야말로 천룡맹과 사도맹의 두 딸들이 얼굴을 맞댄 역사적인 날이었다.

연화가 기풍한과 정철령을 붙잡은 노인을 바라보았다.

그러자 용설란이 잠시 잊었다는 얼굴로 그들을 간단히 소개했다.

연화가 두 노인에게 정중하게 포권을 하며 인사했다.

"말학 후배 연화가 두 선배님께 인사드립니다."

그러자 두 노인이 연화의 정중한 태도에 흐뭇한 미소를 지었다.

용천악은 사도의 이름 높은 두 노인에게 특별히 부탁해 용설란을 지켜달라 부탁한 것이다.

다시 용설란이 앞서 일흉의 목을 벤 중년 사내와 여섯 명의 무인들을 소개했다.

"이분들은 항상 저를 지켜주시는 분들입니다."

중년인이 연화에게 정중하게 말했다.

"녹수단 소속의 신범(申范)입니다."

녹수단은 용천악을 지켜주는 수호무인들로 그 가족의 안전까지 책임지고 있었다.

인사하는 분위기가 되자 곽철이 슬그머니 인사를 했다.

"저는 천룡맹의 소천룡 곽철입니다."

그러자 신범의 얼굴이 대뜸 못마땅해졌다.

"그대들은 그대의 주인을 호위하는 막중한 임무를 지닌 이들로 어찌 주인을 이토록 위험에 빠뜨렸소?"

"그게……."

곽철이 변명을 못하고 우물쭈물 말꼬리를 늘였다. 사실 입이 열 개라도 할 말이 없는 경우였다.

그때 비영이 단호한 어조로 말했다.

"그건 그대가 참견할 일이 아니지 않소."

신범의 눈꼬리가 하늘로 치솟았다.

자신의 주인을 죽음에 이르게 할 뻔한 자들의 변명치곤 너무나 당당했기 때문이다.

신범이 자신을 노려보자 비영이 지지 않고 눈을 부라렸다.

분위기가 썰렁해지자 용설란이 미소와 함께 곽철 등을 위로했다.

"신 무사께서 나쁜 뜻으로 드린 말씀이 아니니 너무 개의치 말아주세요."

"아무렴요. 입이 열 개라도 드릴 말씀이 없습니다."

곽철이 용설란의 장단에 맞춰 너스레를 떨었다.

다시 신범이 무릎을 꿇고 있는 기풍한과 정철령, 그리고 흑묘를 돌아보며 용설란에게 정중하게 말했다.

"이들은 어떻게 처리할까요?"

용설란의 미간이 살짝 찌푸려졌다.

"감히 본 맹의 영역에서 간악한 짓을 저지르려 했으니 용서할 수 없겠지요."

그 말이 끝나기가 무섭게 신범이 검을 뽑아 들었다.

단숨에 모두 베어버릴 작정인 듯 보였다.

연화가 깜짝 놀라 앞으로 나섰다.

"잠깐 기다려 주세요. 그들의 목숨을 잠시 살려주시기를 부탁드립니다."

"왜 그러시죠?"

"이들의 배후를 알아보아야겠습니다."

"이런 대담한 일을 벌인 자들입니다. 결코 쉽게 배후를 불지 않을 것입니다. 차라리 후환을 없애시는 것이 나을 듯합니다."

그러자 연화가 고개를 가로저었다.

"저희 천룡맹의 일 처리는 그대들과 다르니 양해해 주십시오."

신범을 비롯한 봉매매와 용가가의 얼굴이 일순간 경직되었다. 연화의 말에는 그대 사도맹은 무조건 상대를 죽여 일 처리를 하느냐는 책망의 담겨 있었다.

용설란이 말없이 연화를 응시했다.

연화 역시 담담한 얼굴로 그녀의 시선을 마주 받았다.

용설란은 숙맥 같아 보이는 그녀가 보통이 아니란 것을 느낄 수 있었다.

용설란이 미소를 지으며 말했다.

"그렇게 하시지요. 모두 데려간다."

신범이 성큼성큼 기풍한에게 다가왔다.

탁탁.

재빠른 손놀림으로 기풍한을 비롯한 정철령과 흑묘의 혈도를 돌아가며 제압했다.

그사이 용설란과 연화는 객잔 밖으로 걸어나가고 있었다.

그들 뒤를 용가가와 봉매매가 따랐고 다시 기풍한과 정철령, 그리고 흑묘를 앞세운 녹수단의 무인들이 따랐다.

마지막으로 곽철과 비영, 이현이 뒤따랐다.

"누가 보낸 투서일까요?"

곽철의 전음이 기풍한에게 전해졌다.

"곧 알게 되겠지."

그때까지도 기풍한은 알지 못했다. 이제 막 그들은 거대한 음모 속으로 첫발을 내디뎠다는 사실을.

*   *   *

"으으으으……"

처절한 고통의 신음이 사도맹 지하 밀실에서 흘러나오고 있었다.

신음의 주인공은 바로 장강수로채의 총채주 명운기였다.

그의 벗겨진 상반신은 지독한 고문의 흔적이 가득했다.

그의 옆에서 무엇인가를 열심히 만들고 있는 사내는 사도맹에 오래 근무한 무인들은 한 번쯤 들어보았을 법한 고문기술자 곽염수(郭廉手)였다.

곽염수는 일명 미친소라고도 불렸는데 왜 하필 소인가는 고문을 당해본 사람만이 알 수 있었다.

그의 고문은 거칠고 난폭한 고문이 아니었다. 소처럼 꾸준한, 그야말로 쇠심줄 같은 우직한 고문이었던 것이다. 결국 그의 손에 넘겨지면 세 살 때 똥오줌 못 가릴 때의 기억까지 다 토해내게 되었다.

이윽고 무엇인가를 완성한 곽염수가 그것을 작은 그릇에 담았다.

마치 피처럼 붉은색을 띠는 액체였다.

곽염수가 명운기의 입을 강제로 벌려 액체를 흘려 넣었다.

"그게 무엇이냐?"

고문실의 철문 밖에서 들려오는 묵직한 목소리.

곽염수가 정중하게 대답했다.

"양귀비와 앵속, 구절초와 단삼, 그리고 몇 가지 독초를 섞어 만든 자백제입니다."

그에게 질문을 한 사람은 철문에 난 작은 구멍을 통해 고문실 안을 들여다보고 있었다.

그 날카로운 눈빛의 주인공은 바로 사도맹주 용천악이었다.

그의 옆에는 한시도 그와 떨어지지 않는 녹수대주 추백이 서 있었다.

"입을 열 것 같나?"

용천악의 나지막한 물음에 추백이 확신에 찬 목소리로 답했다.

"반드시 입을 열게 돼 있습니다. 단지 시간문제일 뿐입니다."

용천악이 고개를 끄덕였다.

명운기가 첩자라고 밝혀진 것은 과거 질풍조가 도귀에게 이중 작전을 펼치던 그 무렵이었다. 사도맹의 자랑인 삼색광혼단의 해약 조제법이 외부로 흘려보낸 것 역시 명운기의 소행이었다.

이후 용천악은 그를 그대로 놓아두었다가 마교가 패했다는 소식을 들은 직후 전격적으로 그를 체포한 것이다.

그로 인해 장강수로채의 사기는 바닥에 떨어진 상태였다.

용천악이 걸음을 옮겨놓으며 말했다.

"죽이면 안 되네. 또한 자결을 하게 해서도 안 돼!"

추백이 안심하라는 듯 말했다.

"걱정 마십시오. 그는 이런 일에 있어 전문가입니다."

지하 고문실에서 지상으로 올라가는 계단을 올라가는 용천악의 발걸음이 왠지 무겁게 느껴졌다.

뒤따르던 추백이 용천악의 마음을 짐작하고는 넌지시 물었다.

"아가씨가 걱정되십니까?"

용천악이 애써 부정하지 않고 고개를 끄덕였다.

"그 아이는 강호의 물정에 대해 잘 모르네. 지금까지 너무 가둬놓고

키운 게 아쉬워 허락은 했네만… 잘한 일인지 모르겠구먼."

"너무 걱정 마십시오. 두 분 어르신이 따라갔으니 별일없을 겁니다."

용천악이 믿는 것도 바로 설여봉과 구미룡 두 사람이었다. 그 두 사람이 아니었으면 결코 용설란을 내보내지 않았을 것이다.

"천룡맹 측에서도 사마진룡의 여식이 출발한 것으로 확인되었습니다. 우리 측에서 아가씨가 마중 나간 것이 알려진다면 강호인들은 저희의 대응에 대해 합당한 대응이라 평가할 것입니다."

용천악이 묵묵히 고개를 끄덕이며 걸음을 옮겼다.

그가 지상으로 나오자 그곳에는 도귀 웅패와 녹림왕 우당이 그를 기다리고 있었다.

"그 망할 자식이 아직도 불지 않았습니까?"

당장이라도 뛰어내려 가 아작을 낼 듯 우당이 험악한 인상을 그렸다.

그의 불같은 성정을 잘 아는 용천악이었기에 그저 미소를 지어 보이며 걸음을 옮겼다.

그들이 산책을 하듯 연무장을 가로질러 걸었다.

용천악이 도귀에게 물었다.

"이번 협상에 대한 준비는 잘 마무리가 되었소?"

"네. 모든 서류는 철저히 준비를 했소이다. 란이가 잘 처리하리라 생각합니다."

도귀가 다시 몇 마디 덧붙였다.

"이번 협상으로 저희는 기존 마교의 세력권의 삼분지 일을 얻게 되지요."

"삼분의 일이라."

"조금 아쉽긴 해도 어차피 이번 일을 주도한 쪽은 그쪽이었으니까요."

말이 삼분의 일이지 그것은 어마어마한 이득이었다.

용천악이 걸음을 멈췄다.

"그들이 배신할 가능성은 없소?"

"그럴 확률은 매우 희박합니다. 그들은 여전히 천마를 처리하지도 못한 상태입니다. 그런 상황에서 저희와 전쟁을 일으킬 이유가 전혀 없습니다."

"질풍조의 움직임은?"

"대천산 격전 이후 모두 자취를 감추었습니다."

문득 용천악이 하늘을 올려다보았고 이내 눈이 부신지 손을 들어 해를 가렸다.

그때 무인 하나가 허겁지겁 달려왔다.

"아가씨로부터 연락이 왔습니다."

무인의 표정이 굳은 것을 보고는 용천악이 보고를 재촉했다.

"어서 보고하게."

"사마진룡의 딸 연화가 곡주에서 암습을 당했다고 합니다."

"암습?"

용천악이 깜짝 놀라 되물었다.

"네. 다행히 아가씨께서 미리 그곳에 당도하셔서 사전에 그 일을 막았다고 합니다."

여전히 용천악은 어리둥절한 표정이었다.

"협상은 구현에서 이뤄지기로 되어 있지 않나?"

"사전에 정보를 입수하셨다고 합니다."

옆에 있던 도귀가 다시 황급히 물었다.

"그자들의 정체는?"

"아직 밝혀내지 못했다고 합니다."

용천악을 비롯해 도귀의 표정이 굳어졌다.

이번 협상은 극비리에 진행되었다. 만약 자신들의 영역에서 천룡맹주의 딸이 암살을 당한다면 그 결과는 상상할 수도 없는 일이었다.

"혹 마교의 잔당들이 아닐까요?"

도귀의 추측은 매우 설득력이 있었다.

천룡맹과 사도맹의 분열을 야기해 재기를 노릴 법했기 때문이다.

우당과 도귀는 완전히 마교의 짓이라 여기는 눈치였다.

그러나 용천악은 뭔가 찜찜한 표정이었다.

자신이 알고 있는 천마는 어린아이를 죽여 일을 꾸미는 자가 아니었다. 그것이 자신의 착각이었을까?

도귀가 조심스럽게 물었다.

"혹 천룡맹 쪽의 고육지계(苦肉之計)라 생각하시는 겁니까?"

천룡맹은 애초부터 혐의를 완전 벗고 있었다. 천룡맹주가 미친개에게 물리지 않고서야 자신의 딸을 죽일 리 없었기 때문이다.

따라서 용천악은 아무런 확신도 하지 못하는 듯 보였다.

도귀가 차분하게 자신의 생각을 밝혔다.

"만약 천룡맹주가 미쳐 이런 일을 저질렀다 해도 의문점은 한둘이 아닙니다. 그들이 마교를 물리쳤다 해도 그건 반마공에 힘입은 일종의 계략에 불과하지요. 아직 마교의 잔당들을 모두 처리하지 않은 상태에서 저희와 전면전을 획책할 까닭이 없지 않겠소?"

과연 도귀의 생각은 그럴듯했다.

용천악이 짤막한 한숨을 내쉬고 말했다.

"이건 천룡맹주의 생각이 아닐지도 모르오."

"그게 무슨 말씀이십니까?"

"묵룡천가."

"아!"

도귀와 우당이 동시에 신음성을 토해냈다. 잊고 있었던 것이다. 양측을 도와 이번 마교 섬멸 작전의 매파(媒婆) 역할을 한 무명노인을.

도귀가 다시 조심스럽게 말했다.

"마교가 패퇴한 지금 저희와 천룡맹이 전면전을 벌인다면 강호는 쑥대밭이 되고 말 것입니다. 그야말로 구심점을 잃고 무법천지가 될지도 모를 일이지요."

용천악이 침울하게 말했다.

"만약 그자의 목적이 그것이라면?"

천 년을 내려온 세 거대 세력의 몰락이 낳을 혼란.

그것이 뜻하는 바는 하나였다.

강호멸망(江湖滅亡).

"하지만… 천룡맹주가 그냥 두고 보겠습니까? 그자는 바보가 아니잖습니까?"

도귀는 여전히 마교 측의 수작이라 생각이 되는 모양이었다.

용천악이 다시 나지막이 말했다.

"그자가… 딱 그만큼 바보라면?"

일순 그들의 마음에 싸늘한 한기가 흘렀다.

그때였다.

앞서 용천악이 나왔던 건물에서 미친소 곽염수가 허겁지겁 달려나왔다.

그의 다급한 발걸음에 용천악은 내심 긴장하고 있었다.

"그가 무명노인에게 포섭되었음을 자백했습니다."

그 보고에 우당이 버럭 소리를 질렀다.

"개새끼! 이 새끼를 당장!"

그러나 곽염수가 헐레벌떡 달려나온 것은 그 때문만이 아니었다.

"놈이 중대한 암살 계획을 실토했습니다."

순간 도귀가 용천악을 돌아보며 감탄한 표정으로 말했다.

"맹주님 생각이 옳았습니다. 이번 암살은 무명노인이 계획이었습니다."

용천악이 고개를 끄덕였다.

곽염수가 깜짝 놀란 듯 물었다.

"이미 알고 계셨습니까?"

그러자 도귀가 미소를 지으며 말했다.

"이미 아가씨께서 천룡맹주의 여식을 구했네. 그러니 걱정 말게."

곽염수의 표정이 더욱 다급해졌다.

"아닙니다. 놈이 실토한 암살 계획의 대상은……."

곽염수가 침을 꿀꺽 삼켰다.

"…저희 아가씨입니다."

"뭐야!"

용천악이 깜짝 놀라 소리쳤다.

우당이 곽염수를 향해 버럭 소리를 내질렀다.

"뭘 잘못 알아낸 것 아니냐? 방금 천룡맹의 여식의 암습을 보고받았는데 그게 또 뭔 헛소리냐?"

"틀림없이 저희 아가씨입니다. 천룡맹주의 딸을 호송해 온 자들의 목적이 아가씨를 해치려는……."

쉬이이—

이미 용천악의 신형은 지하 고문실을 향해 날아가고 있었다.

꽈앙!

철문이 산산조각나며 부서졌고 고문실로 뛰어든 용천악이 명운기의 멱살을 움켜쥐었다.

"그게 사실이냐? 말해라, 말해!"

초죽음이 된 명운기가 힘겹게 눈을 떴다.

"그게 언제냐? 언제 시작될 일이냐?"

용천악의 눈에 벌건 핏발이 곤두섰다.

명운기가 희미한 미소를 지었다. 그의 입술이 달싹거렸다.

용천악의 귓가로 들려오는 가느다란 목소리.

"이미… 전쟁은 시작되었소."

퍽!

용천악의 일장에 명운기의 머리통이 그대로 깨어졌다.

흥분한 용천악은 알지 못했다. 마지막 말을 남기던 명운기의 눈에서 녹광이 살짝 떠올랐다 시라진 것을. 그리고 그와 함께 임무를 훌륭히 마친 자에게서만 볼 수 있는 미소가 그의 입가에 살짝 떠올랐다는 것을.

그 뒤로 도귀와 우당이 달려들어 왔다.

"지금 당장 란이에게 가야겠소."

그때 도귀가 두 팔을 벌리며 용천악을 막아섰다.

"안 됩니다."

몹시 흥분한 용천악의 눈에서 살기가 폭사되었다.

그러나 도귀는 죽음을 각오한 얼굴로 끝까지 막아섰다.

"어쩌면 놈들은 지금 이 상황을 노리고 있을지도 모릅니다. 절대 가

서서는 안 됩니다."

용천악의 신형이 부들부들 떨리고 있었다.

그 어떤 일에도 침착함을 잃지 않았던 용천악이었지만 지금은 그저 놀라고 당황한 무기력한 아비에 불과했다.

"지금 당장 그쪽으로 전서매를 날리겠습니다."

추백이 용천악의 허가를 기다리지도 않고 달려나갔다.

사도맹 본 맹이 있는 당산과 구현은 하루 이틀 만에 달려갈 수 있는 거리가 아니었다. 전서매가 교대로 쉬지 않고 날아도 사흘은 걸리는 거리였다.

용천악이 힘없이 말했다.

"…그 아이를 보내는 것이 아니었어."

그의 얼굴에는 후회와 자책만이 가득했다.

도귀가 침착하게 말했다.

"놈들이 일을 벌이기 전에 전서매가 도착할 겁니다. 또 두 분 어르신이 계시지 않습니까?"

용천악의 눈빛이 타오르기 시작했다.

도귀는 느낄 수 있었다. 용설란에게 어떤 일이라도 생긴다면… 강호는 피바다에 잠기게 될 것이란 것을.

일이 벌어지기 전에 먼저 소식이 가기만을 간절히 바랄 뿐이었다.

*   *   *

암습 시도가 있었던 곡주객잔을 떠난 지 이틀 후, 연화 일행은 어둠이 깔리기 시작한 저녁 무렵 사도맹 구현지부가 있는 구현에 도착했다.

회합 장소를 사도맹의 영역이 시작되는 곡주가 아니라 이곳으로 잡은 이유도 사도맹의 구현지부가 있기 때문이었다.

그들이 저잣거리에 들어서자 거리는 수많은 사람들로 북적대고 있었다.

특이하게도 그들은 모두 검고 흰 무복을 입고 있었다.

구현지부장 문길(門吉)이 그들을 맞이하기 위해 정문 앞까지 마중을 나와 있었다.

"잘 다녀오셨습니까?"

"네. 덕분에 무사히 다녀왔습니다."

용설란을 비롯한 일행이 모두 말에서 내렸다.

용설란이 궁금한 얼굴로 물었다.

"근데 강호인들이 많이 모였던데 무슨 일이 있나요?"

"그들은 모두 조문객들입니다."

"네? 누가 죽었나요?"

문길이 용가가와 봉매매의 눈치를 살피며 조심스럽게 말했다.

"그게… 팔비도 어르신이 이틀 전에 돌아가셨습니다."

그 말에 모두 깜짝 놀랐는데 가장 놀란 이는 바로 용가가였다.

"그게 무슨 소리요? 비도 그 사람과 불과 며칠 전에 함께 술을 마셨거늘."

곡주로 떠나기 전 직접 만나 담소를 나눴던 그들이었다.

봉매매 역시 놀라고 안타까운 표정을 지었다.

용가가는 팔비도와 절친한 사이였던 것이다.

"무슨 일이 생긴 것이오?"

봉매매는 그가 누군가에 의해 살해당한 것이 아닌지를 묻고 있는 것이다.

"아닙니다. 조용히 주무시다 돌아가셨다고 합니다."

"아……."

문길의 대답에 용가가가 탄식했다.

팔비도의 나이 일흔. 이제 천수를 다 누리고 떠났다고 해도 전혀 이상할 것이 없는 고령이었다.

팔비도는 하북 지방의 이름 높은 사파고수였다. 살아생전 호방한 기질의 그를 많은 무인들이 흠모했고 그를 추모하기 위해 소식을 들은 인근의 강호인들이 모여들고 있는 것이다.

용설란이 침울한 두 노인에게 말했다.

"제 걱정은 말고 두 분은 다녀오십시오. 마지막 인사는 나누셔야 하지 않겠습니까?"

당장이라도 달려가고 싶었지만 용설란을 지켜주기 위해 자신들을 초빙한 용천악의 당부가 마음에 걸려 그들은 망설이고 있던 참이었다.

용설란이 다시 걱정 말라는 표정을 지었다.

"지부에서 한 발짝도 나가지 않고 있을 테니 아무 염려 마십시오."

그들은 용설란의 마음 씀씀이가 너무나 고마웠다.

"그럼 다녀오마."

용가가와 봉매매가 황급히 팔비도의 집 쪽으로 달려갔다.

그 다급한 신법에 용설란이 한숨을 내쉬었다.

누군가의 죽음을 접하는 일은 항상 슬프고 힘든 일이었다.

문길이 분위기를 바꾸려는 듯 화제를 돌렸다.

"소식 들었습니다. 악적들을 친히 생포하셨다구요."

용설란이 차분하게 고개를 끄덕였다.

"다행히 시간에 맞춰 도착할 수 있었습니다."

다시 용설란이 연화를 소개했다.

"천룡맹의 사마 소저예요."

"본 지부에 오신 것을 환영합니다."

문길이 정중하게 연화에게 인사를 건넸다.

"지극한 환대에 감사드립니다."

연화가 예를 갖춰 그의 인사에 답했다.

문길의 시선이 이번에는 곽철 등에게 향했다.

"이분들은?"

"천룡맹의 소천룡들이십니다."

"아……!"

문길이 짐짓 감탄을 하는 듯했지만 곽철은 그의 눈빛에서 어떤 비웃음 같은 것을 읽을 수 있었다. 사도맹에서 소천룡을 어떻게 생각하는지 물어보지 않아도 알 듯했다.

문길이 이번에는 기풍한과 정철령, 그리고 흑묘를 사납게 노려보았다.

"망할 놈들. 감히 본 맹의 구역에서 개지랄을 떨어?"

퍽. 퍽.

문길이 사정없이 기풍한과 정철령의 뒤통수를 후려쳤다.

곽철이 기풍한을 보며 주위 사람 몰래 혀를 살짝 내밀었다.

기풍한이 혹 웃음이라도 얼굴에 번질까 고개를 푹 숙였다.

"모두 뇌옥에 가둬라."

그렇게 기풍한 등은 뇌옥으로 끌려갔고 연화와 곽철 등은 숙소로 안내되었다.

연화와 용설란이 지부의 가장 큰 건물로 들어갔고 곽철 등이 그 뒤를 따라 들어가려던 순간이었다.

"잠깐."

문길이 그들을 제지했다.

"그대들의 숙소는 저곳이오."

문길이 가리키는 건물은 본관 건물 옆의 또 다른 건물이었다.

곽철이 문길에게 항의했다.

"이게 무슨 짓이오?"

그러자 문길이 눈을 부라렸다. 용설란과 연화가 숙소로 들어간 후 문길은 안면 몰수를 하기 시작한 것이다.

"짓? 방금 짓이라고 했나?"

곽철이 짐짓 지지 않으려는 듯 목에 핏대를 세웠다.

"그렇소. 연화 소저는 엄연히 저희 책임이오. 근데 이런 식으로 나오면 어떻게 아가씨를 보호하란 말이오?"

"그대들의 보호 따위는 필요없소."

"뭐요?"

문길이 가소롭다는 표정을 지었다.

"앞서 우리 아가씨가 아니었으면 그대들은 지금 살아 있지도 못했을 텐데."

"이익."

그 말에 곽철이 뭐라 변명하지 못하고 씩씩거렸다.

"이분들을 모셔라."

문길의 명령에 옆에 서 있던 무인들이 앞으로 나섰다. 말을 듣지 않으면 강제로라도 데려가겠다는 의사였다.

그때 이현이 앞으로 나섰다.

"그쪽 입장도 있으니 받아들이겠어요. 대신 저만이라도 아가씨를 모셔야겠어요."

문길은 조금 고민하는 눈치였다.

그러자 곽철이 방방 뛰기 시작했다.

"무슨 소리야! 우리 모두 다 아가씨를 지켜 드려야지. 왜? 그쪽 말 안 들으면 죽이기라도 할 작정이오?"

다시 곽철이 고래고래 고함을 질렀다.

"와~ 사도맹이 천룡맹의 무인을 죽인다!"

곽철의 생떼에 문길이 어이없다는 표정을 지었다. 뭐 이런 놈이 다 있을까 하는 그런 표정이었다.

문길이 할 수 없다는 표정으로 이현에게 말했다.

"그쪽 한 명만 허용해 주겠소. 이상."

문길이 말을 마치자마자 귀찮다는 듯 돌아섰다.

이현이 두 사람을 보며 나직이 말했다.

"걱정 마세요. 아가씨는 제가 돌봐 드리겠어요."

"저희는 잠시 나가서 둘러봐야겠습니다. 이런 시점에 팔비도가 죽은 것이 마음에 걸립니다."

이현이 본관 건물로 들어가자 곽철과 비영은 옆 건물로 안내되었다.

그들을 안내하던 무인에게 곽철이 물었다.

"우린 나가서 술이나 한 잔 마시고 오겠소."

그러자 안내하던 무인이 난처한 표정을 지었다.

"허락없이 나가시면 안 됩니다."

곽철과 비영은 이미 등을 돌려 지부 밖으로 향하고 있었다. 일개 하급 무인이 곽철을 감당하기에는 절대 무리였다.

"그럼 얼른 가서 일러."

"뭐요?"

건들거리며 지부를 나서는 두 사람을 보며 무인이 오만 인상을 찌푸렸다.

"어떻게 저런 놈들을 딸려 보냈지?"

한편 기풍한과 정철령, 그리고 흑묘는 뇌옥으로 끌려가고 있었다.

뇌옥은 별관의 지하에 위치해 있었다.

기풍한은 유심히 번을 서는 무인들의 숫자와 위치를 살폈다.

우선 별관 입구를 지키는 무인 둘.

다시 별관의 긴 복도를 따라 걸어가면 하나의 큰 철문이 있었고 그 앞에 무인 둘이 지키고 있었다.

문 뒤에 지하로 내려가는 계단이 있었다.

원형으로 둥글게 설계된 백여 개의 계단을 내려가자 다시 하나의 철문이 나왔다.

그 앞에 책상이 하나 놓여 있었고 무인 하나가 지키고 있었다.

무인이 철문을 열자 다시 복도가 나왔다.

복도의 벽과 바닥은 매우 단단한 화강암으로 만들어져 굴을 파서 들어오는 것은 무리인 듯 보였다.

그 끝에 마지막 철문이 위치하고 있었다.

이 철문은 안에서만 열어줄 수 있게 되어 있었다.

"적마(赤馬)."

"강산(江山)."

밀어가 오고 갔고 이어 거대한 철문이 열리면서 두 사람의 무인이 그들을 맞았다.

뇌옥은 하나의 통로를 중심으로 좌우로 나누어져 있었는데 십여 개의 뇌옥으로 구성되어 있었다.

이미 뇌옥에는 많은 죄수들이 갇혀 있었다.

기풍한을 데려온 무인이 서류에 서명을 하고 나서 뇌옥을 둘러보았다.

"뭔 놈들이 이리 많나?"

"며칠 전 용천파와 칼부림을 일으킨 놈들이네."

"아, 그 개망나니 놈들?"

"다행히 빈방이 하나 있네."

"그럼 수고하시게."

기풍한을 데려온 무인이 돌아서 나갔다.

무인 하나가 세 사람의 몸수색을 시작했다.

정철령의 몸에서는 별다른 것이 나오지 않았다.

흑묘가 자신의 몸을 더듬는 무인을 싸늘하게 노려보았지만 이미 혈도가 제압당한 상태라 어쩔 수 없었다. 무인에게 뭐라 욕을 해봤자 더 큰 치욕만 당할 뿐이었다.

끝으로 기풍한의 몸을 수색하던 무인이 뭔가를 발견했다.

"어라, 이게 뭐지?"

기풍한의 허리춤에서 꺼내 든 것은 독혈망의 뿔로 만들어진 작은 단봉 혈각이었다. 혈도를 제압당한 후 그저 작은 몽둥이라 대수롭지 않게 여겼는지 지금까지 압수당하지 않았던 것이었다.

"뭐지? 특이하게 생겼네."

그러자 옆의 무인이 그것을 받아 들고 붕붕 휘두르며 말했다.

"오호. 이거 괜찮네. 말 안 듣는 놈들 패주는 데 제격이겠어."

천고의 기병이 한낱 죄수를 두들겨 패는 몽둥이로 전락하는 순간이었다.

무인이 혈각을 자신의 허리춤에 푹 꽂아 넣었다.

이윽고 몸수색이 끝나고 무인 하나가 세 사람을 끌고 통로를 걸어갔다.

기풍한 등은 가장 끝 쪽 빈방에 갇히게 되었다.

그들이 걸어가는 동안 몇몇 죄수들이 철창에 손을 걸친 채 그들을 구경했다.

무인이 철문을 닫아걸고는 원래의 자리로 돌아가 버렸다.

정철령이 구석에 주저앉았다. 기분이 몹시 상한 흑묘가 뇌옥 안을 서성였다.

기풍한은 말없이 철문을 매만지고 있었다.

그들의 건너편 뇌옥의 창살 속에는 사내 하나가 엎어져 자고 있었다.

신범이 제압한 혈도는 이미 모두 풀어낸 기풍한이었다.

이곳을 나가는 것 역시 그에게는 손바닥 뒤집는 일보다 쉬웠다.

문제는 정철령이었다.

어떻게든 정철령을 혈사련주와 만나게 해야 했다.

그러려면 이곳을 탈출해야 했다.

문제는 자신의 정체를 들키지 않고 가장 그럴듯하게 탈출하는 일이었다.

…작전은 여전히 진행 중이었다.

구현 춘양객잔(春陽客棧) 주방 안에서는 거대한 음모가 싹트고 있었다.

"바로 저자예요!"

춘양객잔 고참숙수 광수는 점소이 윤배의 말에 잠시 도마질을 멈추었다.

점소이 윤배는 열 평 남짓한 주방의 작은 창을 통해 마치 앞서의 정철령이 그러했듯이 먹이를 노리는 매의 눈빛으로 객잔 안을 노려보고 있었다.

탁탁탁탁!

잠시 멈췄던 광수의 도마질이 다시 이어졌다.

"이놈아, 음식 다 식는다."

과연 윤배의 앞에는 김이 모락모락 나는 요리가 서서히 식어가고 있었다. 하지만 윤배는 전혀 아랑곳 않는 눈치였다.

"분명 저자입니다요."

윤배의 확신과도 같은 한마디에 광수가 한숨을 내쉬었다.

그 옆에서 설거지를 하던 유씨 부인이 피식 웃었다.

또 시작된 것이다.

"저자가 바로 팔비도 어른을 암살한 자라니까요."

"팔비도 어르신은 노환으로 돌아가셨다잖아."

"암살당하신 거라니까요. 자연사한 것처럼 보이게 만드는 독약에 당하신 거라니까요."

또 말도 안 되는 소리를 하기 시작한 것으로 봐서 윤배의 병이 도진 것이다.

춘양객잔 칠 년차 점소이 윤배.

일 잘하고 싹싹하고 어른 말 잘 듣는 어디 한군데 나무랄 데 없는 그였다.

열일곱 살부터 시작한 점소이 일을 천직으로 여기며 열심히 일하는 그는 객잔 주인은 물론 모든 객잔 식구들의 사랑을 담뿍 받고 있었다.

그러나 그런 그에게도 단 하나의 단점이 있었다.

그것은 바로 그가 음모론자란 사실이었다.

그의 음모는 대략 듣는 이로 하여금 어이없는 쓴웃음을 짓게 하기로 유명했는데 대표적인 예로 칠인회(七人會)라는 것이 있었다.

칠 인의 전대 고수들.

강호를 지배하는 것은 천룡맹이나 구파일방, 혹은 마교나 사도맹이 아니라 비밀리에 결성된 칠 인의 전대 고수란 이론이었는데 그는 한술 더 떠서 이미 구파일방의 수장들은 그들에 의해 세뇌당했거나 바꿔치기 당했다는 주장을 펼쳤다. 그 주장의 근거로 그는 지난 일천 년을 내려온 강호 삼분론의 부당함을 들었다.

정파와 사파, 그리고 마교로 나누어진 세 세력의 오랜 균형은 그는 도무지 납득할 수 없다는 것이었다. 분명 그들은 한 핏줄의 세력으로 겉으로 적대 세력으로 위장되어 있을 뿐이라는 것이었다.

모든 강호사는 배후의 칠인회에 의해 결정된다는 것.

결국 강호의 모든 미인들은 밤마다 칠인회의 수청을 들기 위해 끌려갈 것이다로 마무리가 되었는데, 사람 좋은 광수였기에 그 허무맹랑한 소리를 들어도 그저 허허 웃고 넘어갈 뿐이었다.

어쨌든 한동안 잠잠한가 싶더니 다시 윤배의 음모병이 도진 것이다.

탁탁탁탁.

광수의 도마질 속도가 빨라지기 시작했다.

광수가 슬슬 화가 나기 시작했다는 것을 알려주는 현상이었다.

"한 번만 보라니까요."

결국 광수가 도마질을 멈추고 윤배에게 다가갔다.

딱!

윤배의 머리통에 불이 났다. 그럼에도 윤배는 포기하지 않았다.

"한 번만!"

광수가 못 말린다는 얼굴로 고개를 가로저었다.

"어휴, 이놈아, 그래, 보자, 봐!"

광수가 결국 윤배가 바라보는 곳을 바라보았다. 어서 몇 마디 들어주고 주방에서 내보내려는 작정이었다.

"저 사람 말이냐?"

"네. 틀림없는 살인자입니다."

그들의 시선이 향하는 곳에는 술을 마시고 있는 사내 하나가 보였다. 광수가 보기에는 그저 다른 무인들과 다를 바 없는 평범한 사내였다.

"도대체 왜 저자가 살인자란 말이냐?"

그러자 기다렸다는 듯 윤배가 수사를 지휘하는 포두로 변신했다.

"저자가 이곳에 나타난 것이 칠 일 전입니다. 제게 다섯 냥이란 큰 돈을 주면서 이 고을의 가장 큰 조직에 대해 물어봤지요. 제가 용천파에 대해 대충 알려줬습니다. 뭐, 그 다섯 냥이 탐나서는 절대 아니었습니다… 떡 가게 연희가 지난달부터 사달라던 가락지가 운명의 장난처럼 딱 다섯 냥이긴 하지만… 어쨌든 그래서 똑똑히 기억합니다. 사건은 지금부터입니다. 이틀 후, 용천파에 큰 칼부림 사건이 났지요. 뭔가 냄새가 나지 않습니까? 이후로도 그는 며칠간 꾸준히 이곳에서 식사를 했습니다. 그리고 사흘 후, 그가 몇 명의 사내들과 접선을 하던 그날 밤, 팔비도 어르신이 돌아가셨습니다. 이 얼마나 공교로운 일입니까?

저자가 뭔가 특이한 일을 할 때마다 일이 벌어진다는 것. 결론은 하나. 바로 저자가 범인입니다."

긴 수사 과정을 마친 포두 윤배가 자신이 생각해도 자신의 머리가 너무 명석하다는 감탄의 빛으로 고개를 돌렸다.

광수는 그의 말을 듣지 않고 있었다. 큰 통에 담긴 국물을 휘젓고 있었다.

"형님! 이건 강호의 운명이 걸린 일입니다!"

그러자 광수가 도마 위에 놓인 커다란 식칼을 주워 들었다.

화들짝 놀란 윤배가 주방 구석으로 피했다.

"이놈아! 우리 주방의 운명은 누가 책임질래?"

광수가 화난 얼굴로 양손을 옆구리에 올린 채 그 앞에 섰다.

"너 도대체 언제 정신을 차릴래? 네놈 나이가 몇이냐? 이렇게 철딱서니가 없어서 혼인이라도 할 수 있겠느냐?"

"하지만……."

"떽! 어서 요리 안 내가?"

윤배가 결국 반 갑자 주방 신공이 담긴 광수의 식칼을 피해 요리를 들고 밖으로 나갔다.

윤배가 식어버린 요리를 들고 주문한 곳으로 걸어갔다. 그러면서도 그의 시선은 연신 앞서 자신의 음모론의 주인공 사내를 힐끔거리고 있었다.

그가 요리를 내려놓고 돌아가려는 순간이었다.

"어이, 잠깐."

윤배가 돌아보자 사내 하나가 그를 올려다보고 있었다. 일행은 모두 둘이었는데 자신을 불러 세운 사내는 머리를 반쯤 내린 미남자였고 나머지 사내는 날카로운 눈매를 지닌 차가운 인상의 사내였다.

물론 그들은 바로 곽철과 비영이었다.

상대가 강호인임을 확인한 윤배가 흠칫 놀랐다.

"무슨 일이십니까?"

"이거 다 식었네."

윤배의 음모론에 희생된 요리는 이미 차갑게 식어 있었다.

"아, 죄송합니다. 다시 내오겠습니다."

윤배가 고개를 숙여 미안함을 표했다. 내심 울상을 지었다.

'흑. 이제 맞아 죽는 일만 남았구나.'

광수의 식칼이 눈앞에서 어른거리기 시작했다.

곽철이 다시 요리를 들고 가려는 윤배를 잡아끌었다.

"요리는 됐고, 여기 잠시 앉아봐."

"네? 네……."

윤배의 얼굴이 환하게 밝아졌다.

곽철이 품에서 몇 냥을 꺼내 탁자에 올려놓으며 나직이 윤배에게 물었다.

"요 근래 이 마을에 뭐 특이한 일 있었나?"

그때 윤배의 눈이 커다랗게 뜨였다.

그 반응에 곽철의 눈빛이 반짝였다. 뭔가 알고 있는 눈치란 것을 단박에 알아낸 것이다.

"없, 없었습니다."

"그러지 말고 말해봐."

"그, 그게……."

"말해보라니까."

곽철이 다시 몇 냥의 돈을 더 꺼내 탁자 위에 올려놓았다.

윤배가 결국 한 번 죽지 두 번 죽나란 결론을 내리고는 목소리를 낮춰 나지막이 말했다.

"두 분! 지금 천룡맹의 비밀 작전 중이시죠?"

곽철이 깜짝 놀라 비영을 돌아보았다. 비영 역시 예상치 못한 윤배의 말에 놀란 표정이었다.

곽철이 진지하게 고개를 끄덕여 윤배에게 말했다.

"응. 어떻게 알았어?"

"컥!"

곽철이 순순히 말하자 오히려 윤배가 깜짝 놀랐다.

"저, 정말입니까?"

"응, 맞아."

곽철이 품속에서 천룡맹의 무인임을 알려주는 명패를 반쯤 꺼내 보여주었다.

"내, 내 말이 맞았어. 내 말이 맞았어. 팔비도 어르신은 살해당하신 것이 틀림없었어."

감격에 벅찬 윤배의 목소리가 떨리고 있었다. 팔비도가 살해당했다는 난데없는 말에 곽철과 비영이 마주 보며 눈을 마주쳤다.

"우리가 천룡맹 소속인 것은 어찌 알았지?"

곽철의 물음에 윤배가 주위의 이목을 살피며 속삭였다.

"이곳의 사도맹 무인들은 대충 다 아는 데다 그들은 이런 식으로 수사를 안 하거든요. 점소이에게 돈을 줘서 정보를 얻으려고 한다면 분명 멀리서 오신 분들일 테고, 더구나 팔비도 어르신은 살아생전 정파의 고수들과도 많은 친분을 나누셨던 분이니까. 그렇다고 생각했지요."

"오!"

곽철이 감탄했다는 표정을 짓자 윤배가 어깨를 으쓱댔다.

"팔비도 어르신의 살인 사건을 조사 중이시죠?"

"응."

곽철이 능청스럽게 대답했다.

"제, 제가 살인자를 알고 있습니다."

"정말?"

"네."

"누군데?"

말을 하려던 윤배가 갑자기 두려운 기색으로 뜸을 들였다.

"혹 제가 밝히면 증인 보호 계획에 포함되나요? 거 있잖아요, 중대한 사건의 증언을 한 증인을 천룡맹에서 숨겨주지 않나요?"

"이야, 그런 것도 알아? 거기에 들면 자신의 삶을 송두리째 버려야 하지만… 강호의 정의를 위한 일이니까. 용기를 내!"

"그럼… 혹시… 포상금 같은 것도 있나요? 당연히 있겠죠? 아, 이런 객잔 하나 열 정도만 받으면 좋을 텐데… 있죠?"

"…있겠지?"

그때 비영이 곽철에게 전음을 보냈다.

"장난 그만치고 보내."

"왜? 재밌구면."

비영이 못 말린다는 표정을 지었다. 곽철의 장난기가 또 발동한 것이다.

그에 비해 윤배는 심각한 고민에 빠져든 것 같았다.

"아… 강호의 정의를 위해서."

"그래, 누가 범인이지?"

윤배가 침을 꿀꺽 삼켰다.

"그자가 지금 이 객잔에 있습니다."

"으음?"

"바로 저자입니다."

윤배가 고개를 숙이고 한쪽을 바라보았다.

곽철이 무심코 돌아보려 하자 윤배가 화들짝 놀라 나직이 소리쳤다.

"들키면 어쩌려고 그러세요."

"아, 미안."

"뒤쪽을 은밀히 살펴볼 관찰경(觀察鏡) 같은 것 안 가지고 다녀요?"

곽철이 짐작컨대 윤배가 말하는 것은 뒤를 살펴볼 목적으로 만들어진 작은 거울을 말하는 것 같았다. 증인 보호 계획이 없듯이 그런 것 역시 있을 리 만무했다.

과연 음모론자답게 상상력 하나는 천하제일고수인 윤배였다.

"아, 오늘 안 가지고 왔네."

곽철이 윤배의 장단을 척척 맞춰주었다.

"그냥 살짝 보면 안 될까? 사람이 많아서 안 들킬 거야."

"조심해서 보세요."

무심코 윤배가 가리킨 쪽을 바라본 곽철이 황급히 고개를 돌렸다.

일순 그의 표정은 굳어 있었다.

술을 마시던 비영이 문득 곽철의 표정을 보며 의아해했다.

곽철의 얼굴에서 장난기가 사라진 것이다.

비영이 곽철이 바라본 쪽을 돌아보려던 그때였다.

"보지 마!"

곽철의 다급한 전음이 비영에게 날아갔다.

"용계(龍鷄)다."

"용계라면?"

잠시 그 이름을 되뇌이던 비영의 표정이 굳어졌다.

"묵혼사의 그 용계?"

용계는 과거 그들이 직접 철옥에 가둔 살수들이었다. 묵혼사 제일의 살수로 알려진 그였다.

"지금 철옥에 있어야 할 텐데."

"뭔가 있군."

전음을 마친 곽철이 다시 윤배에게 물었다.

"너 어떻게 알았지?"

그러자 윤배가 앞서 광수에게 말했던 것을 다시 두 사람에게 설명했다. 두 사람이 묵묵히 고개를 끄덕였다.

곽철이 다시 윤배에게 질문을 시작했다.

"그럼 용천 패거리들과 칼부림 난 패거리들은 어떻게 됐지?"

"모두 사도맹 구현지부에 갇힌 것으로 압니다."

"관부가 아니라 왜 사도맹에 갇혔지?"

"용천 패거리는 사도맹의 비호를 받는 조직이거든요."

그때 주방에서 나온 광수가 쿵쾅거리며 윤배 쪽으로 달려왔다.

"이놈아! 일 안 하고 뭐 하냐? 주문 밀린 게 안 보이느냐?"

과연 주방 앞 선반 위에는 요리가 줄지어 윤배를 기다리고 있었다.

그러자 비영이 싸늘한 눈빛을 쏘아붙이며 말했다.

"곧 보내줄 테니 물러가시오."

그 사나운 눈빛에 광수가 슬금슬금 물러섰다.

"무인님들 도와드리고 어, 어서 일해라."

인상을 잔뜩 찌푸린 광수가 주방으로 돌아갔다.

그때 곽철이 비영을 툭 건드렸다.

비영이 돌아보자 객잔 안으로 사내 하나가 들어서고 있었다.

'일격살(一擊殺)까지?'

일격살은 용계와 함께 묵혼사의 대표적인 살수였다. 숱한 고수들이 그들의 손에 죽음을 당했는데 그야말로 그들의 살행은 완벽했다.

용계와 일격살이 은밀히 이야기를 나누기 시작했다.

곽철과 비영이 긴장한 표정으로 그들을 살피자 윤배는 자신이 큰일을 했다는 뿌듯함에 감격했다.

다시 윤배가 은밀히 물었다.

"혹시… 칠인회라고 들어보셨습니까?"

"칠인회?"

곽철이 윤배의 머리 속에서 만들어진 그 단체를 들어봤을 리 없었다.

"강호를 은밀히 지배하는……."

곽철은 생각지도 못한 큰 정보를 준 윤배가 고마웠는지 아님 좀 더 장난을 치고 싶었는지 맞장구를 쳐주었다.

"헉! 그것까지 알아? 지금 극비로 맹에서 조사 중인 일인데."

윤배의 입이 쩍 벌어졌다.

"아아아. 과연 칠인회마저 실재했군요."

이 순간은 윤배 개인에게 있어 매우 의미있는 순간이었다. 윤배의 음모론이 화노가 와도 고칠 수 없는 불치병이 된 순간인 것이다.

곽철이 황급히 윤배의 입을 틀어막았다.

"잊어. 다시 한 번 입 밖에 그 말이 나오면 죽어."

이 순간 윤배는 이대로 죽어도 좋다는 생각뿐이었다.

주위의 그 누구도 자신의 말을 믿지 않았다. 그 음모가 실재한다는 사실에 윤배는 졸도하기 직전이었다. 자신은 아무도 알아주지 않는 불행한 천재였던 것이다.

그때 은밀히 이야기를 나누던 용계와 일격살이 자리에서 일어났다.

그들이 밖으로 나가자 곽철과 비영이 일어섰다. 비영이 서둘러 그 뒤를 따라갔다.

곽철이 윤배의 손을 꼭 잡아주며 말했다.

"고맙네. 자네 덕분에 큰 사건을 해결할 수 있게 되었네."

"강호의 정의를 위해서 한 결심이었습니다."

"아, 성이 뭐지?"

"윤입니다."

윤배의 양 어깨에 손을 올리고 곽철이 진지하게 말했다.

"고맙소, 윤 소협."

존대까지 하면서 소협이라 부르자 윤배의 두 눈에 감격의 눈물이 글썽거렸다.

"이번 일은 절대 비밀이야."

윤배가 비장한 표정으로 고개를 끄덕였다.

돌아서 가려던 곽철이 진지한 표정으로 마지막 말을 남겼다.

"그 칠인회는 특히!"

그 일은 한동안 광수의 식칼 세례를 피해 다녀야 했던 춘양객잔 점소이 윤배의 평생 잊을 수 없는 그날, 늦은 저녁에 일어난 일이었다.

第57章

묵혼사

묵
혼
사

객잔을 나선 용계와 일격살이 향한 곳은
문상객으로 북적이는 팔비도의 집이었다.

"뭔 사람들이 이리 많지? 천룡맹주라도 죽은 것 같군."

곽철의 말은 전혀 과장된 것이 아니었다.

팔비도의 큰 저택은 수백 명의 문상객으로 그야말로 발 디딜 틈조차
없었다.

백여 개의 작은 접대 상에 문상객들이 우글우글 나누어져 술을 마시
고 있었다.

용계와 일격살은 다른 문상객과 마찬가지로 행동하고 있었다.

향을 피워 고인을 기린 다음 가족들에게 애도를 표했다.

곽철과 비영은 그 모습을 먼발치에서 지켜보면서 이야기를 나누고
있었다.

"놈들 짓 같지?"

곽철은 팔비도를 묵혼사 측에서 죽였다고 확신하고 있었다.

문제는 목표가 팔비도가 아닌 것 같다는 데 있었다.

그들은 자신이 죽인 대상의 문상을 올 자들이 결코 아니었으니까.

"이번 일, 단주님의 방문과 관계가 있을지도 모르겠군."

비영의 추측에 곽철이 고개를 끄덕였다.

"분명 이곳에서 뭔가 일이 진행되고 있어."

곽철이 주위를 유심히 살폈다.

유난히 많은 조문객이 방문해 혼란스러운 것 빼고는 그다지 특별한 것은 없었다.

근처에 있던 무인들의 이야기 소리가 들렸다.

"팔비도 선배가 이렇게 갑자기 가시다니."

팔비도를 그리워하며 술을 들이키는 중년 무인은 바로 평소 그와 가깝게 지내던 패력부(覇力斧) 가휘(柯輝)였다.

"그러게 말입니다. 평소 그렇게 정정하시던 분이……."

옆에 있던 무인이 한숨을 내쉬며 말을 이었다.

"인명재천(人命在天)이라 하지 않습니까? 좋은 곳으로 가셨을 겁니다."

"아무렴. 그러셨겠지."

가휘가 다시 술을 들이켰다.

술을 아무리 마셔도 고인에 대한 그리움은 쉬이 가시지 않는 모양이었다.

그때 무인 서넛이 그 옆을 지나갔다.

그들 중 하나가 내뱉는 소리가 가휘의 귀에 들려왔다.

"그깟 팔비도가 뭐라고… 이렇게 개 떼처럼 모였나?"

순간 가휘의 눈에 불꽃이 일었다.

"어떤 개새끼냐?"

가휘가 벌떡 자리에서 일어나 그들을 막아섰다.

사내들은 갑자기 가휘가 자신을 막아서며 욕설을 내뱉자 인상이 험악해졌다.

그러나 그 말을 꺼낸 사내는 나서지 않고 있었다.

"어떤 놈이냐 물었다, 이 개잡종들아!"

꽈당탕!

가휘가 분에 못 이겨 자신이 앉아 있던 술상을 뒤엎었다.

그러자 주위의 시선이 그에게 집중되었다.

가휘가 허리에 차고 있던 거대한 도끼를 꺼내 들고 사내들 중 하나에게 내밀었다.

"대가리를 쪼개놓기 전에 튀어나와라."

사내들은 그저 코웃음을 칠 뿐 이렇다 할 대꾸를 하지 않았다.

그때 가휘와 술을 마시던 무인이 그를 말렸다.

"형님, 참으십시오. 오늘 이러시면 안 됩니다."

술기운에 달아오른 가휘는 쉽게 진정하지 못했다.

"동생도 듣지 않았나? 감히 아랫도리에 거웃도 안 난 조무래기 새끼들이 팔비도 선배를 욕보이는 것을."

그러자 그들 중 하나가 불만 가득한 얼굴로 내뱉었다.

"젊은 사람은 제 입으로 말도 못하오?"

가휘가 버럭 소리를 질렀다.

"하지 마! 새끼야! 새파란 새끼들은 입도 열지 마! 자격 없어!"

그러자 시비가 붙은 사내들 외에 주변에 있던 또 다른 젊은 무인들 중 하나가 그들의 싸움에 끼어들었다. 얼굴이 발그레한 것이 가휘의 얼굴빛과 크게 다르지 않았다.

"너무하네. 나이 처먹은 게 자랑인가?"

"이 새끼, 넌 또 뭐야?"

"거 듣기 불편해서 한마디 했소. 왜 내 머리통도 쪼개고 싶소? 자, 자, 어디 쪼개보시오."

사내가 가휘에게 머리통을 들이밀었다.

"어휴, 이걸 그냥!"

가휘가 도끼를 쳐들자, 말리던 무인이 그의 팔을 붙잡고 늘어졌다.

"형님, 어린것들인데 형님이 참으십시오."

그렇게 웅성웅성 사람들이 하나둘씩 모여들고 있었다.

그 모습을 지켜보고 있던 곽철이 비영에게 나직이 말했다.

"재밌군. 저놈들도 앞서 놈들과 한패고… 일부러 시비를 거는 게 확실한데… 왜지?"

"좀 더 지켜보자."

씩씩거리던 가휘가 분에 못 이겨 도끼 든 손을 부르르 떨었다.

지금까지 참은 것도 죽은 팔비도에 대한 마지막 예의 때문이었다.

가휘가 그들을 향해 소리쳤다.

"날이 날인만큼 이번 한 번은 용서해 준다. 썩 꺼져라! 이놈들!"

그때 처음 입방정을 떨었던 젊은 무인이 툭 내뱉었다.

"하여튼 핑계도 많아요. 겁나면 겁난다고 하지."

그 순간 가휘의 인내력이 바닥을 드러냈다. 그의 평소 성격을 볼 때 지금까지 참은 것도 용한 일이었다.

"이 새끼, 죽어!"

가휘가 도끼를 휘두르며 몸을 날렸다.

부우웅!

가휘의 도끼질에 주둥이를 놀렸던 사내가 피를 뿌리며 쓰러졌다.

그러자 옆에 있던 동료들이 일제히 검을 뽑아 들었다.

"죽여!"

사내들이 가휘를 향해 합공을 시작했다.

"비겁한 놈들!"

가휘를 말리던 무인이 검을 빼 들고 달려들었다.

다시 몇 명의 사내들이 검을 뽑고 그 무인을 향해 달려들었다.

그 무인과 친분이 있던 몇몇 무인들이 그를 돕기 위해 다시 나섰다.

"다 죽여!"

이내 상가집은 싸움터로 변했다. 그 와중에 몇몇 사내들이 다짜고짜 주변의 사람들을 베어버리는 바람에 싸움은 순식간에 커지기 시작했다. 여기저기서 비명 소리가 터져 나왔고 몸을 피하는 사람부터 일단 검부터 뽑아 휘두르는 사람들까지 장내는 일대 혼란에 빠져들고 있었다.

싸움이 일파만파로 커지자 건물 안에서 팔비도의 아내가 달려왔다. 그녀의 뒤로 용가가와 봉매매가 뒤따라 나왔다.

용가가가 내력을 실어 소리쳤다.

"모두 멈춰라!"

그러나 이미 시작된 싸움을 그 외침으로 막을 수는 없었다.

옆에서 위험하게 칼을 휘두르던 두 무인을 향해 용가가가 사정없이 장력을 날렸다.

두 무인이 한꺼번에 피떡이 되어 날아갔다.

적아를 구분할 수 없는 상황에서 함부로 살수를 가할 수가 없어 용가가와 봉매매는 어쩔 수 없이 팔비도의 아내를 집 안으로 데려갔다.

그 와중에도 밖으로 빠져나가기 위해 입구로 몰린 사람들로 인해 부상자들이 속출했다.

곽철과 비영은 어느새 나무 위에 올라가 장내를 살펴보고 있었다.

"저기."

곽철의 시선이 향하는 곳은 저택의 후원 쪽이었다.

용계와 일격살이 그곳으로 빠져나가고 있었고 그 뒤를 십여 명의 사내들이 뒤따르고 있었다.

대부분 젊은 무인들이었는데 장내의 혼란을 틈타 달아나는 것이라 보기에는 너무나 절도있는 움직임이었다. 곧이어 또 다른 무리들이 그곳으로 향했다. 역시 앞서와 마찬가지의 움직임이었다.

그렇게 뒷문으로 빠져나간 무인들은 무려 일백 명에 가까운 숫자였다.

곽철과 비영이 마지막 무리의 뒤를 따라 몸을 날렸다.

저택에서 나온 인원만 해도 백여 명이 넘었고 거리 곳곳에서 사내들이 그들과 합류하기 시작했다.

그렇게 모두 모인 숫자는 대략 이백여 명.

그 많은 숫자가 이곳 구현에 집합하고서도 사도맹의 이목을 받지 않은 까닭은 바로 팔비도의 죽음 때문이었다. 그들은 자연스럽게 조문객들의 행렬 속에 끼어들었던 것이다.

그들은 대로를 피해 구현산의 능선을 타고 어디론가 이동하기 시작했다.

그들 뒤를 미행하는 곽철과 비영의 표정은 매우 심각한 상태였다.

"묵혼사 살수들이 총출동했군."

"도대체 어디로 가는 것이지?"

두 사람은 이곳의 지리를 잘 알지 못했기에 그들이 향하는 곳을 짐작하지 못했다.

이십여 리의 밤길을 내리 달려 그들이 도착한 곳은 구현산 일각의 오십여 장 높이의 절벽이었다.

이백여 명의 무인들이 숨소리 하나 내지 않고 숲 속에 열을 맞춰 한쪽 무릎을 바닥에 댄 채 무릎을 꿇고 있었다.

백여 장 떨어진 어둠 속에서 그들을 지켜보던 곽철과 비영이 소리없이 몸을 날렸다.

가장 높은 나무 꼭대기로 올라서자 절벽 아래의 풍경이 그들의 눈앞에 펼쳐졌다.

그들의 눈에 들어오는 것은 바로 사도맹 구현지부였다.

"이런!"

곽철과 비영이 낭패한 얼굴이 되었다.

그때였다.

저 멀리 지부의 문이 열리며 오십 명의 무인들이 말을 타고 나오고 있었다.

선두에 선 사내는 바로 구현지부장 문길이었다.

"팔비도 어르신 댁에서 큰 싸움이 벌어졌다. 싸움에 가담한 자들은 지위 고하를 가리지 않고 모두 체포한다."

"알겠습니다!"

"가자!"

문길의 뒤를 오십여 필의 말이 뒤따랐다. 특히 용설란과 함께 온 설여봉과 구미룡이 그곳에 있었기에 그의 마음은 더욱 급했다. 무공이 고강한 그들이었기에 걱정은 없었지만 그들과 깊은 친분이 있는 팔비도의 상가에서 행패를 부린 놈들을 모두 잡아들여 점수를 따려는 마음이었던 것이다.

그렇게 순식간에 지부를 지키는 반 이상의 인원이 자리를 비웠다.

"…아까 싸움은 이것을 노린 것이었군."

"빨리 돌아가자."

곽철과 비영이 나무에서 몸을 날리던 그때, 용계와 일격살이 이끄는 이백 명의 살수들도 일제히 절벽에서 몸을 날렸다.

곽철과 비영이 깜짝 놀라 그들을 바라보았다.

파파라락!

허공을 날아오른 그들의 등 뒤에서 작은 날개가 활짝 펴졌다. 마치 박쥐 날개처럼 생긴 그것은 일정 거리를 날게 해주고 또한 착지의 충격을 최대한 완화시켜 주는 비익조(比翼鳥)였다.

그렇게 하늘은 묵혼사의 살수들로 새까맣게 덮이기 시작했다.

"이번 일 왠지 맡기 싫었지."

팔짱을 낀 채 뇌옥 벽에 비스듬히 기대 서 있던 흑묘가 던진 말에는 후회보단 체념이 더 많이 실려 있었다.

"당신은 왜 이번 일 맡았죠?"

흑묘가 기풍한에게 물었다.

쇠창살을 등지고 기대앉아 있던 기풍한이 무뚝뚝하게 대답했다.

"당신과 같은 이유지."

"돈 때문이라?"

마치 기풍한의 마음을 읽으려는 듯 그녀가 기풍한의 눈빛을 응시했다. 흑묘는 많은 사내를 상대해 본 여인이었다. 그런 그녀를 속일 남자는 흔하지 않았다.

그녀에게 기풍한도 그 흔하지 않은 사내 중 하나였는지 그녀의 호기심은 뇌옥 안에서까지 이어지고 있었다.

"호호. 미안하지만 난 돈 때문이 아니에요."

흑묘가 뒤쪽 벽에 머리를 콩콩 찧으며 아무도 묻지 않은 답을 스스로 하기 시작했다.

"그냥 사는 게 지루해서라고 할까? 밥맛도 없고, 사내들도 시시해지고, 뭔가 새로운 자극이 필요했지요. 뭐, 이 정도면 확실히 자극이 되었네요. 호호."

끊임없이 뭔가를 지껄여 대는 흑묘에 비해 정철령은 이번 작전 실패가 큰 충격으로 다가온 모양이었다.

그는 어떻게 사도맹 측에 자신의 계획이 흘러들어 갔는지를 고민하고 있었다.

정철령이 두 손으로 머리통을 움켜쥐며 고개를 숙였다.

"…이해할 수가 없군."

"뭐가 말이오?"

"완벽을 기한 작전이었는데… 어떻게 사도맹에서 알아낸 것인지."

문득 정철령의 눈빛이 기풍한과 흑묘를 향했다. 눈빛 속에 깃든 감정은 분명 의심이었다.

흑묘가 적반하장 격이라는 표정으로 정철령을 비꼬았다.

"당신 덕분에 모가지가 날아가게 생겼는데 의심까지 해주니 참 고맙군요."

그녀의 말마따나 기풍한이나 흑묘가 배신한 것 같지는 않았다. 우선은 그럴 이유도 없었거니와 그들을 제압하던 사도맹의 무인들은 전혀 두 사람을 아는 것 같지 않았기 때문이다.

아무리 머리를 싸매도 나오지 않는 답이었다.

"젠장!"

기풍한이 화가 난다는 듯 자리에서 벌떡 일어났다.

"뭔가 수를 내야 하오. 이대로라면……."

심란한 듯 창살 앞을 서성대던 기풍한의 눈빛이 반짝였다.

맞은편 옥에 갇혀 있던 사내가 슬그머니 일어나 창살 쪽으로 다가온 것이다.

여태껏 시체처럼 누워 잠만 자던 그였기에 이제야 제대로 얼굴을 볼 수 있었다.

기풍한을 바라보는 사내의 눈빛은 독특했다.

마치 이제부터 일어나는 일에 상관 말라는 눈빛 같기도 했고, 허튼 짓하면 좋지 않다는 경고 같기도 했다.

'평범한 자가 아니다.'

기풍한은 그가 앞서 간수 무인들이 표현한 망나니들과는 전혀 다른 차원의 사내란 것을 알 수 있었다.

사내가 간수 무인을 다급하게 외쳐 불렀다.

"여기 좀 와보시오!"

통로의 끝에서 무인의 짜증 섞인 대답이 들려왔다.

"닥치고 잠이나 자!"

사내는 더욱 다급하게 소리쳤다.

"여기 큰일났다니까!"

사내가 쉬지 않고 고함을 질러댔다.

그러자 결국 무인 둘이 이쪽으로 걸어오는 소리가 들렸다.

"이 새끼! 별일 아니면 네가 큰일날 줄 알아라!"

무인의 목소리에는 신경질이 듬뿍 담겨 있었다.

두 무인이 이윽고 그곳으로 왔다.

옥 안을 살펴보던 무인의 눈빛이 가늘어졌다.

"무슨 일이냐?"

그러자 사내가 미소를 지으며 말했다.

"여기 간수가 죽었소."

"……?"

무슨 소린지 몰라 눈을 껌벅이던 무인의 입에서 비명이 터져 나왔다.

"컥!"

무인의 가슴을 뚫고 나온 검날.

누군가 뒤에서 사정없이 검을 박아 넣은 것이다.

무인이 쓰러지며 돌아보았다.

수년간 자신과 동고동락을 해왔던 자신의 동료가 피 묻은 검을 들고 있었다.

"미안하네. 언제까지 여기 처박혀 있을 순 없지 않나?"

바닥에 쓰러진 무인은 그 말이 매수된 동료의 구차한 변명이란 것을 인지하지 못했다. 죽어가는 그의 마음속에는 오직 '왜'라는 의문뿐이었다.

동료를 죽인 무인이 문을 열었다.

그리고 재빨리 사내의 제압당한 혈도를 풀어주었다.

다시 무인이 다른 뇌옥의 문을 모두 열었다.

용천파와 싸움을 벌여 체포되었던 십여 명이 모두 옥에서 나왔다.

그들은 바로 묵혼사의 살수들이었고 밖의 공격을 돕기 위한 선발조들이었던 것이다.

기풍한의 맞은편에 있던 사내가 선발조의 조장인 듯 보였다.

매수된 간수 무인이 천장 벽을 뜯어내자 숨겨두었던 무기 주머니가 떨어졌다.

각종 무기와 진천뢰가 가득 담긴 주머니였다. 그야말로 사전에 치밀하게 준비된 일이었다.

이 뜻밖의 사태에 기풍한 등의 세 사람은 서로를 마주 보며 은밀히 고개를 끄덕였다. 이 변수를 이용해 탈출하자는 무언의 의사소통이었다.

사내가 기풍한 등을 힐끔 보고는 살수 둘에게 사무적으로 말했다.

"모두 죽이고 합류하도록."

기풍한은 그들의 목적이 무엇이든 간에 적어도 자신들과는 별개의 일이란 것을 알 수 있었다. 또한 정철령의 이번 계획과 별개의 일이란 것 역시 알 수 있었다.

철컹.

철문이 열리고 다시 짤막한 비명 소리가 들려왔다.

그렇게 나머지 여덟의 살수들이 옥을 빠져나갔다.

간수가 열쇠로 기풍한 등이 갇혀 있던 철문을 열었다.

"하필 오늘 갇히다니 너희도 어지간히 재수가 없구나."

문을 열고 뒤쪽에 서 있던 살수들에게 맡긴다는 듯 돌아서던 바로 그때였다.

스걱.

뒤에 서 있던 살수가 사정없이 그를 베어버렸다.

무인은 비명 하나 지르지 못하고 죽음을 맞았다.

시체를 내려다보며 검을 휘두른 살수가 말했다.

"듣지 않았나? 모두 죽이란 소리를."

살수 둘이 옥 안으로 들어서려는 그때였다.

기풍한이 몸을 굴리며 앞으로 뛰어들었다.

자신들 쪽으로 뛰어드는 기풍한을 향해 살수가 검을 휘둘렀다.

기풍한이 향한 곳은 살수가 아니었다.

바로 쓰러진 간수 사내를 향해서였다.

땅!

기풍한은 간수 사내의 허리에 꽂혀 있던 혈각을 빼 들어 살수의 검을 막았다.

물론 정철령과 흑묘에게 들키지 않으려고 내력을 싣지 않은 상태였다.

기풍한이 몸을 일으키며 어깨로 살수의 가슴을 들이박았다.

내력이 없는 공격이었지만 살수는 뒤에 있는 창살에 부딪치며 순간 충격을 받았다.

"이 새끼가!"

옆의 살수가 기풍한을 향해 검을 휘두르는 순간 정철령이 그를 걷어찼다.

정철령의 발은 정확히 살수의 배에 적중했지만 내력이 실리지 않았기에 그는 쓰러지지 않았다.

다시 검을 휘두르려는 것을 이번에는 흑묘가 달려들었다.

그렇게 내력이 없는 고수 셋과 살수 둘의 몸싸움이 시작되었다.

자신을 향해 달려드는 살수들을 확인한 무인이 비상종을 울리려는 순간 이미 그의 몸은 자신의 명령을 듣지 않고 있었다.

무인이 그대로 쓰러졌고 옆에서 졸고 있던 동료 무인의 운명도 그와 크게 다르지 않았다.

쿵.

비명 소리 하나 내보지 못하고 무인 둘이 그대로 쓰러졌다.

살수들은 신속하게 다음 초소로 몸을 날렸다.

그들은 바로 별채의 뇌옥에서 빠져나온 살수들이었다.

외곽 쪽만 경계하던 무인들은 등 뒤에서 날아드는 검을 피할 수 없었다.

그야말로 속수무책으로 외곽 경비가 무너지고 있었다.

외곽의 초소들을 점령한 그들이 향한 곳은 대기 무인들의 숙소였다.

이미 자정이 넘은 시간이었기에 번을 서는 몇 명을 빼곤 모두 잠이 들거나 이제 막 자려고 누운 상태였다.

쉭! 쉭!

뱀의 혓바닥 날름거리는 소리를 내며 비수가 허공을 가르자 번을 서던 무인들이 몸을 비틀며 쓰러졌다. 비수는 정확히 그들의 목에 박혀 있었다.

살수들이 복도의 양옆에 마련된 숙소에 한 사람씩 붙어 섰다.

조장 살수가 고개를 끄덕이는 순간.

여섯 개의 방문을 동시에 열었다.

그리고 그곳으로 동시에 서너 개의 진천뢰를 던져 넣었다.

꽈아앙!

엄청난 폭음과 함께 무인들의 시체가 파편들과 함께 복도로 날아 나왔다.

순식간에 대기하던 무인들이 모두 죽음을 맞은 것이다.

그 시각, 비익조를 타고 날아온 살수들이 지부의 연무장에 내려앉았다.

이미 외곽을 지키는 대부분의 무인들이 희생되었기에 그들을 막을 무인은 몇 되지 않았다.

마치 벌 떼가 목표를 공격하듯 본관 건물의 모든 창문을 향해 일백 명의 살수들이 일제히 날아들었다. 이층, 삼층, 사층, 오층의 모든 창문들이 깨어지며 일제히 살수들이 난입했다.

남은 백 명의 살수 중 오십 명은 그대로 일층부터 위로 쓸면서 올라가기 시작했다. 나머지 살수 오십은 본관 건물을 완전히 포위했다.

연화의 방은 사층이었다.

연화의 방 창문을 부수며 날아든 살수는 모두 셋이었다.

가장 먼저 들어오려던 살수가 부서진 창틀과 함께 그대로 땅바닥으로 추락했다.

폭음 소리에 이미 이현과 연화는 만반의 준비를 하고 있었고 창문이 깨지는 순간 이현이 그를 향해 검을 날린 것이다.

두 번째, 세 번째 살수는 건물 밖 연화의 창 옆에 달라붙은 채 꼼짝도 하지 않고 있었다.

이현의 검에서 순간 검기가 일었다.

그녀의 검기가 향한 곳은 창 옆쪽의 벽이었다.

파악!

벽이 갈라지며 밖에서 비명 소리가 들렸다.

그때였다.

반대쪽 벽의 살수가 방 안으로 무엇인가 던져 넣었다.

날아드는 그것을 이현은 한눈에 알아보았다.

과거 자신도 수없이 사용해 보았던 진천뢰였던 것이다.

"피해요!"

이현이 연화를 덮치며 방문을 부수며 밖으로 나갔다.

꽈앙!

폭음과 함께 파편이 튀었다.

"큭!"

비명 소리는 이현의 입에서 나왔다. 어른 손가락만한 나뭇조각이 그녀의 허벅지에 박힌 것이다.

그러나 부상을 살필 겨를이 없었다.

진천뢰를 던져 넣은 살수가 방 안으로 뛰어든 것이다.

쉭!

이현이 자신의 허벅지에 박힌 나뭇조각을 빼서 그대로 날렸다.

목을 적중당한 살수가 그대로 몸을 뒤집으며 쓰러졌다.

"가요."

이현이 상처를 살필 사이도 없이 벌떡 일어났다.

두 여인이 복도를 정신없이 달렸다.

팟.

또 다른 방문으로 검이 튀어나왔다.

이현의 어깨에서 피가 튀는 순간 그녀가 그대로 방문을 몸통으로 들이박았다.

꽝!

쓰러진 문에 올라탄 이현이 부서진 문짝 위에 검을 쑤셔 박았다.

"으윽."

문짝 아래서 비명 소리가 들려왔다.

살수가 죽었는지 확인할 겨를이 없었다.

복도 끝에서 우르르 십여 명의 살수들이 몰려 올라왔다.

"뒤로 뛰어요!"

이현이 연화를 밀다시피 하며 뒤로 달리기 시작했다.

쉿쉿!

뒤에서 날아드는 비도 소리에 이현이 몸을 뒤집으며 동시에 검을 휘둘렀다.

탕! 탕! 탕!

순식간에 세 자루의 비도를 튕겨냈다.

"계속 달려요!"

자신들을 추격하는 살수들 쪽으로 달려가며 이현이 소리쳤다.

잠시 그들을 막아 시간을 벌 작정이었다.

쉬이이익!

가장 앞서 달려오던 살수의 검을 피하며 그대로 그의 가슴을 베어넘겼다.

좁은 복도에서의 싸움이었기에 할 만한 싸움이었다.

창창창!

서너 자루의 검과 이현의 검이 불꽃을 일으켰다.

이현이 뒤로 몸을 날리며 내력을 최대한 끌어올렸다.

순간 그녀의 검에서 검기가 일었다.

쉬이익—

한줄기 무서운 검기가 그들을 향해 날아들었다.

가장 선두에 선 살수가 검으로 그녀의 검기를 막았다.

그의 검이 부러지며 가슴이 갈라졌다.

그녀가 연이어 검기를 날렸다.

그러나 이번에는 앞서처럼 쉽게 당하지 않았다.

살수들이 동료 시체를 방패 삼아 돌진해 왔다.

뒷걸음질을 치며 검을 휘두르던 그녀의 등이 누군가와 부딪쳤다.

깜짝 놀라 돌아보니 연화의 등이었다.

"왜?"

달아나지 않았냐고 물으려던 그녀의 표정이 어두워졌다.

반대쪽 통로에서도 살수들이 길을 막아선 것이다.

그들의 무시무시한 살기에 연화는 정신이 없었다. 이런 혼란스럽고 무서운 실전을 겪어본 적이 없는 그녀였다.

이현은 쉽게 포기하지 않았다.

그녀의 눈으로 바닥에 쓰러진 살수의 시체가 들어왔다.

그녀가 살수의 시체를 방패 삼아 들었다.

그 모습에 살수들이 조소를 피웠다.

그러나 그녀의 목적은 그것이 아니었다.

재빨리 살수의 품속을 뒤져 무엇인가를 꺼냈다.

그녀의 손에 들린 것은 살수가 지니고 있던 진천뢰였다.

살수들이 깜짝 놀라 몇 발짝 뒤로 물러섰다.

그러나 그들은 강호 최고의 살수 조직 묵혼사의 정예 살수들이었다.

오히려 앞에 서 있던 살수가 진천뢰를 꺼내 들었다.

한마디로 던지면 나도 던지겠다는 뜻이었다.

좁은 통로에서 양쪽이 그걸 사용했다가는 모두 죽게 될 것이기 때문이었다.

살수들을 향해 이현이 씨익 웃었다.

그리고 망설이지 않고 그것을 살수들에게 던졌다.

동시에 그녀가 연화를 안고 옆의 방문을 부수며 뛰어들었다. 동시에 살수들 역시 다른 방으로 몸을 날렸다.

꽈아앙!

방 안으로 뛰어든 순간 연화를 향해 날아드는 검을 보았다. 이미 방 안에서 기다리고 있던 또 다른 살수였다.

이현이 연화를 안은 채 몸을 비틀었다.

스걱.

허리가 서늘해짐을 느꼈다.

푹.

동시에 살수의 심장에 그녀의 검이 날아가 박혔다.

두 여인이 부둥켜안은 채 바닥을 굴렀다.

일어나려던 연화가 깜짝 놀랐다.

그녀의 몸에 가득 묻은 핏자국.

그것은 이현의 허리에서 흘러나온 피였다.

"괜찮으세요?"

"…네."

이현이 이를 악물고 일어나려다 다시 쓰러졌다.

복도에서 발자국 소리가 들려왔다. 진천뢰에 살아남은 살수들이 재정비를 하고 공격 준비를 하고 있는 것이다.

이현이 힘겹게 말했다.

"문 앞에 자리를 잡고… 들어오는 자를… 베어요!"

검을 든 연화의 손은 부들부들 떨리고 있었다.

이현이 연화의 팔목을 잡았다.

"…잊지 않았죠?"

순간 연화는 객잔에서 이현이 자신에게 해주던 이야기가 생각났다.

삶을 지키려는 의지.

연화가 입술을 깨물며 고개를 끄덕였다.

연화가 검을 가슴에 세우고 문 옆에 기대섰다.

쓰러진 이현의 고통스런 모습이 그녀의 눈에 들어왔다. 자신과 그녀를 지킬 수 있는 사람은 자신뿐이었다.

그때 문안으로 누군가 불쑥 들어왔다.

쉬익.

그를 향해 본능적으로 연화가 검을 찔렀다.

탁.

연화의 검이 허공에 딱 멈췄다.

연화의 검이 상대의 손가락 사이에 끼어 있었다.

"아아—"

그녀의 입에서 탄식이 터져 나오는 순간.

그녀의 귀에 들리는 익숙한 목소리.

"접니다."

들어선 이는 바로 곽철이었다.

복도에는 살아남아 그녀들을 공격하려던 살수들이 모두 시체가 되어 누워 있었다.

곽철이 다급하게 이현의 혈도를 짚어 출혈을 막았다.

"늦어서 죄송합니다."

진심으로 곽철은 자신이 늦은 것을 미안해하고 있었다.

곽철은 온몸에 살수들의 피를 뒤집어써서 완전히 혈인(血人)이 되어 있었다. 그녀들을 찾기 위해 그가 얼마나 애타게 살수들 속을 헤맸는지 말하지 않아도 짐작할 수 있었다.

이현이 고통을 참으며 미소를 지었다.

"빠져나가야 합니다."

"비영 오라버니는?"

"용 소저를 찾고 있습니다."

곽철이 자신의 상의를 죽죽 찢어 기다란 줄을 만들었다.

그리고 이현을 등에 업고 단단히 그녀를 동여맸다.

다시 곽철이 연화의 손을 꽉 잡으며 말했다.

"이 손… 놓치면 죽습니다."

오층의 용설란이 묵혼사 살수들의 기습을 알게 된 것은 사실 본격적인 공격이 있기 직전이었다.

그때 용설란은 자신의 아버지 용천악에게 서찰을 적고 있었다.

덜컹.

신범이 말도 없이 문을 열고 들어왔다.

평소와는 다른 그의 무례한 행동에 용설란이 깜짝 놀랐다.

다시 그 뒤로 여섯 명의 녹수단 무인들이 황급히 들어왔다.

뭔가 일이 발생했다는 것을 짐작한 그녀가 다급하게 물었다.

"무슨 일인가요?"

신범이 창가에 비스듬히 서서 밖을 내다보며 나지막이 말했다.

"침입자가 있습니다. 우선 여기서 나가서야 합니다."

신범의 말에 용설란이 깜짝 놀랐다.

"침입자라뇨?"

"방금 전 본 맹에서 전서매가 날아왔습니다."

용천악이 보낸 전서매가 거의 아슬아슬한 시간에 신범에게 도착한 것이다.

"이미 외곽 초소 무인들이 모두 당했습니다."

전서를 받고 주위를 살핀 결과 지부에 침입자가 있다는 것을 알아낸 것이다.

신범이 용설란의 손을 잡아끌었다.

"일단 피하셔야 합니다."

"이대로 가서는 안 돼요."

"저희 임무는 아가씨를 지키는 일입니다!"

그의 말은 조금도 틀리지 않았다. 눈앞에서 용천악이 죽게 되더라도 그들의 임무는 용설란을 지키는 일이었다.

"멈추세요. 이대로 저만 갈 순 없어요."

그러나 신범과 여섯의 녹수단 무인들은 오직 그녀를 보호해야 한다는 생각뿐이었다.

"명령이에요!"

"그 명령을 따를 수 없습니다."

"연화 소저를 그냥 두고 가면 안 됩니다. 그녀만이라도……."

"어쩔 수 없습니다."

"아……."

건물 밖에서 폭음 소리가 들려온 것은 그들이 이제 막 이층까지 내려왔을 때였다.

"이런, 늦었다. 서둘러라!"

곧이어 각 방의 창문이 깨지는 소리가 들리며 여기저기에서 비명 소리가 들려왔다.

그들의 발걸음이 급해졌다.

그때 아래쪽에서 우르르 살수들이 밀려 올라오기 시작했다.

"막아라."

그 명령에 여섯 무인 중 둘이 앞으로 달려나갔다.

다시 신범이 용설란을 호위하고 다시 위층으로 올라갔다.

옥상으로 올라가 용설란을 안고 건물 뒤쪽으로 뛰어내려 외담을 넘어 탈출할 생각을 한 것이다.

그러나 계단 위에서도 살수들이 쏟아져 내려오고 있었다.

"이런!"

무인 둘이 그들을 막으며 달려 올라갔다.

다시 신범이 용설란의 손을 잡고 계단을 내려왔다.

아래층에서 녹수단 무인 하나의 비명 소리가 들려왔다. 아래위를 막기 위해 남은 네 무인이 쓰러지는 것은 시간문제라는 것을 잘 알았기에 신범의 마음은 너무나 다급했다.

신범과 용설란, 그리고 녹수단 무인 둘이 이층 복도를 달리기 시작했다.

덜컹.

그들이 달리던 복도 양쪽에 위치한 방문이 열리며 검이 날아들었다.

신범이 몸을 뉘여 검을 피하며 검을 휘둘렀다.

분명 상대를 베었음에도 비명 소리가 들리지 않았다.

'살수!'

순간 신범은 상대의 정체를 직감했다.

"뛰어!"

신범이 앞장서 달리며 소리쳤다.

쉭! 쉭!

신범의 무공은 과연 대단했다.

앞을 막아서던 살수들이 연달아 쓰러졌다. 남은 무인 둘이 용설란을 호위하며 그 뒤를 따라 달렸다.

신범이 막 달려들던 살수 일곱을 베어 넘기던 그때였다.

푸욱―

신범의 동작이 딱 멈췄다.

"선배님!"

뒤따르던 두 무인의 입에서 동시에 한마디가 터져 나왔다.

복도 옆쪽의 벽에서 한 자루의 검이 벽을 뚫고 나와 신범의 겨드랑이 아래에 박혀 있었다.

신범이 그 검을 움켜쥐었다.

손에서 피가 흘러나왔지만 신검은 검을 빼내려고 애를 썼다.

스걱.

그의 손가락이 잘려 나갔고 이어서 옆구리가 길게 베어졌다. 벽까지 함께 베어버린 그 한 수는 지금의 상황이 아니라면 박수를 치며 칭찬을 해주고 싶을 정도로 깨끗했다.

피를 콸콸 쏟아내며 신범이 비틀거리며 돌아섰다.

쿵.

신범의 무릎이 접혔다.

용설란이 자신을 향해 뭐라 외치는 모습이 그의 흐릿한 시야에 들어왔다. 자신의 눈에서 눈물이 나서일까? 용설란의 눈에 눈물이 흐르고 있단 생각이 들었다.

그녀의 말소리는 이미 그의 귀에 들리지 않았다.

그녀 뒤로 자신이 아끼던 두 후배가 살수들의 검에 난도질당하며 쓰러지는 모습이 들어왔다.

'안 돼! 이대로 죽어선 안 돼!'

일어서서 검을 휘둘러야 했지만, 그래서 십 년을 변함없이 지켜온 자신의 주인을 지켜줘야 했지만 신범은 손가락 하나 까닥할 수 없었다.

시야가 서서히 어두워졌고 이내 그의 애절한 충성심 역시 암흑 속으로 잠겨 버렸다.

그대로 신범의 신형이 앞으로 꼬꾸라졌다.

스거걱.

그를 베어낸 검이 쑥 벽 안으로 들어갔다.

이어 방문을 열고 모습을 드러낸 사람은 바로 용계였다.

남은 것은 이제 용설란 혼자뿐이었다.

용설란의 눈에서 눈물이 끊이지 않고 흘러내렸다.

자신을 지켜주던 모든 이들이 시체가 되어 쓰러져 있었고 눈을 마주치는 것조차 무서운 사내들이 자신의 앞뒤를 에워싸고 있었다.

용계가 용설란을 보며 사악한 미소를 지었다.

"흐흐."

천만 냥짜리 청부 대상이 눈앞에서 떨고 있었다.

그녀를 바라보는 용계의 눈빛에는 한 줌의 자비도 보이지 않았다.

용계가 그녀를 향해 한 발 내디디던 순간이었다.

"으아악!"

용설란의 뒤쪽에서 비명 소리가 터져 나왔다.

누군가 살수들을 베어 넘기며 이쪽으로 돌진해 오고 있었다.

콰콰콰콰!

검기가 회오리치며 살수들이 폭풍에 휘말린 듯 손발이 잘려 나가고 있었다.

순식간에 뒤쪽의 다섯 살수가 쓰러졌다.

살수들을 베며 달려오는 이는 바로 비영이었다.

비영의 실력을 한눈에 알아본 용계가 용설란을 덮쳐 갔다.

무슨 일이 있더라도 용설란만은 반드시 죽이겠다는 필살의 눈빛이었다.

용계와 용설란과는 불과 삼 장의 거리.

반면 비영을 막아선 살수는 여섯.

'이대로는 늦다.'

살수를 베어 넘기며 돌진하는 비영의 얼굴에 절망의 빛이 떠올랐다.

그때 용설란에게 돌진하던 용계는 순간 몸이 휘청했다.

꽈악.

누군가 자신의 발을 움켜잡은 것이다.

놀랍게도 그는 죽은 줄 알았던 신범이었다. 자신의 주인을 두고는 차마 황천을 건널 수 없었는지 마지막 힘을 다해 용계의 다리를 붙잡고 늘어졌다.

그 힘은 오히려 살아 있을 때의 힘보다 더욱 컸다.

"이 미친!"

용계의 검이 신범의 두 팔을 싹둑 잘라냈다.

여전히 그의 다리에는 신범의 잘린 팔이 매달려 있었다. 팔이 잘려서도 그의 손은 용계의 다리를 움켜쥐고 있었다.

용계의 쾌검이 용설란의 심장으로 날아들었다.

순간 용설란의 몸이 회전하며 돌았다.

땅!

용계의 검이 비영의 검에 튕겨났다.

원래 용설란의 자리에 비영이 우뚝 서 있었다.

다른 한 손엔 용설란이 안겨 있었다.

쿵.

얼마나 빨리 비영이 돌진해 왔는지 그제야 마지막 베어진 살수가 쓰러졌다.

용설란은 처음에는 비영을 알아보지 못했다.

그러나 이내 그가 연화를 따라온 소천룡 셋 중 하나란 것을 알 수 있었다.

"…그대가 왜?"

용설란의 입에서 들릴 듯 말 듯한 의문이 새어 나왔다.

비영은 아무 말도 하지 않고 용계를 노려보고 있었다.

순간 용계가 뒤로 몸을 날리며 소리쳤다.

"죽여라!"

그 명령에 용계의 뒤쪽에 진을 치고 있던 살수들이 우르르 몰려들었다.

쉬익.

비영의 검에 앞서 덤벼들었던 살수가 그대로 꼬꾸라졌다.

비영의 검이 달을 가르듯 복도를 갈랐다.

쉬이이이이잉!

비영의 절대무공 단월식(斷月式)이 시전된 것이다.

그 무서운 소리에 복도 끝에 있던 용계가 계단 위로 몸을 날렸다.

쩌어어엉!

복도 끝 벽이 길게 갈라졌다.

복도에 서 있던 십여 명의 살수들 중 살아남은 살수는 아무도 없었다.

비릿한 혈향과 함께 몸통이 갈라진 끔찍한 시체들을 보는 순간 용설란의 몸이 휘청거렸다. 헛구역질이 나며 현기증이 일었다.

그러나 그녀는 쓰러질 틈도 없었다.

비영이 그녀의 허리를 감싸 쥐며 문을 박차고 방으로 뛰어들었다.

그들 쪽으로 진천뢰가 굴러들었기 때문이다.

꽈아앙―

폭음과 함께 복도가 날아갔다.

첨벙첨벙.

핏물을 밟고 살수들이 몰려오는 소리가 들려왔다.

비영이 다시 복도로 몸을 날리며 검기를 날렸다.

달려오던 살수들이 검기를 맞고 쓰러졌다.

비영이 방 안으로 뛰어들어 와 창밖을 살폈다.

수십 명의 살수들이 건물을 완전히 포위하고 있었다. 혼자라면 모를까 용설란을 데리고 돌파하기에는 너무 위험했다.

이제 복도는 조용했다.

용계는 비영의 무공이 일반 강호에서 흔히 마주치는 고수들과는 차원이 다르다는 것을 깨달은 것이다.

싸움은 잠시 소강상태로 접어들었다.

용설란이 떨리는 목소리로 속삭였다.

"그냥 가세요. 이러다간 당신까지 죽어요!"

그러자 비영이 피식 웃었다.

살수들의 피를 뒤집어쓴 비영의 미소를 보는 순간 용설란의 가슴이 두근거렸다.

거친 야생의 사내.

사도맹주의 딸로 귀하게 자라온 그녀가 결코 접해본 적 없는 유형.

다시 그녀가 한숨을 내쉬었다.

자신을 지켜주다 죽은 무인들을 생각하면 이런 감정을 느낀다는 것은 사치를 넘어 죄악이란 생각이 들었다.

다시 살수들의 공격이 시작되었다.

그리고 이번의 공격은 앞서와는 전혀 다른 방식이었다.

퍼엉—

터진 것은 진천뢰가 아니었다.

복도에 녹색 연기가 퍼져 나가기 시작했다. 놈들이 시령탄을 터뜨린 것이다.

비영이 품에서 무엇인가를 꺼내 용설란의 입에 강제로 넣었다.

그것은 바로 비영 자신의 피독주였다.

비영이 그녀의 손을 잡고 독연 속을 헤치며 달리기 시작했다.

복도 끝에서 피독주를 물고 앞을 막아서는 용계와 살수들의 모습이 흐릿하게 보였다.

우우웅―

주인의 다음 호흡 전까지 그들을 모두 베어야 한다는 것을 알기라도 하는지 선풍검이 긴 울음을 시작했다.

비영과 합류하기로 한 나루터에서 곽철과 연화, 이현이 초조하게 그를 기다리고 있었다.

올 시간이 지났음에도 비영은 돌아오지 않고 있었다.

이번 일은 명석한 곽철로서도 이해할 수 없는 일투성이였다.

곽철은 초조한 기색이 역력했다. 몇 번이나 돌아가려고 마음을 먹었는지 몰랐다.

곽철이 뒤를 돌아보았다.

이현은 작은 조각배에 누워 잠이 들어 있었고 연화가 그녀 옆을 지키고 있었다.

연화와 부상당한 이현을 두고 갈 수는 없었다. 더구나 함께 돌아가는 것은 더욱 안 될 말이었다.

곽철이 손을 펴자 어느새 그의 손바닥에는 주사위 세 개가 놓여 있었다.

말없이 주사위를 내려다보는 곽철의 눈빛이 깊어졌다.

곽철이 세 개의 주사위 중 하나를 골라내 다른 손에 들었다. 그러고 보니 그 주사위는 다른 두 개의 주사위와는 그 모양과 재질이 조금 달랐다. 다른 두 개가 솜씨 좋은 장인이 만든 주사위라면 나머지 하나는 투박하고 거칠었다.

그 주사위를 내려다보는 곽철의 눈빛이 깊어졌다.

그의 마음속에 어린 시절 훈련조 시절이 떠오르고 있었다.

                    *   *   *

고된 훈련이 매일같이 이어지던 어느 날 저녁.

하루의 모든 훈련이 끝나고 달콤한 휴식 시간이 되었다.

언제나 모두의 분위기를 풀어주던 팔용의 기분이 그날따라 좋지 않았다.

"엄마가 보고 싶어."

자신이 아주 어렸을 때 집을 나간 엄마를 팔용은 아직도 그리워하고 있었다.

"흐윽."

기어코 팔용은 그 큰 덩치에 어울리지 않는 눈물까지 보이고 말았다.

그때 비영이 버럭 화를 냈다.

"이 바보야! 울지 마! 운다고 엄마가 돌아와? 시끄러!"

울먹이던 팔용이 결국 대성통곡을 시작했다.

"우아앙! 엄마!"

평소와는 다른 비영의 냉정함을 곽철과 서린은 이해하지 못했다.

팔용의 엄마 타령에 비영마저 엄마가 보고 싶어졌고, 그 마음을 숨기기 위해 화를 내는 것이란 것을 알기에는 그들은 너무 어렸다.

"너, 왜 그래?"

보다 못한 곽철이 끼어들었지만 비영은 곽철에게까지 화를 내었다.

"시끄러! 넌 참견 마!"

"너!"

곽철은 화가 치밀었지만 팔용을 달래는 데 집중했다.

"자, 그만 울어."

"흑흑."

"우리 주사위 놀이 할까?"

주사위란 말에 팔용이 울음을 그쳤다.

"주사위? 어떻게 하는 건데?"

"자, 내가 가르쳐 줄 테니 잘 들어."

곽철이 품속에서 주사위를 꺼내 들었다. 아버지가 자신에게 남긴 유일한 유품이었다. 고이 품속에 간직했던 그것을 처음으로 아이들 앞에 꺼내는 순간이었다.

그러나 그것은 어디까지나 곽철의 입장이었다.

주사위를 보는 순간 비영의 눈매가 사나워졌다.

노름에 빠진 자신의 아버지가 어머니를 두들겨 패던 모습이 떠올랐다.

노름판을 전전하며 주사위를 던지던 아버지의 모습.

'지것만 아니었어도…….'

비영의 마음속에서 분노가 끓어오르기 시작했다.

"어? 어?"

곽철의 뒤쪽을 바라보던 팔용이 놀라 말까지 더듬었다.

곽철이 무슨 일인가 돌아보는 순간.

퍽!

비영의 주먹이 곽철의 얼굴을 사정없이 때렸다.

꽈당!

바닥을 뒹구는 곽철에게 비영이 달려들었다.

달려들던 비영이 곽철의 발길질에 뒤로 밀려 날아갔다.

"이 새끼, 너 죽었어!"

"미친 새끼!"

퍽! 퍽!

욕설과 주먹질이 정신없이 오고 가기 시작했다.

"하지 마! 하지 마!"

팔용이 그들을 말리려 달려들었고, 놀란 서린은 제자리에 서서 울기 시작했다.

"이 자식이!"

엎치락뒤치락 둘의 주먹질은 멈추지 않았다.

"아악!"

말리던 팔용이 아무렇게나 휘둘러진 주먹에 나가떨어졌다.

두 아이의 입술이 터지고 코피가 흘러나왔다.

씩씩거리며 서로를 노려보는 두 아이.

곽철은 비영의 분노를 이해할 수 없었다.

비영의 눈에 바닥에 굴러다니는 곽철의 주사위가 들어왔다.

"이까짓 것, 없애 버릴 거야!"

주사위를 주워 든 비영이 밖으로 달려나갔다.

"안 돼! 내놔!"

곽철이 미친 듯이 울부짖으며 비영의 뒤를 따라 뛰었다.

팔용과 서린이 울며 그들의 뒤를 쫓아갔다.

언덕 끝 비탈로 달려간 비영이 주저하지 않고 주사위를 아래로 던졌다.

어둠 속으로 긴 호선을 그리며 주사위가 사라졌다.

뒤이어 따라온 곽철이 비영의 멱살을 잡고 미친 듯이 소리쳤다.

"이 자식! 왜 그랬어? 왜!"

비영이 그에 맞서 악다구니를 쳤다.

"그따위 주사위 같은 것은… 다 없어져야 해!"

픽!

비영의 얼굴에 곽철의 박치기가 날아들었다.

비영이 바닥을 뒹굴었다.

곽철이 정신없이 비탈을 미끄러져 내려갔다.

오로지 주사위를 찾겠다는 일념뿐이었다.

"안 돼! 철아! 어두워서 못 찾아! 위험해!"

그러나 이미 곽철은 어둠 속으로 사라진 이후였다.

"네가 나빠!"

비영에게 고함을 지른 팔용이 곽철이 사라진 쪽으로 달려갔다.

씩씩거리며 땅바닥에 누운 비영의 눈으로 총총히 박힌 별이 들어왔다.

"엄… 마."

비영의 눈가로 한줄기 눈물이 흘러내리기 시작했다.

그러나 그날의 사건은 그게 끝이 아니었다.

밤이 깊도록 곽철이 돌아오지 않았던 것이다.

뒤늦게 기풍한이 곽철을 찾아 나선 지 얼마 후, 피투성이가 된 곽철을 안고 돌아왔다.

그 모습에 비영은 너무 놀라 넋이 나가 버렸다.

"절벽에서 발을 헛디뎠다."

기풍한이 내력을 주입하며 상처를 치료했지만 곽철은 깨어나지 않았다.

"너 때문이야!"

팔용의 원망스런 눈빛을 뒤로하고 비영이 밖으로 달려나갔다.

다음날이 되어도, 그 다음날이 되어도 곽철은 깨어나지 않았다.

모두가 잠이 든 한밤중.

곽철이 누워 있던 방에서 비영이 나오고 있었다.

"너무 걱정 마라."

문 앞에서 기풍한이 그를 기다리고 있었다.

비영이 애써 태연한 척 노력했지만 눈가의 눈물 자국을 채 닦아내지 못한 상태였다.

비영이 풀이 죽어 물었다.

"깨어나겠지요?"

기풍한이 비영의 머리를 쓰다듬으며 말했다.

"약속하마."

곽철이 깨어난 것은 화려한 꽃이 그려진 옷을 입은 중년인이 그곳을 방문한 다음날이었다.

그날은 그들이 처음으로 화노와 만난 날이기도 했다.

"조… 장… 님."

자신을 내려다보는 기풍한. 곽철로서는 처음 보는 화노. 그 옆에 걱정스런 눈빛의 서린과 팔용.

"린아… 용아."

"깨어났구나! 어흐흑."

팔용의 커다란 두 눈에 맺히는 눈물. 어렸을 때부터 눈물이 많았던 그였다.

한 사람, 비영이 보이지 않았다.

"…영이는?"

"다… 그 자식 때문이야!"

팔용이 참지 못하고 버럭 소리쳤다.

곽철이 고개를 가로저었다.

"멍청이. 내가 발을 헛디뎌서 그런 것뿐이야. 너 앞으로 한 번만 더 그따위 소리 하면 나한테 혼난다."

그 말에 화노가 대견스럽다는 표정을 지었다.

"꿈속에서… 영이 목소리를 들었어요. 미안하다고. 그리고 꼭 깨어나라고. 영이 좀… 불러주세요."

기풍한이 문 쪽을 돌아보았다.

문밖에서 들어오지 못하고 있던 비영은 온몸이 긁혀 흙투성이 몰골이었다.

말없이 곽철에게 다가간 비영이 불쑥 손을 내밀었다.

그의 손 안에 놓인 세 개의 주사위.

며칠 동안 숲을 헤매 찾아낸 주사위가 그의 손 위에 놓여 있었다.

그중 하나의 주사위가 달랐다.

나무를 깎아 만든 투박한 주사위 하나가 섞여 있었던 것이다.

"하나는 못 찾았다. 미안하다."

곽철이 그것을 묵묵히 내려다보았다.

"이것도 주사위라고 만들었냐? 이런 손재주로 검을 다루겠냐?"

퉁명스런 말과는 달리 곽철은 웃고 있었다.

"까불면 또 던져 버린다."

비영도 마주 보며 웃었다.

곽철이 감격스런 얼굴로 주사위를 내려다보았다.

＊　　　＊　　　＊

곽철이 주사위를 꽉 움켜쥐었다.

"늦네요."

그의 뒤에 어느새 연화가 다가와 있었다.

그녀의 얼굴에는 비영에 대한 걱정으로 수심이 가득했다.

곽철이 과장된 미소를 지으며 말했다.

"으흐흐. 용 소저랑 살림이라도 차렸나 봅니다."

그 말도 안 되는 농담에 연화가 진지하게 말했다.

"저희 걱정 마시고 가보세요."

곽철이 어림없다는 표정으로 고개를 가로저었다.

"늦게 오는 것들은 기다리면 안 돼요. 버릇 나빠져요. 그냥 우리끼
리 떠나요."

그때 곽철의 뒤쪽을 바라보던 연화의 눈이 커다랗게 뜨였다.

곽철의 신형이 벼락처럼 빠르게 돌아섰다.

저 멀리 비영이 비틀거리며 달려오고 있었다. 그는 여전히 용설란의
손을 꼭 잡고 있었다. 그의 뒤로 오십여 명의 살수들이 새까맣게 뒤쫓
고 있었다.

타앗!

곽철의 신형이 그들을 향해 쏜살같이 날아갔다.

"멍청아… 힘내."

극한의 속도를 내며 달리는 곽철이었다.

쉭! 쉭!

그 와중에도 비영과 용설란을 향해 암기가 쏟아지고 있었다. 이미 몇 자루의 암기는 비영의 등과 팔에 박혀 있었다.

미친 듯이 그들을 향해 달려가는 곽철은 알 수 있었다.

비영은 살수 따위에게 암기를 맞을 실력이 아니란 것을.

아마도 용설란을 향해 날아드는 암기를 몸으로 막았으리란 것을.

"아아아!"

긴 외침과 함께 곽철이 갈대를 박차고 오르며 허공으로 날아올랐다.

슈아아앙―

그의 온몸에서 백풍비가 폭사되었다.

곽철 최강의 무공 백풍겁이 시전된 것이다.

백 자루의 비수가 살수들을 향해 날아갔다.

슉― 슉― 슉― 슉―

소나기처럼 쏟아지는 곽철의 백풍비에 앞서 달리던 살수들 삼십여 명이 동시에 몸을 뒤집으며 쓰러졌다.

곽철은 멈추지 않았다.

퍽! 퍽!

곽철이 남은 이십 명의 살수들 사이를 헤집으며 달리기 시작했다.

그가 스쳐 지나는 순간 살수들의 뼈가 부러지고 피가 튀었다.

마치 사냥개들 사이로 뛰어든 한 마리 대호의 모습이었다.

잠시 후, 그곳에 서 있는 사람은 곽철뿐이었다.

"으으으으……."

사방에서 들려오는 살수들의 신음 소리.

곽철이 손을 뻗었다.

슈우우욱―

살수들의 시체에 박혀 있던 백풍비가 허공을 날아 곽철의 손으로 날아들었다.

곽철이 나룻배로 돌아왔다.

비영의 상처는 매우 심각했다.

암기에 맞은 외상도 문제였지만 그것보다 독연을 들이마셔 중독이 된 것이 더욱 심각했다.

"절⋯ 절 구해주시느라⋯⋯."

옆에서 용설란이 흐느끼고 있었다.

곽철이 비영의 몸에 박힌 암기들을 뽑아냈다. 그리고 혈도를 짚어 지혈했다.

비영을 살리는 방법은 오직 하나였다.

화노를 찾는 것.

곽철이 비영의 가슴에 가만히 손을 올려 내력을 주입하면서 말했다.

"소림사로 갑니다."

끊어질 듯 끊어질 듯 미약하게 이어져 가는 비영의 생명을 실은 조각배가 서서히 강을 따라 흐르기 시작했다.

第58章

역음모

역
음
모

두 사내가 구현 인근의 숲 속을 헤매고 있
었다.

입술은 바짝 말라 갈라졌고 발걸음이 질질 끌리는 것으로 보아 그들
이 매우 지친 상태란 것을 알 수 있었다.

그들은 바로 기풍한과 정철령이었다. 뇌옥을 탈출한 지도 벌써 사흘
이나 지났다.

그럼에도 그들은 구현을 벗어나지 못하고 있었다.

사방에 깔린 사도맹 무인들 때문이었다. 용설란의 실종으로 수백 명
의 사도맹 무인들이 개미 떼처럼 깔렸다. 내력을 회복하지 못한 상태
로 그들의 추적을 피해 달아나는 것만 해도 기적과 같은 일이었다.

탈출하는 과정에서 흑묘와도 헤어졌다. 기풍한은 어쩌면 그녀가 죽
었을지도 모른다는 생각이 들었지만 그녀를 걱정할 겨를이 없었다.

기풍한은 오직 정철령에게 집중하고 있었다.

연화와 이현은 곽철과 비영이 있었기에 걱정하지 않았다.

이 끊임없는 음모의 굴레를 벗어나는 길은 오직 무명노인을 찾는 일 뿐이었으니까.

"좀 쉬다 갑시다."

정철령이 더 이상 걷기가 힘들었는지 바닥에 주저앉았다. 사흘 동안 제대로 먹지도, 자지도 못한 그들이었다.

기풍한이 계곡 아래쪽을 내려다보며 말했다.

"이 계곡을 돌아 내려가면 나루터가 나올 것이오. 그곳에서 배를 구해 이곳을 벗어납시다."

정철령이 순순히 고개를 끄덕였다. 지난 사흘간의 생명을 건 도주는 두 사람 사이에 끈끈한 유대감을 형성시켜 주었다.

특히 기풍한에 대한 정철령의 믿음은 뇌옥에 갇혀 있을 때와는 비교할 수 없을 정도로 커져 있었다. 기풍한 덕분에 죽을 고비를 벌써 두 번이나 넘긴 것이다.

어려운 시기를 함께 넘긴 친구는 오래가는 법이 아니던가?

정철령의 입에서 그동안 기풍한이 그토록 기다렸던 말이 나오기 시작했다.

"이곳만 빠져나가면 우릴 도와주실 분이 계시오."

도와주실 분이란 말에 기풍한의 마음이 격동했다.

드디어 이번 작전의 끝이 보이기 시작한 것이다.

"사도맹의 영역만 벗어나면 난 내 갈 길을 가겠소."

자신의 마음과는 전혀 상반된 말이었지만 혹시나 모를 의심을 피하기 위해 기풍한이 연막을 피웠다.

그러자 정철령이 문득 진지해진 얼굴이 되었다.

"앞으로 함께 일해보지 않겠소?"

"또 이렇게 쫓기지는 말이오?"

기풍한의 말에 정철령이 껄껄거리며 웃었다. 기풍한이 함께 웃었다.

그때였다.

"쉿!"

기풍한이 손가락으로 입을 가렸다.

정철령이 바짝 긴장해서 신경을 곤두세웠다.

"위험하오!"

기풍한이 정철령을 밀어내며 바닥을 굴렀다.

팍팍팍팍팍!

그들이 앉아 있던 자리에 십여 발의 화살이 날아와 박혔다.

기풍한과 정철령이 벌떡 일어나 다시 달리기 시작했다.

팍팍팍팍!

그들 뒤로 화살비가 쏟아졌다.

두 사람이 화살의 사거리에서 벗어나자 십여 명의 사도맹 무인들이 본격적으로 추격하기 시작했다.

삐익—

사방에서 호각 소리가 들려왔다.

"끈질긴 놈들!"

기풍한과 정철령은 혼신의 힘을 다해 숲을 가로지르고 있었다.

그 속도도 만만치 않았지만 사도맹 무인들의 경공에는 당할 수가 없었다.

추격하는 이들과의 거리가 점차 좁혀졌다.

숨을 헐떡이며 달리던 정철령이 소리쳤다.

"이대론 안 되겠소. 흩어집시다."

기풍한이 달리면서 계곡 아래의 비탈을 내려다보았다. 거의 절벽에 가까운 가파른 돌 비탈이었지만 나루터로 가는 지름길이기도 했다.

기풍한이 정철령에게 황급히 말했다.

"고개를 도는 순간 아래쪽으로 뛰시오. 내가 저들을 유인할 테니. 나루터에서 만납시다."

"조심하시오."

그들이 고갯길을 도는 순간, 정철령이 비탈 아래로 몸을 던졌다.

주루루룩.

정철령이 썰매를 타듯 비탈을 미끄러져 내려가기 시작했다.

그가 시야에서 벗어나자 기풍한은 달리는 것을 멈추고 오히려 자신을 추격하던 무인들 쪽으로 달렸다.

쫓기던 자가 난데없이 자신들 쪽으로 달려오자 추격하던 무인들이 오히려 깜짝 놀랐다.

기풍한이 가볍게 손가락을 튕겼다.

픽. 픽. 픽.

앞서 달려오던 무인들이 순간 흠칫하더니 그대로 앞으로 꼬꾸라졌다. 기풍한의 지풍에 혈도를 제압당한 그들이 달리던 기세를 멈추지 못하고 쓰러진 것이다.

다시 기풍한이 그들 쪽으로 붕 떠올랐다.

픽. 픽. 픽.

손가락이 향하는 곳마다 무인들이 쓰러졌다.

순식간에 십여 명의 무인들이 모두 혈도를 제압당해 쓰러졌다.

다시 돌아서 가려던 기풍한의 신형이 딱 멈췄다.

기풍한이 서서히 돌아섰다.

자신 쪽을 향해 무서운 속도로 날아오는 두 사람이 있었다.

순식간에 거리를 좁혀온 그들은 바로 봉매매와 용가였다. 그들을 꼬리로 달고 정철령을 만나러 갈 수는 없었기에 기풍한은 그 자리에서 움직이지 않았다.

이윽고 두 사람이 기풍한 앞에 내려섰다.

"아가씨는 어디에 있느냐?"

다짜고짜 용설란의 행방부터 묻는 용가였다. 주위에 쓰러진 사도맹의 무인들은 안중에도 없는 그들이었다.

기풍한이 담담하게 대답했다.

"모르오."

용가가의 굵은 주름살이 꿈틀거렸다.

"난 그저 뇌옥에서 탈출한 죄수일 뿐이오."

"지금 놈들이 네놈들과 한패가 아니란 것을 믿으란 말이냐?"

"그렇소."

용가가가 싸늘하게 말했다.

"말도 안 되는 소리. 놈들과 한패가 아니라면 어찌 뇌옥을 빠져나올 수 있었겠느냐?"

"그건 운이 좋았을 뿐이오."

두 노인은 결코 기풍한의 말을 믿지 않았다.

용가가가 험악하게 인상을 쓰며 협박했다.

"지금 말해준다면 아무 고통 없이 죽여주겠다. 약속하마."

기풍한이 아무 대답이 없자 이번에는 봉매매가 좋은 말로 달래고 나섰다.

"살려주마. 아가씨만 무사하면 널 살려주마. 지난 모든 잘못을 용서하고 그냥 보내주마. 내 이름을 걸고 약속한다."

봉매매의 마음이 얼마나 급한지 잘 보여주고 있었다.

그들이 팔비도의 집에서 일어난 싸움을 대충 정리하고 지부로 돌아왔을 때 그곳은 완전 쑥대밭이 되어 있었다.

사도맹의 무인들과 살수들의 시체가 수없이 깔려 있었다.

그리고 용설란도 연화도 모두 사라진 이후였다.

그 순간부터 지금까지 사흘간, 단 한숨도 자지 않은 그들이었다. 용설란을 찾지 못하면 자결을 해서 용서를 비는 방법밖에 없었다.

기풍한이 순순히 자백을 할 생각이 없어 보이자 두 노인이 마주 보며 고개를 끄덕였다.

일단 제압해서 고문이라도 하려는 마음이었다.

용가가가 손을 쑥 내밀며 기풍한을 끌어당겼다.

앞서 객잔에서 정철령을 빨아들이던 그 흡입공이었다.

용가가의 입장에선 당연히 무기력하게 끌려와야 할 기풍한은 아무 일도 없다는 듯 그 자리에 우뚝 서 있었다.

용가가의 표정이 굳어졌다.

우우웅.

내력을 더욱 높이기 시작했다. 그의 이마에서 땀이 뚝뚝 떨어졌다.

용가가가 내력에서 밀리자 봉매매가 내력을 끌어올려 그를 도왔다.

우우우우웅!

두 사람이 힘을 합쳐 기풍한을 끌어당기기 시작했다.

기풍한이 두 팔을 내밀었다.

주르륵.

서서히 끌려오기 시작한 것은 용가가와 봉매매였다.

"이게 무슨 사술이냐⋯⋯."

봉매매가 힘겹게 외치자 용가가가 소리쳤다.

"이화접목(移花接木)?"

이화접목의 무공은 상대의 힘을 이용해 상대를 제압하는 무공의 일종이었다.

용가가는 자신들의 내력이 젊은 기풍한에게 밀릴 리가 없다고 여겨 이화접목을 생각해 낸 것이다.

그러나 사실 두 사람은 기풍한의 순수한 내력에 의해 끌려가고 있었다.

기풍한과 그들의 거리가 몇 걸음 정도로 가까워졌다.

두 노인이 서로를 마주 보고 고개를 끄덕이는가 싶더니 그들이 동시에 내력을 거뒀다.

순간 두 사람이 무서운 속도로 기풍한에게 빨려들었다.

그 속도를 이용해 봉매매의 용두철장이 무서운 속도로 기풍한의 머리를 노리며 날아들었다.

쉬이이잉!

동시에 용가가의 쌍장에서 장력이 폭사되었다.

퍼어엉!

그러나 두 노인의 합공은 허공을 격하는 데 그쳤다.

기풍한은 이미 그들의 머리 위를 제비 돌 듯 넘어가고 있었다.

"위!"

펑펑!

한마디 외침과 함께 용가가의 쌍장이 연이어 허공을 격했지만 기풍한은 이미 그들 뒤로 돌아간 후였다.

피릿!

기풍한의 벼락같은 지풍에 용가가의 혈도가 제압당했다.

"가가."

분노한 봉매매의 용두철장이 무서운 기세로 날아들었다.

따앙!

경쾌한 소리와 함께 용두철장이 허공으로 날아올랐다.

툭.

용두철장이 바닥에 떨어졌을 때 봉매매 역시 기풍한의 지풍에 혈도를 제압당한 상황이었다.

두 사람은 그저 멍하니 기풍한을 응시할 뿐이었다.

아직도 자신들이 패했다는 것을 이해할 수도 믿을 수도 없었다. 더구나 단 몇 수 만에 이렇게 간단히 제압을 당하다니.

용설란으로 인해 평정심을 잃었다 해도 그들이 누구던가?

"넌 도대체 누구냐?"

두 사람의 입에서 동시에 같은 말이 터져 나왔다.

기풍한은 그들의 궁금증을 풀어주고 있을 시간이 없었다.

"한 시진 후면 자연 혈도가 풀릴 겁니다."

기풍한이 돌아서던 때였다.

"그 아이를 이미 죽였느냐?"

등 뒤에서 애절한 봉매매의 목소리가 들려왔다.

기풍한이 다시 그들을 돌아보았다. 비록 과거에는 악명 높은 사파의 무인들이었을지 모르나 지금은 자신이 맡은 여자애를 찾아 헤매는 늙은이들에 불과했다.

기풍한이 담담하게 말했다.

"그녀는 죽지 않았을 것이오."

기풍한의 말은 두 노인에게는 너무나 애매하게 들렸다.

그 말은 곧 눈앞의 사내 역시 용설란의 생사에 대해 확실히 알지 못한다는 뜻.

그런 마음을 짐작한 기풍한이 한마디 덧붙였다.

"틀림없이 그녀는 살아 있소."

그것은 곽철과 비영에 대한 자신의 믿음이었다. 어떤 상황이라도 그들은 연화와 용설란을 구해냈을 것이라 기풍한은 믿었다.

두 노인은 기풍한의 눈빛에서 흘러나오는 정기를 그제야 볼 수 있었다.

"너는 이런 일을 꾸밀 자가 아니다. 너는 도대체 누구냐?"

"이번 일을 막으려는 사람입니다."

"도대체 어떤 일이 벌어지고 있는 것이냐?"

기풍한이 나지막이 말했다.

"…말해도 믿지 못하실 겁니다."

기풍한이 그대로 비탈 아래로 몸을 날렸다.

말없이 서로를 돌아보는 두 노인의 마음속에 왠지 모를 한줄기 희망이 샘솟고 있었다. 저토록 고강한 무공을 지닌 자가 허튼소리를 늘어놓을 것 같진 않았기 때문이다.

휘이익.

경공으로 계곡을 단숨에 내려간 기풍한이 거의 비탈 아래에 도착해서 바닥에 주저앉았다. 앞서 정철령이 내려가던 방법과 같은 방법으로 내려가기 시작한 것이다. 한 치의 의심도 피하려는 기풍한의 노력이었다.

곧 기풍한이 계곡 아래에 도착했다.

저 멀리 나루터가 보였다.

기풍한이 그곳을 향해 달려갔다.

정철령은 이제 막 나룻배에 올라타던 중이었다.

다행히 나루터를 지키던 사도맹의 무인들은 아까의 호각 소리를 듣고 모두 산속으로 올라간 모양이었다.

정철령이 자신을 향해 어서 오라고 손짓을 하기 시작했다.

중년의 어부가 그 뒤에서 삿대를 잡고 있었다.

달려가던 기풍한이 살짝 고개를 갸웃거렸다.

기풍한의 시선이 향한 곳은 중년 어부였다.

딱히 말로 표현할 수 없는 어떤 위화감.

그리고 어디선가 본 듯한 기억.

그때 중년 어부가 기풍한을 향해 씨익 웃었다. 보통 사람은 결코 그 표정을 볼 수 없는 거리였지만 기풍한은 똑똑히 그의 얼굴을 볼 수 있었다.

순간 기풍한의 눈이 번쩍 뜨였다. 기억의 저편에서 하나의 이름이 낚여 올라온 것이다.

'일격살!'

중년 어부는 바로 묵혼사의 최고살수 일격살이었던 것이다.

이미 일격살의 삿대에서 소리없이 검이 뽑혀 나오고 있었다.

정철령은 자신 쪽을 바라보고 있느라 조금도 눈치채지 못하고 있었다.

"안 돼!"

기풍한의 목소리가 쩌렁 울리는 순간 온몸의 모세 혈관이 활짝 열리며 집중력이 극에 달했다.

주위의 사물이 느리게 움직이기 시작했다.

일격살의 검이 서서히 정철령의 등에 박히고 있었다.

쉬이이잉!

기풍한의 신형이 무서운 속도로 그들을 향해 쇄도했다.

눈 깜짝할 사이에 백여 장의 거리가 좁혀졌다. 기풍한이 갑자기 자신의 앞에 순간 이동을 하듯 나타난 것에 정철령의 눈이 점차 커지던 그 순간.

펑.

푹.

두 개의 서로 다른 소리가 동시에 들렸다.

기풍한의 일장에 머리통이 깨진 일격살이 끊어진 연처럼 날아갔다.

동시에 기풍한의 품으로 쓰러지는 정철령.

털썩.

"안 돼! 죽으면 안 돼!"

기풍한이 정철령의 몸을 흔들었다.

이미 심장을 꿰뚫린 정철령의 눈빛은 초점을 잃어가고 있었다.

기풍한이 그의 가슴에 내력을 주입하기 시작했다.

"죽으면 안 돼!"

기풍한의 광대하고 정순한 내공도 이미 황천을 건너는 배로 바꿔 탄 정철령을 끌어내리지 못했다.

이내 정철령의 고개가 툭 떨어졌다.

"아아아!"

기풍한의 입에서 긴 탄식이 흘러나왔다.

갑자기 피곤함이 몰려들었다. 근 며칠간 추혼객의 행세를 하느라 모든 신경을 썼던 탓이었다.

작전은 완전 실패였다.

기풍한이 양 손바닥으로 얼굴을 비볐다.

잠시 그렇게 멍하니 정철령의 시체를 내려다보던 기풍한의 눈빛이 번뜩였다.

"이만 나오시오."

묵직한 기풍한의 말에 나루터 옆 잡동사니들이 쌓여 있는 뒤에서 누군가 모습을 드러냈다.

놀랍게도 그녀는 바로 흑묘였다.

"역시 당신은 추혼객이 아니군요."

기풍한은 담담히 고개를 끄덕였다.

흑묘는 방금 전 기풍한의 신위에 매우 놀란 표정이었다.

"당신은 누구죠?"

"알 것 없소."

기풍한의 냉담한 말에 흑묘가 고개를 끄덕였다. 가공할 무공을 지닌 그가 자신에게 진정한 정체를 드러낼 이유가 없다고 생각한 모양이었다.

핏. 핏.

기풍한의 손짓 한 번에 흑묘의 제압당한 혈도가 모두 풀렸다.

흑묘가 다시 놀란 것은 그 지풍의 신묘함 때문이 아니었다.

"절 살려주시는 건가요?"

"그대를 죽일 이유가 없지 않소?"

흑묘의 눈빛에서 이채가 발했다.

"그만 떠나시오. 오늘 본 모든 것을 잊으시오."

기풍한이 돌아서 묵묵히 걸음을 옮겼다.

잠시 그의 뒷모습을 바라보던 흑묘가 나지막이 말했다.

"비영이란 사내… 당신의 동료인가요?"

비영의 이름이 나오자 기풍한의 발걸음이 딱 멈췄다.

"과연 그렇군요…….."

기풍한이 흑묘를 향해 홱 돌아섰다.

기풍한의 신형이 순간 흐릿해지더니 어느새 흑묘의 목덜미를 움켜쥐고 있었다.

"어떻게 알았지?"

흑묘가 두려움이 가득한 눈빛으로 띄엄띄엄 말했다.

"사흘 전 당신들과 헤어지고… 우릴 공격했던 그자들을 피해 이곳으로 왔지요. 이곳에서 그들을 보았어요. 비영이라 불리던 사내가 큰 부상을 당했더군요. 배는 한 척뿐이었고 그들이 배를 타고 떠났어요. 또 다른 배를 구하기도 전에 사도맹의 무인들이 들이닥쳤지요. 결국 전 이곳을 떠날 수밖에 없었어요. 그리고 오늘 다시 배를 구하기 위해 이곳으로 왔어요."

기풍한의 서늘한 시선에 흑묘가 바들바들 떨었다.

"그들은 소림사로 갔어요."

"소림사?"

기풍한의 안색이 점차 어두워져 갔다.

그들이 소림사로 갔다면 그 이유는 단 하나. 소림사로 먼저 떠난 화노를 찾기 위함이리라. 화노가 필요할 정도라면 비영의 부상은 매우 심각하다는 뜻.

기풍한이 그녀를 놓아주었다.

쉬익.

땅을 박차고 날아오른 기풍한의 신형은 눈 깜짝할 사이 저 멀리 사라졌다.

눈으로 보아도 믿기 어려운 경공이었다.

긴장이 풀렸는지 흑묘가 그대로 주저앉았다.

이상하게도 그녀는 그 자리를 떠나지 않았다.

얼마나 시간이 지났을까?

강 건너에서 작은 나룻배 한 척이 그녀를 향해 다가오기 시작했다.

노를 젓는 사람은 죽립을 눌러쓴 늙은이였다.

이윽고 배가 나루터에 당도하자 그녀가 배에 올라탔다.

노인이 다시 노를 젓기 시작했고 배는 강물 위로 흘러가기 시작했다.

그녀가 노인에게 정중하게 말했다.

"임무를 완수했습니다."

"수고했다."

죽립 아래 누런 이를 드러내며 흑묘를 향해 웃는 노인은 놀랍게도 기풍한이 그토록 찾아 헤매던 무명노인이었다.

스르르륵.

흑묘의 몸에서 기이한 기운이 피어올랐다. 검붉은 연기가 그녀의 온몸을 감쌌다.

잠시 후 연기가 사라지자, 그녀의 얼굴은 바뀌어 있었다.

색기 가득한 흑묘의 얼굴은 오간 데 없고 얼음장 같은 차가운 외모를 지닌 여인으로 바뀌었다.

노인이 푸른 강물을 보며 한숨을 내쉬었다.

"…너희들을 밀교(密敎)에 보내야 했던 그날이 생각나는구나."

여인이 치를 떨며 입술을 깨물었다.

"저희도 그날의 치욕을 잊지 않고 있습니다."

십 년 전. 질풍조의 기습으로 묵룡천가가 무너지던 그날.

묵룡비궁의 무공을 익히던 묵룡가의 어린 제자들이 채 무공의 완성을 보지도 못하고 눈물을 흘리며 천축의 밀교로 탈출하던 그날.

"질풍조. 질풍조. 질풍조……."

여인이 몇 번이나 그 이름을 되풀이했다.

"직접 복수를 하지 못해 아쉽느냐?"

여인이 순순히 고개를 끄덕였다.

"하지만 참을 수 있는 일입니다. 저희에게는 더 큰 일이 있으니까요."

"그래, 잘 생각했다."

"그는 소림의 손에 의해 반드시 죽게 될 겁니다."

"…그는 쉽게 당하지 않을 것이다. 내가 볼 때 저자는 지난 백 년의 강호 역사상 가장 뛰어난 자다."

"그가 살아남는다면… 그땐 저희가 직접 나서겠습니다."

무명노인이 고개를 가로저었다.

"그들을 무시해선 안 된다. 십 년 전 우리가 당했던 이유도 바로 그것이다."

이미 기풍한에게 죽을 고비를 넘겼던 무명노인은 매우 신중한 모습이었다.

다시 무명노인이 저 멀리 조그맣게 보이는 정철령의 시체를 보며 혀를 찼다.

"쯧쯧. 저 아이가 죽어 혈사련의 늙은이 마음이 꽤나 심란하겠구면."

"질풍조에 의해 죽었다고 생각하게 될 겁니다. 또……."

여인의 얼굴에 차디찬 미소가 감돌았다.

"어차피 죽을 목숨 아닙니까? 게다가 곧 제 주인 또한 만나게 될 테니 그리 억울하지만은 않겠지요."

"흐흐흐흐."

그렇게 강호를 뒤집을 거대한 음모를 싣고 작은 조각배는 그렇게 흘러가고 있었다.

第59章

천마하산

천
마
하
산

*잔*잔한 호숫가에 두 중년인이 나란히 낚싯
대를 드리우고 있었다.

"어때? 앞으로 나랑 나물이나 캐먹고 낚시나 하며 살자구."

"……."

"생각보다 재밌다구. 물 맑지, 공기 좋지, 서로 잡아먹으려고 칼질
안 해도 되지."

"……."

"싫어?"

"……."

"좋다, 기분이다. 내가 반로환동하는 법도 알려줄게. 그래도 싫어?"

"……."

이 이상한 대화의 주인공은 바로 질풍조의 노선배와 마교의 천마였

다. 물론 말이 많은 쪽이 노선배였고 아무 대꾸도 않는 쪽이 천마였다.

이윽고 천마의 입이 열렸다.

"왜 우릴 구해준 것이오?"

천마의 물음에 노선배는 그저 미소를 지을 뿐이었다.

천마와 노선배의 비무는 무승부로 끝이 났다. 두 사람 모두 거동하기조차 힘들 정도의 깊은 내상을 입었다. 양패구상으로 흘러갈 수도 있었던 그날의 싸움은 마교의 양보로 끝이 났다. 곽철과 비영을 순순히 내놓은 것이다.

그리고 사마진룡이 이끄는 소천룡들의 공격을 받았다. 원래라면 그들에게 결코 무너질 마교가 아니었지만 그들이 익힌 무공은 철저히 마교를 노린 무공이었다.

가장 믿고 있었던 신마기들마저 그들의 앞에서는 힘을 쓰지 못했다.

신마기의 무공 근원이 북풍혈마대 대주의 무공이었기에 반마공의 영향을 받고 만 것이다.

만약 천마가 부상을 당하지 않았다면 상황은 달랐을 것이다.

극마의 경지에 오른 천마의 무공이었다.

제아무리 반마공을 익힌 소천룡들이라 해도 그 무공의 격차가 너무 커서 막아낼 수 없었을 것이다. 물론 같은 류의 반마공이라도 기풍한이나 질풍조가 익혔다면 상황은 달랐겠지만.

어쨌든 결국 천마는 천마동을 개방하고 모든 마인들에게 후퇴 명령을 내렸다.

그러나 사마진룡은 이미 천마동의 존재까지 알고 있었다.

소천룡들이 천마동까지 막은 것이다.

그때 일단의 복면인들이 나타나 그들을 순식간에 제압했다.

바로 노선배의 명령을 받은 질풍조의 선배들이었다.

덕분에 육마존의 고수들과 반 이상의 마인들이 천마동의 비밀 통로를 통해 대천산을 빠져나올 수 있었다.

천룡맹에서는 천마가 죽었다고 발표했고 그의 탈출을 극비에 붙였다

이후 마인들은 천룡맹의 눈을 피해 강호 각지로 흩어졌고 재기를 기다리고 있는 참이었다.

대천산을 내려온 천마는 노선배가 자신을 보고 싶어한다는 질풍조 선배들의 말에 순순히 권마와 반숙만을 거느린 채 이곳으로 온 것이다.

이곳에서 부상을 치료하며 실로 오랜만의 여유를 즐기고 있었던 것이다.

왜 자신들을 구해줬냐는 물음에 노선배는 대답 대신 엉뚱한 질문을 던졌다.

"자넨 저 호수 밑에 들어가 본 적이 있나?"

"……?"

"사실 난 들어가 본 적이 있다네. 흠흠, 절대 심심해서 들어간 것이 아니라네. 믿어주게."

딴에는 장난 반 농담 반 이야기였는데 천마의 표정은 그저 무심하기만 했다. 노선배가 입을 삐죽 내밀었다.

"자넨 재미가 없군."

천마가 호수를 응시하며 담담하게 말했다.

"그대들이 마교라 부르는 우리들이오. 근데 어찌 재밌을 수 있겠소?"

"왜? 그럼 안 되나? 마교는 잔인하고 무서워야 한다고 누가 정해놨나?"

"그걸 정한 것은 그대 정파인들이오."

"자네가 바꾸게."

"싫소."

"왜? 자네들 이름만 들으면 모든 사람들이 벌벌 떨어줘야 흥취가 나나?"

천마는 대답을 하지 않았고 잠시 침묵이 흘렀다.

노선배가 다시 이야기를 시작했다.

"어쨌든 저 안에 들어가 보니 말이야… 참으로 다양한 것들이 어울려 살고 있더란 말이지. 기이한 껍질을 뒤집어쓴 생전 처음 보는 것들도 있고. 한데 자세히 살펴보니 이놈들이 나름대로 질서를 가지고 있더란 말이지. 큰 놈은 작은 놈을 잡아먹고, 작은 놈은 더 작은 놈을 잡아먹고. 큰 물고기의 이를 청소해 주는 눈곱만한 물고기도 있더란 말이지."

노인이 감탄한 듯 자기 흥에 겨워 말을 이었다.

"겉으로는 이렇게 잔잔한데 그 속은 놀라울 만큼 치열하더란 말이지. 근데 만약 어떤 한 물고기가 다른 물고기를 다 잡아먹었다면 어떨까? 그 다음은? 지들끼리 잡아먹을라나? 이렇게 낚싯대를 드리우면 그놈만 낚여 올라오겠지? 참 재미없을 거야."

노선배의 눈빛이 차분해지면서 깊어졌다.

"난 이 강호가 호수 속과 같다고 생각하네."

"하고 싶은 말이 무엇이오?"

여전히 무뚝뚝한 천마의 태도였다.

"우린 오로지 악이라 불리는 것들을 처단하기 위해 모인 사람들이 아니네. 선악은 상대적인 것이라 무엇이 선이고 악인지 정확히 구분할 수 없는 법이지."

"그럼 그대들은 무엇 때문에 모인 것이오?"

"조화(調和)네."

"조화?"

"이 강호가 저 호수 바닥처럼 조화롭게 흘러가기를 바라기 때문이지."

묵묵히 호수를 바라보던 천마가 입을 열었다.

"비겁한 생각에 불과하오."

"비겁하다?"

"당신들은 그저 변화가 두려운 것이오. 자신이 적응할 수 없는 세상이 될까 무서운 것일 뿐."

"…그럴지도 모르지."

노선배가 묵묵히 고개를 끄덕였다. 말처럼 천마의 말을 인정해서인지 그저 습관적인 행동인지 정확히 알 수 없었다.

"정사마로 나누어져 서로 다투는 지금의 강호가 당신은 조화롭다고 생각하시오?"

"그렇네."

"그게 조화라면 난 인정할 수 없소."

"그래서 자넨 강호일통을 꿈꾸는 것인가?"

"그렇소."

"자신의 열망을 채우려는 욕심이 아니라고 확신할 수 있나?"

천마가 노선배를 묵묵히 응시했다.

"그게 당신의 열망과 무엇이 다르오?"

노선배가 고개를 가로저었다.

"다르지, 아주 다르지. 내 열망은 내가 즐기고 싶은 욕망이 아니니까."

"……."

노선배가 다시 물었다.

"강호를 통일한 다음은 어떻게 할 텐가?"

천마는 쉽게 대답하지 못했다.

"내가 맞춰볼까? 틀림없이 자넨 개혁을 시작할 것이야. 그것을 위해 달려왔으니까. 아니, 그렇지 않다 하더라도 강호인들의 이목 때문에라도 무엇인가를 해야 한다는 강박관념에 시달리게 될 테니까. 딴에는 모든 강호인들을 위한 개혁이라 생각하겠지. 하지만 그것이 그들을 위한 개혁인가? 아님 목적을 이룬 자네를 위한 개혁인가?"

"적어도 분명한 한 가지는 이 지긋지긋한 싸움이 끝이 난다는 것이오."

"그래? 그럼 여태껏 패를 갈라 지겹게 싸웠으니 이제 그만 싸우라고 모든 문파들을 해산시킬 텐가? 아니면 아예 이제 강호에 평화가 왔으니 강호인들은 무공을 배우지 못하게 할 텐가?"

천마는 아무 대답도 하지 못했다.

"변화와 개혁은 누군가에 의해서 강제로 되어서는 안 된다고 생각하네. 그것을 바라는 다수의 염원에 의해 조금씩 바뀌어가는 것이지."

"그럼 아직 강호가 통일되지 않은 것이 모두의 염원이 그것을 바라지 않기 때문이란 말이오?"

노선배가 낚싯대 끝을 바라보며 한숨을 내쉬었다.

"…사실은 나도 잘 모르겠네. 백 년이 넘는 세월을 살아왔음에도 아직… 잘 모르겠네. 정말 강호인이란 족속은 태생부터 나눠져 싸우기를 원하는 사람들인지… 아니면 그 긴 강호의 역사 속에서 이 일을 해낸 영웅이 단 한 명도 태어나지 못한 것인지… 난 잘 모르겠네."

그 말을 끝으로 노선배도 입을 닫았다.

두 사람은 그저 말없이 강물만을 바라볼 뿐이었다.

그때 노선배를 모시는 평과 질풍조의 전대 조장 서진이 그들에게 다가왔다. 그들 뒤로 권마와 반숙이 뒤따랐다.

서진이 천마에게 말했다.

"드릴 말씀이 있소."

"무엇이냐?"

천마의 시선은 여전히 강물을 바라보고 있었다.

"풍한이와 그대의 아들에 대한 이야기요."

서서히 천마의 고개가 서진을 향했다.

"말해보라."

"내가 풍한이와 만난 것은 그대의 아들이 죽던 그날이었소."

그렇게 서진을 통해 과거의 그날이 재생되기 시작했다.

*   *   *

"무슨 일인데 그래?"

기풍한의 손을 잡아끄는 기정명은 확실히 평소와 달랐다.

객잔의 소녀가 죽은 후 한동안 풀이 죽어 지내던 그였다.

방 안에서 두문불출하던 정명이 오늘 다짜고짜 기풍한의 손을 잡아

끌고 천마동 쪽으로 달려가고 있었다.

"왜 그래, 도대체?"

억지로 기풍한을 끌고 천마동 근처까지 온 정명이 드디어 멈춰 섰
다.

기풍한을 바라보는 기정명의 눈빛에는 어린 나이에 어울리지 않는
애절함이 담겨 있었다.

"자, 이거."

정명이 내미는 것은 한 자루의 검이었다.

놀랍게도 그것은 마교주의 상징인 천마검(天魔劍)이었다.

"이걸 어떻게? 형님께 혼나려고."

기정명은 아무 말 없이 천마검을 내밀고 있었다. 뭔가 심상치 않음
을 깨달은 기풍한이 진지하게 물었다.

"무슨 일이야?"

"도망가!"

"뭐? 그게 무슨 소리야?"

"이거 가지고 도망가라구."

기풍한은 난데없는 정명의 말을 이해할 수 없었다.

정명의 눈빛이 흔들리고 있었다.

"무슨 일이 있구나. 그치?"

정명은 차마 마음속의 말을 하지 못했다.

어제 오후, 아버지를 증오하면서 집 안에 틀어박혀 지내던 정명이
향한 곳은 신가전(神家殿)이었다.

신가전은 마교 교주의 가족들, 특히 여인들이 살고 있는 공간이었
다.

돌아가신 어머니가 지내셨던 곳이기도 했다.

아버지에 대한 미움은 자신을 낳다 돌아가신 어머니에 대한 알지 못할 그리움으로 이어져 자신도 모르게 이곳으로 발걸음이 옮겨진 것이다.

자신의 어머니도 일찍 돌아가셨고, 할머니, 즉 기천기의 생모 역시 일찍 세상을 떠났다.

주인 잃은 신가전은 마당 쓰는 하인 하나 보이지 않고 너무나 한산했다.

정명이 찾은 곳은 자신의 어머니가 생전에 쓰던 방이었다.

어머니의 거울이며 화장품이며 옷가지가 아직도 그대로 보관되어 있었다.

정명은 한참을 그곳에 멍하니 앉아 있었다.

창밖이 어둑해졌을 무렵 정명은 그곳을 나왔다.

그때 정명은 어디론가 향하는 한 쌍의 중년 남녀를 보게 되었다.

'누굴까?'

그냥 지나치기에는 그들의 행동이 너무나 은밀해 보였다.

호기심에 끌려 정명이 그들의 뒤를 조용히 따라갔다.

그들이 향한 곳은 신가전 한편에 마련된 자신의 할머니를 기리기 위해 만들어진 사당이었다.

향을 피워 올린 후 두 남녀는 그 앞에 무릎을 꿇고 앉아 통곡을 하기 시작했다.

"마님."

"흑흑."

아마도 두 사람은 살아생전 할머니를 모시던 종복인 것 같았다.

그들의 울음소리가 너무나 슬퍼 몰래 훔쳐보던 정명마저 마음이 숙연해졌다.

한참을 그렇게 울고 난 사내가 의연한 얼굴로 말했다.

"이제 마님의 한을 풀어드릴 때가 되었습니다."

"이제 그 더러운 핏줄은 영원히 사라지게 될 겁니다."

여인 역시 사내와 마찬가지로 결의에 찬 눈빛이었다.

정명은 뭔가 심상치 않음을 깨닫고 잔뜩 긴장하고 있었다.

한편 의문도 생겨났다.

'더러운 핏줄은 누굴 가리키는 것일까?'

그때 제단 뒤에서 마인 하나가 모습을 드러냈다.

순간 기정명이 호흡을 멈추고 자신의 기척을 감추었다.

어린 정명이었지만 마교 최강의 무공인 구화마공을 익혔기에 무인에게 들키지 않았다.

사내가 마인에게 말했다.

"각오는 되었소?"

마인이 고개를 끄덕였다.

"살아생전 마님의 은혜를 깊이 입었소. 이제 목숨으로 그 빚을 갚을 것이오."

사내가 마인의 손을 마주 잡았다.

"마님의 한을 꼭 풀어주시오."

"걱정 마시오. 기풍한 그 아이는 내일 반드시 죽게 될 것이오."

순간 정명이 소스라치게 놀랐다.

그들이 죽이려고 하는 사람은 바로 기풍한이었던 것이다.

그들은 자신의 주인이 일찍 죽은 것을 모두 기풍한의 탓으로 돌리고 있었다.

사실 그것은 완전히 틀린 생각만은 아니었다. 전대 천마 기천진이 다른 여인을 사랑해 기풍한을 낳아 마교로 돌아왔을 때 그녀의 충격은 매우 컸고 결국 그 마음 고생으로 일찍 죽게 된 것이었다.

평생 주인에게 헌신하며 살아왔던 두 종복은 그 한을 가슴에 새겨 복수를 하려는 것이었다.

자신의 방으로 돌아온 정명은 고민하고 또 고민했다.

이유를 떠나 기천기의 동생을 죽이려는 것은 반역 중의 큰 반역이었다.

아버지에게 알릴까 마음도 먹었다.

하지만… 그러면 안 될 것 같았다. 기풍한을 대하는 아버지의 차가움을 생각해 볼 때, 오히려 아버지는 그들을 도와줄지도 모른다는 생각이 들었던 것이다.

절대 그렇지 않으리란 것을 어린 정명은 확신하지 못하고 말았다. 더구나 자신이 좋아하던 객잔 소녀를 아버지가 직접 죽이고 난 후라서 더욱 그러했다. 어쩌면 자신을 위해 기풍한을 죽일지도 모른다는 두려움이 들었다. 풍한과 어울리는 것을 언제나 싫어했던 아버지였으니까.

결국 정명의 선택은 기풍한을 도망치게 하는 것이었다. 아버지의 천마검을 훔쳐 그에게 주려는 것은 그에 대한 미안함 때문이었다.

"도대체 무슨 일이냐니까?"

다시 캐묻는 기풍한에게 정명은 차마 그 사실을 그대로 말해줄 수 없었다.

정명이 긴 한숨을 내쉬었다.

"…누군가 너를 죽이려고 해."

기풍한이 깜짝 놀라 잠시 말을 더듬었다.

"누, 누가? 왜?"

"그냥 가. 그냥 가라구!"

정명이 기풍한의 등을 떠밀었다.

그러나 기풍한은 떠나려 하지 않았다.

"안 돼! 싫어! 말해. 누구야? 누가 날 죽이려는 거야?"

그러던 기풍한이 흠칫 놀랐다.

"설마?"

기풍한의 마음에 떠오른 것은 기천기의 얼굴이었다.

떨리는 손으로 기풍한이 천마검을 받아 들었다. 천마가, 형이 자신을 죽이려 한다고 생각한 것이다.

순간 머리 속이 텅 비어버리면서 아무 생각도 나지 않았다.

자신의 등 뒤로 정명의 목소리가 들려왔지만 뭐라고 하는지 알 수 없었다.

그리고 떨어지지 않는 발걸음을 옮겨놓았다.

그때 떠났어야 했다. 그러나 기풍한은 떠나지 않았다.

천마동을 반쯤 빠져나가던 그가 다시 발걸음을 돌린 것이다.

"…이대로 떠날 수 없어."

기풍한은 기천기를 만나야 한다고 생각했다.

죽게 되더라도 왜 자신을 죽이려 했는지 물어봐야 한다고 생각했다. 이대로 떠나는 것은 너무 억울했다.

그렇게 비틀거리며 걸어가던 그 앞에 사내 하나가 내려섰다.

바로 신가전 사당의 그 마인이었다.

사내의 눈빛을 보는 순간 기풍한은 그가 자신을 죽이려 한다는 것을 알 수 있었다.

사내의 얼굴에 기천기의 얼굴이 겹쳐 떠올랐다.

"…왜? …왜?"

미친 듯이 검을 휘두르며 사내에게 달려들었다. 그 검은 어쩌면 자신의 형을 향해 휘두르고 있었는지도 몰랐다.

이내 천마검이 마인의 손에 넘어갔다.

마인의 손에 들어간 천마검이 방향을 바꾸어 기풍한의 가슴으로 날아들던 그때.

누군가 그들 사이로 뛰어들었다.

푹!

마인의 눈이 경악으로 부릅떠졌다.

천마검에 찔린 사람은 바로 정명이었던 것이다.

퍼억—

누군가의 신형이 날아들어 마인의 가슴에 일장을 후려친 것이다.

일격에 즉사한 마인의 몸이 계곡 아래로 굴러 떨어졌다.

"이런!"

낭패한 얼굴의 사내는 바로 서진이었다.

천마동을 통해 마교의 동태를 살피러 들어왔던 서진이 아이들을 죽이려는 마인을 발견하고 나섰지만 한발 늦고 만 것이었다.

정명의 입에서 피가 울컥울컥 쏟아져 나오고 있었다.

"안 돼! 안 돼!"

기풍한의 눈에서 눈물이 정명의 입에서 흐르는 피처럼 쏟아져 내렸다.

"으아아악!"

칼을 맞은 사람은 정명이었지만 비명은 기풍한이 지르고 있었다.

정명의 떨리는 손이 기풍한의 어깨를 움켜쥐었다.

"풍한… 숙부."

살아서는 그렇게 안 부르던 숙부란 말에 기풍한은 더욱 가슴이 메어 왔다.

"어흐흑… 안 돼… 죽지 마!"

정명의 입가에 서글픈 미소가 그려졌다.

"…절대 후회 따윈 하지 마!"

기풍한을 바라보는 정명의 눈동자.

평생을 잊을 수 없는 그 눈빛.

"약… 속… 해. 후회하지… 않는다고."

기풍한이 눈물을 흘리며 고개를 끄덕였다.

아직도 기풍한에게 악몽으로 기억되는 그때.

정명이 자신의 가슴에 박힌 검을 힘겹게 뽑아냈다.

피 묻은 검이 기풍한의 손에 들려졌다.

"우리… 아버지를… 너무… 미워하지 마."

마지막 말을 남기고 정명이 숨을 거두었다.

멍하니 서 있던 기풍한이 그대로 쓰러졌다.

기혈이 막혀 숨을 헐떡이기 시작한 기풍한을 서진이 안아 들었다.

서진의 품에 안겨 산을 내려가던 기풍한의 입에서 같은 말이 끊임없이 반복해 흘러나오고 있었다.

"나 때문이야… 나 때문이야……."

　　　　*　　　　　*　　　　　*

　　훗날 그날 일의 모든 내막을 알게 된 기풍한이 유일하게 그 일에 대
해 말한 사람이 바로 서진이었다.

　　"당신의 아들을 죽인 것은 그대의 어머니요. 그녀가 남편을 용서했
다면 애초에 이런 일은 없었을 테니… 당신의 아들을 죽인 것은 그 종
복 부부와 마인이오. 그날 풍한이를 죽이려 들지 않았다면 그 아이는
죽지 않았을 테니… 당신의 아들을 죽인 것은 나요. 내가 좀 더 일찍
그들을 발견했다면 그 아이는 죽지 않았을 테니… 당신의 아들을 죽인
것은 풍한이오. 그냥 그대로 떠났다면 죽지 않았겠지요… 당신의 아들
을 죽인 것은 바로 당신이오. 당신이 좀 더 풍한이에게 따뜻한 정을 주
었다면……. 우리 모두가 그를 죽였소."

　　천마가 지그시 눈을 감았다. 서진의 말이 정명의 죽음은 하늘의 뜻
에 따른 것이지 어찌 기풍한의 책임이냐는 책망이 담긴 말임을 천마가
모를 리 없었다.

　　내막을 모두 들은 권마와 반숙 역시 긴 한숨을 내쉬었다. 기풍한이
마교를 찾아와 스스로 목숨을 내놓으려 한 이유를 알게 되자 마음이
아련해진 것이다. 아마 기풍한은 지금까지 살아오면서 단 한 번도 그
일을 잊지 않고 살아왔을 것이다.

　　반숙이 일전에 기풍한에게 압수했던 질풍검을 천마에게 공손히 내
밀었다.

　　어린 시절 기풍한이 가지고 떠났던 천마검이었다.

　　천마검은 이제 질풍검이 되어 있었다.

　　노선배가 담담하게 말했다.

"…동생을 만나게."

다음날 천마는 홀로 산을 내려갔다.

그가 무슨 생각을 하면서 산을 내려갔는지는 아무도 알 수 없었다. 그저 천마의 허리춤에는 아무렇게나 찔러 넣은 질풍검이 대롱대롱 매달려 흔들리고 있을 뿐이었다.

第60章

소림풍운

소
림
풍
운

열흘 후. 숭산 소림사.

숭실봉을 오르는 기풍한의 발걸음은 빠르지도 늦지도 않았다. 무엇인가 생각에 잠긴 듯 돌 계단을 보며 묵묵히 걸음을 옮기고 있었다.

그의 마음은 이런 저런 걱정들과 의문으로 심란한 상태였다.

우선 비영의 부상에 대한 걱정이 그의 마음을 무겁게 하고 있었다.

다행히 곽철이 함께 있으니 최악의 경우는 피했을 것이라 믿었지만 화노가 필요할 정도의 부상이었기에 마음을 놓을 수 없었던 것이다. 또한 가짜 천룡맹주의 존재를 알게 되어 왜 연화를 희생시켜 전쟁을 일으키려고 했는지 의문은 풀렸지만, 그 결과 진짜 사마진룡에 대한 걱정이 그 자리를 대신했다.

그뿐 아니라 왜 묵혼사의 살수가 정철령을 죽였는가에 대해서도 이번 작전에 무명노인의 역음모가 있었다는 것을 몰랐기에 풀리지 않는 의문으로 남았다.

이윽고 무명노인의 계획대로 기풍한은 천 년의 유고함을 고고히 이어온 정파무림의 태산북두 소림사에 도착했다.

이십대 중반의 젊은 지객승 하나가 입구에서 합장을 하며 기풍한을 맞이했다.

"소승은 접객의 일을 맡고 있는 지객당(知客堂)의 원진이라 합니다."

기풍한이 마주 합장을 하며 정중하게 말했다.

"저는 섬서에 사는 기씨로 방장님을 뵙고자 이렇게 찾아뵈었소."

"미리 약속을 하셨습니까?"

"아니오."

그러자 원진이 난감한 표정을 지었다.

"그럼 방장님을 뵐 수 없습니다."

"매우 중요한 일이오."

"죄송합니다."

원진이 합장을 하며 거절의 뜻을 밝혔다.

마음 같아선 그냥 달려들어 가고 싶었지만 소림을 상대로 그럴 수는 없었다.

기풍한이 품 안에서 먹이 담긴 통과 작은 붓을 꺼냈다.

그리고 작은 종이에 글자를 쓰고는 반으로 접어 원진에게 건넸다.

"이걸 방장님께 전해주시오."

종이를 받아 든 원진이 잠시 망설였다.

"사람의 목숨이 경각에 달린 일이오."

그 말은 확실히 효과가 있었다.

"잠시 기다려 주시지요."

원진이 총총히 절 안으로 사라졌다.

기다리는 동안 기풍한은 주위를 둘러보았다. 아무도 없어 보였지만 십여 명의 승려들이 주위 숲에 은신해 있음을 알 수 있었다.

입구에서 소란을 피우는 이들을 대비한 승려들일 것이다.

과연 소림의 승려답게 그 하나하나 내뿜는 기도가 보통이 아니었다. 일반 승려가 이럴진대 소림의 절정고수들이 모인 나한전(羅漢殿)의 승려들은 말할 필요가 없을 것이다.

과거 기풍한은 질풍조의 작전 때문에 은밀히 소림에 잠입한 적이 있었다. 그래서 소림의 대략적인 구조나 사정에 대해서는 잘 알고 있었다.

소림사는 방문객들을 접대하는 지객당, 각종 무공비급과 불교의 경전들을 보관한 장경각(藏經閣), 노승들이 보다 높은 불법을 수도하는 계지원(戒持院)의 양심당(養心堂), 제자들의 규율을 감독하는 계율원(戒律院), 소림사의 장문인이 기거하는 방장실(方丈室), 방장실을 에워싸고 있는 팔대호원(八大護院) 등으로 이루어져 있었다. 특히 십팔나한(十八羅漢)들의 거처인 나한전(羅漢殿)은 소림사의 가장 강한 무승들이 모인 곳이었다.

잠시 후, 다시 원진이 모습을 드러냈다.

"저를 따라오시지요."

기풍한이 전해준 쪽지가 효과가 있었는지 원진은 곧바로 방장실로 안내했다. 뒤를 따라 방장실로 향하던 기풍한은 이상한 점을 발견할 수 있었다.

그들이 걸어가고 있는 곳은 지객당 건물들이 위치한 곳이었다.

그런데 외부 손님들이 기거하는 지객당의 선방들에서 사람의 인기척을 전혀 느낄 수 없었던 것이다.

물론 소림사는 일반인들의 불공을 위해 절을 개방하지 않았다.

한때 일반인들의 공양을 받아 절을 개방한 적이 있었는데 그로 인한 부작용이 이만저만한 것이 아니었다.

장경각의 무공비급을 노린 강호 대도들의 극성 때문이었다. 그들은 공양을 드리러 오는 일반인들과 섞여 들어와 호시탐탐 기회를 노렸던 것이다.

결국 소림사는 일반인들은 받지 않았고 강호 거파의 여인들이나 관부의 큰 관리들의 가족들에 한해서만 특별히 개방했던 것이다.

아무리 그렇다고 해도 수십 개의 선방이 모두 비었다는 것은 왠지 기풍한의 눈길을 끌고 있었다.

기풍한이 앞서 걸어가는 원진에게 말했다.

"한 가지 여쭙고 싶은 게 있습니다."

원진의 발걸음이 멈췄다.

"말씀하시지요."

"혹 며칠 전에 몸이 상한 일행 몇이 찾아오지 않았소?"

순간 원진의 눈빛이 살짝 떨렸다. 그것을 놓칠 기풍한이 아니었다.

"소승이 한동안 절을 비워서 잘 알지 못하겠습니다. 제가 다른 지객승에게 알아봐 드리겠습니다."

기풍한이 다시 원진의 반응을 유심히 살피며 물었다.

"그럼 그전에 혹 이곳을 찾은 일행은 없었습니까?"

"그 역시 소승은 잘 알지 못합니다."

분명 원진은 당황하고 있었다.

기풍한은 그가 분명 무엇인가 숨기고 있다는 것을 직감했다.

원진의 빨라진 발걸음을 따라 이윽고 방장실(方丈室)에 도착했다.

"기 시주를 모셔왔습니다."

원진의 말에 방 안에서 온화한 목소리가 들려왔다.

"안으로 모셔라."

기풍한이 방 안으로 들어갔다.

무림의 태산북두 소림 방장의 방은 여타 승려의 선방과 다를 바 없었다.

작은 앉은뱅이책상 뒤에 소림 방장 현정(賢正)이 미소를 지으며 기풍한을 맞이했다. 작고 왜소한 체구였지만 왠지 범접하기 힘든 고귀함이 온몸 가득 묻어나고 있었다.

그의 책상 위에는 기풍한이 전해준 쪽지가 놓여 있었다.

종이에는 한 단어의 글자가 적혀 있었다.

묵룡환체술.

잠시 기풍한을 응시하던 방장이 담담하게 말했다.

"이 글귀를 전한 까닭이 무엇이오?"

"앞서 왔던 동료들과 일행이란 것을 알려 드리기 위함이었습니다."

기풍한은 소림 방장과 만나기 위한 방법으로 묵룡환체술이란 글귀를 전한 것이다. 소천룡들과 먼저 소림사에 도착했을 화노와 같은 일행임을 알려주기 위함이었다.

지금쯤이면 화노와 소림 방장은 그에 대한 대비를 마쳤을 것이라 생각한 것이다.

그러나 현정의 반응은 매우 뜻밖이었다.

"앞서 왔던 동료라니? 그게 무슨 말씀이시오?"

기풍한의 안색이 살짝 굳어졌다.

현정은 완전히 금시초문이란 반응이었다.

"혹 일전에 유백천이란 분이 일행을 데리고 귀 사를 찾지 않았습니까?"

유백천은 화노의 본명이었다.

"유백천이라면 혹 신의라 불리시는 그분을 말씀하시는 거요?"

과연 현정은 소림 장문답게 뛰어난 견식을 자랑했다.

"그렇습니다."

"유 신의께서는 본사를 찾은 적이 없소이다."

현정의 단호한 대답에 기풍한의 마음은 점점 불안해져 갔다.

"그런 일이 있었다면 소승이 모를 리 없지 않소?"

소천룡들까지 데리고 떠난 그들이 이곳으로 오지 않았다면 도대체 어디로 갔단 말인가?

"분명 이곳으로 오셨을 겁니다."

기풍한이 다시 확신하자 현정이 문밖에서 기다리고 있던 원진을 불렀다.

"원진아."

"네."

"지금 당장 지객당주를 불러라."

"알겠습니다."

잠시 후, 지객당주가 방 안으로 들어왔다.

"부르셨습니까?"

현정이 그에게 물었다.

"혹 근자에 유백천이란 분이 방문하셨소?"

그러자 지객당주가 살짝 고개를 내저으며 말했다.

"아닌 줄 아옵니다."

기풍한이 곽철과 비영에 대해서 물어볼까 하다 이내 마음을 고쳐먹었다. 만약 그들이 왔다면 지객당주가 그에 대한 언급을 했을 터인데 그는 아무 말도 하지 않고 있었다.

기풍한의 눈빛이 서늘해졌다. 소림사로 떠난 질풍조 전원이 실종된 것이다.

문득 앞서 당황하던 원진의 얼굴이 떠올랐다.

'뭔가 있군.'

기풍한이 속내를 감추고 담담하게 말했다.

"뭔가 착오가 있었나 봅니다. 혹 늦게라도 신의 어르신께서 도착할지 모르니 며칠 묵으며 기다려도 되겠습니까?"

현정이 묵묵히 고개를 끄덕여 허락했다.

자리에서 일어나려는 기풍한을 현정이 불렀다.

"한 가지 물어볼 것이 있소."

"말씀하시지요."

"묵룡환체술은 사람의 이지를 강제로 지배하는 과거 묵룡천가의 극악한 사공(邪功)으로 강호에 그 이름을 아는 이가 드문데 시주께서는 어찌 이 사악한 무공을 알고 계시오?"

기풍한이 망설이지 않고 대답했다.

"저는 유백천 어르신을 모시는 사람입니다. 어르신은 오래전부터 묵룡환체술에 대해 연구해 오셨습니다. 얼마 전 소림의 도움을 얻으면 그 파해법을 완성시킬 수 있으시다며 이곳에서 만나자는 약속을 하게 된 것입니다."

기풍한의 말은 반은 거짓말이었고 반은 진짜였다.

현정은 더 이상 캐묻지 않았지만 돌아서 나가는 기풍한을 바라보는 눈빛에는 분명 의심이 피어오르고 있었다.

자신의 거처로 돌아온 기풍한은 잠시 방 앞마루에 앉아 햇살을 쬐고 있었다.

겉으로 보이는 소림사는 지극히 평온했다.

너무 정상적이라서 오히려 질풍조의 실종이 이상하게 여겨질 정도였다.

물론 기풍한은 질풍조원들이 이곳에 오지 않았을 경우에 대해서도 생각해 보았다. 만약 현정과 지객당주의 말이 진실이라면 그들은 이곳에 오던 도중에 사고를 당했다는 말이었다.

뒤늦게 출발한 곽철 쪽이라면 그럴 수도 있었다.

비영의 부상이 어떤 변수를 낳았을 수 있었고 혹은 아직 도착하지 못한 것일 수도 있었다.

하지만 화노 쪽의 경우는 달랐다.

화노는 곽철, 팔용과 장난치기를 좋아해 흡사 경솔한 늙은이로 비칠 수가 있었지만 그것이야말로 경솔한 판단이었다.

화노는 매우 신중한 사람이었다. 아무런 연락도 취하지 않고 이렇게 사라져 버릴 사람이 아니었다. 더구나 그의 곁에 서린과 팔용이라는 가장 믿을 수 있는 두 고수가 지키는 한 더욱 그러했다.

분명 그들은 소림사에 왔을 것이다.

'이곳에서 어떤 일이 벌어진 것일까?'

불안함이 가시지 않았지만 기풍한은 서둘지 않기로 마음먹었다. 그 특유의 운명론이 다시 발휘된 것이다.

그때 원진이 그 앞을 지나가고 있었다.

자신과 눈이 마주치기가 무섭게 모른 척 시선을 피했다.

"원진 스님."

기풍한이 그를 불렀다.

"하하… 제가 미처 못 보고 그냥 지나칠 뻔했습니다."

그 속 보이는 거짓말에 기풍한이 껄껄 웃었다.

"하하, 바쁘신 걸음을 제가 공연히 붙잡았나 봅니다."

"아닙니다."

원진이 수줍게 미소를 지었다.

이십대 중반의 나이였음에도 원진의 얼굴은 매우 앳되어 보였다. 착해 보이는 눈매와 둥글둥글한 얼굴이 그의 천성을 그대로 나타내 주고 있었다.

"바쁘시지 않으면 저의 좁은 안목을 좀 넓혀주시겠소?"

그 말은 곧 절 구경 좀 시켜달라는 말이었다. 잠시 망설이던 원진이 흔쾌히 대답했다.

"소승이 안내하겠습니다."

그렇게 두 사람의 느긋한 산책이 시작되었다.

사리탑(舍利塔)이 보이면 원진은 그것을 남긴 고승에 대해 설명을 해 주었고 기왓장 하나하나에 얽힌 사연까지 친절히 설명해 주었다.

원진이 본전 앞의 넓은 연무장을 가리키며 설명했다.

"저기 상석(床石)이 놓여 있는 곳이 저희가 권법 수련을 하는 곳입니다. 그곳의 수련을 모두 마치면, 저기 보이시죠? 저곳이 바로 다음 단계의 무공을 수련하는 삼십육방(三十六房)이라 불리는 곳입니다. 그곳에서 두각을 드러내어야 비로소 나한전에 들어갈 수 있게 됩니다."

원진이 살짝 볼을 붉혔다.

"소승은 아직 삼십육방에도 들어가지 못했습니다."

대부분의 경우 무공 실력이 가장 떨어지는 제자들이 주로 손님을 접대하는 지객승이 되었다. 재능이 뛰어난 제자들은 주로 계율원이나 팔대호원, 장경각 등에 소속되었던 것이다.

"불가에 귀의하신 연유를 여쭤봐도 되겠소?"

그러자 원진이 머쓱한 표정을 지었다. 이럴 때 보면 승려라기보다는 이웃집 동생 같은 분위기를 자아냈다.

"어렸을 때 제가 몸이 많이 약했습니다. 부모님께서는 온갖 좋다는 약을 다 써보았지만 효력이 없었지요. 그러던 어느 날 집에 들르신 고승께서 무공으로 제 병을 낫게 해주셨습니다. 그 인연이 이어져 여기까지 오게 된 것이지요."

둘이서 도란도란 이야기꽃을 피우며 걷다 보니 시간 가는 줄도 모르게 즐거웠다. 기풍한이 원진이 가보지 못한 곳의 이런 저런 신기한 이야기들을 해주자 원진은 어린아이마냥 즐거워했다.

"멈추시오."

어느새 그들 앞을 네 명의 승려가 막아섰다.

"아!"

그들의 등장에 원진이 깜짝 놀랐다. 주위를 돌아보며 아차 하는 표정을 지었다. 이야기를 하며 걷다 보니 함부로 출입해서는 안 되는 곳에 들어선 것이다.

그곳은 바로 장경각의 입구 앞이었다. 장경각은 소림사의 가장 중요한 곳으로 그곳의 제자 이외에는 방장의 허락 없이 함부로 출입할 수 없는 곳이었다.

선두에 선 장경각의 무승이 눈알을 부라리며 호통을 쳤다.

"이놈!"

원진이 안절부절못하며 당황해서 말을 더듬었다.

"잠, 잠시 정신을 팔다 그만… 큰 죄를 지었습니다."

"거기다 외부의 손님까지 함께 데려오다니, 네놈이 정신이 나간 게로구나."

원진은 그저 죽은 듯이 고개를 숙일 뿐이었다.

무승은 더욱 야단을 치고 싶은 심정인 듯 보였지만 옆에 기풍한이 있음을 의식했는지 일단 그 정도에서 마무리를 지었다.

"일단 돌아가거라. 나중에 이 일의 죄를 물어 다시 부를 것이다."

원진이 그들을 향해 정중히 합장한 후 기풍한을 데리고 황급히 그곳에서 물러났다.

그곳을 벗어나 기풍한의 숙소 앞까지 오자 비로소 원진이 말했다.

"죄송합니다. 소승이 정신이 없어 그만 실수를 하고 말았습니다."

그때 기풍한의 눈에 이채가 발했다.

자신을 바라보는 원진의 표정은 전혀 미안한 표정이 아니었던 것이다.

분명 뭔가를 말하고자 하는 눈빛.

기풍한이 은밀히 주위의 기(氣)를 읽기 시작했다.

아니나 다를까, 자신들을 감시하는 미약한 기운이 느껴졌다.

기풍한이 모른 척 태연하게 행동했다.

"아니오. 오히려 제가 쓸데없는 부탁을 드려서……."

미안해하는 기풍한을 보며 원진이 미소를 지었다.

"그럼 전 이만 돌아가 보겠습니다. 편히 쉬십시오."

원진이 총총히 멀어져 갔다.

방금 전 눈빛을 통해 기풍한은 한 가지 사실을 알 수 있었다.

그가 자신을 장경각에 데려간 것은 결코 실수가 아니었음을.

소림사에도 어김없이 밤은 찾아왔다.

무공을 연마하던 무승들의 기합 소리도, 목탁을 두드리며 불경을 외던 고승들의 청아한 목소리도 깊은 적막 속에서 침묵하고 있었다.

쉬이익―

어둠 속을 날아가는 하나의 그림자.

새처럼 빠르게 허공을 날아가는 복면사내는 바로 기풍한이었다.

그가 향하는 곳은 장경각이었다.

원진의 암시가 정확하다면 그곳에서 어떤 일이 벌어지고 있음이 틀림없었다.

지객당 지붕 위에서 기풍한을 감시하던 두 명의 승려들은 이미 수혈이 짚여 잠이 든 상태였다. 일정 시간이 지나면 자연스럽게 혈도가 풀리도록 되어 있었다.

소림사의 지리에 대해 이미 잘 알고 있었기에 기풍한은 헤매지 않고 단번에 장경각 근처까지 올 수 있었다.

스르륵―

기풍한이 장경각에서 삼십여 장 떨어진 석탑 뒤에 몸을 숨겼다.

장경각의 입구를 지키는 승려는 둘이었다. 겉으로는 너무나 허술해 보였지만 기풍한은 그곳이 자신의 무공으로도 꽤나 주의를 기울여야 하는 용담호혈(龍潭虎穴)이란 것을 익히 잘 알고 있었다.

기풍한이 정신을 집중해 주위를 살폈다.

과연 곳곳에 장경각 고수들이 은신해 있음을 확인할 수 있었다.

기풍한의 신형이 바람처럼 움직였다.

장경각 고수들이 나뭇잎 떨어지는 소리에 잠시 정신을 팔거나 오랜 은신으로 뻐근해진 목을 아주 잠깐 돌리는 순간을 기풍한은 놓치지 않았다.

샥— 샥—

그렇게 기풍한이 감시의 눈을 피해 장경각의 담을 넘었다.

내원을 달리고 있음에도 기풍한의 발바닥에서는 아무 소리도 들리지 않았다.

그가 막 장경각 내의 두 번째 건물을 돌아서던 그때였다.

마침 순찰을 돌던 장경각 고수 넷이 앞쪽 건물 모퉁이를 돌아 나오고 있었다.

샤삭—

어느새 기풍한의 신형은 처마 밑에 달라붙어 있었다.

저벅저벅.

순찰을 도는 장경각 고수 넷이 처마 아래쪽으로 다가오고 있었다.

그때 문득 이상한 기분에 기풍한이 고개를 들었다.

"……!"

깜짝 놀란 기풍한의 눈앞에, 그러니까 앞쪽 처마 아래의 어둠 속에서 또 다른 복면인이 달라붙어 기풍한을 쳐다보고 있었다.

서로의 눈이 딱 마주쳤다.

그야말로 땀이 삐질 흐르는 그런 순간이었다.

두 사람은 자신의 기척을 숨긴 채 숨소리 하나 내지 않고 있었다.

기풍한은 상대의 무공이 보통이 아님을 한순간에 직감했다.

그렇지 않다면 이곳까지 잠입한다는 것은 말이 안 되었으니까.

상대 역시 비슷한 생각에 꽤나 놀란 눈치였는데 이 상황을 어떻게 해야 할지 고민하는 눈치였다. 서로 싸울 수도 없고 그렇다고 손을 잡고 나란히 다닐 수도 없는 상황이었다.

그사이 순찰을 도는 고수들이 아래를 지나갔다.

그들이 지나가자 두 사람이 동시에 사뿐 바닥에 내려섰다.

두 사람의 움직임 모두 무음의 절정신법이었다.

이미 상대를 제압하리라 마음먹은 기풍한이 먼저 사내에게 달려들었다.

삭. 삭. 삭.

어둠 속에서 기이한 싸움이 벌어졌다.

타격을 위함이 아니라 소리없이 혈도를 짚기 위한 싸움이 벌어졌다.

서로의 공격을 팔로 막을 수도 없는 상황이었다.

탁.

열 수가 지나기도 전에 기풍한에게 사내는 혈도를 제압당했다.

기풍한의 무공에 놀란 사내의 입이 움찔거렸다.

이판사판 고함을 지르려 하는 것을 기풍한이 아혈까지 제압해 버렸다.

사내를 옆구리에 끼고 기풍한이 다시 장경각을 빠져나오기 시작했다.

원래의 목적은 이게 아니었지만 지금의 상황에서는 복면인의 정체를 알아내는 것이 더욱 중요하다고 생각했다.

사내를 옆구리에 끼고도 기풍한은 여유롭게 장경각을 빠져나올 수 있었기에 붙잡힌 사내의 놀람은 매우 컸다.

한적한 곳에 도착한 기풍한이 사내를 내려놓았다.

그리고는 두말없이 홱 사내의 복면을 벗겨냈다.

복면 속 얼굴을 확인한 기풍한이 깜짝 놀랐다.

"단 선배님?"

복면 속의 사내는 바로 단화경이었던 것이다.

그 귀에 익은 목소리에 단화경의 눈이 커다랗게 뜨였다.

기풍한이 복면을 벗으며 단화경의 아혈을 풀어주었다.

"헉, 풍한이? 자, 자네 살아 있었나?"

마교에서 죽은 줄만 알았던 기풍한을 다시 보자 단화경의 반가움은
이만저만이 아니었다. 자신을 와락 끌어안는 단화경을 기풍한이 조금
어색하게 끌어안았다. 단지 이런 포옹에 익숙하지 않기 때문이지 반
가운 마음만큼은 단화경 못지않았다.

"그래… 어쩐지 너무 강하다 했네. 강호에 이 몸을 당할 자가 자네
말고 누가 또 있겠나."

일단 무너진 자존심부터 챙긴 후 단화경이 다시 물었다.

"근데 자네가 여기 웬일인가?"

그 물음이야말로 기풍한이 묻고 싶은 말이었다.

"말하자면 깁니다. 근데 여긴 어쩐 일이십니까?"

단화경의 표정이 조금 어두워졌다.

우물쭈물하는 단화경을 보며 기풍한이 살짝 인상을 그었다. 결국 단
화경은 힘없이 말했다.

"…대환단을 훔치러 왔네."

"네?"

생각지도 못한 대답에 기풍한이 깜짝 놀랐다.

문득 한 가지 생각에 이른 기풍한이 다급히 물었다.

"혹시 영이를 위해서입니까?"

그러자 단화경이 무슨 소리냐는 표정을 지었다.

"영이 그 아이가 다쳤나?"

단화경이 대환단을 훔치려는 것은 비영의 일과는 완전 무관해 보였다.

비영이 부상을 당했음을 짐작한 단화경이 황급히 물었다.

"연화 그 아이는 무사하지?"

말도 없이 연화 곁을 떠난 그였다. 그런 그가 소림사에서 대환단을 훔치고 있었으니 참으로 예상 밖의 일이었고 기이한 일이었다.

도대체 그에게 무슨 일이 생긴 것일까?

"무사할 겁니다."

"…겁니다? 혹 그 아이에게……."

단화경이 걱정스럽게 되물으려고 할 때 기풍한이 황급히 말했다.

"일단 전 돌아가 봐야 합니다."

제압해 둔 승려들의 혈도가 풀릴 시간이 가까워 온 것이다.

"나중에 산 아래 마을 객잔에서 나 좀 보세."

"알겠습니다."

그렇게 두 사람은 서로에게 왜 기풍한이 이곳에 와 있는지, 왜 단화경이 대환단을 훔쳐야 했는지 물어보지도 못한 채 그렇게 헤어졌다.

그러나 그 밤의 놀라운 일은 이제 시작에 불과했다.

"드릴 말씀이 있습니다."

원진이 방 안에서 기풍한을 기다리고 있었다. 뭔가 큰 결심을 굳힌 얼굴이었다.

"잠시 기다리시오."

기풍한의 신형이 지붕 위로 날아올라 갔다.

이제 막 잠에서 깨어나려던 두 승려의 수혈을 기풍한이 다시 눌렀다.

너무 오랜 시간 잠을 재우면 깨고 나서 의심을 받을 염려가 있었지만 할 수 없었다. 질풍조를 찾을 유일한 단서를 지닌 인물이 바로 원진이었기 때문이다.

기풍한이 다시 방 안으로 들어왔다.

"이제 안심하고 말씀하시오."

원진은 감시자가 있든 없든 상관이 없다는 그런 결연한 표정이었다.

"그전에 묻고 싶은 것이 있소이다."

"뭐든 물어보시오."

"그대의 진정한 정체가 무엇이오?"

원진의 물음에 기풍한이 잠시 대답을 망설였다. 어디까지 얼마나 알려줘야 할지 판단이 서지 않았기 때문이다. 기풍한이 선택한 폭은 최소한이었다.

"강호에 매우 위험한 일이 벌어지고 있소. 나는 단지 그것을 막으려는 사람이오. 더 이상은 말해줄 수 없소. 믿고 안 믿고는 그쪽에 맡기겠소."

원진이 기풍한의 눈을 응시하며 그 속에서 무엇인가를 찾아내려 노력했다.

이윽고 원진이 믿음 반, 체념 반의 어조로 말했다.

"믿겠소. 아니, 제 입장에서는 믿을 수밖에 없겠지요."

그의 말에는 절박한 그 어떤 것이 담겨 있었다.

"제가 낮에 기 무인을 장경각에 데려간 것은 실수가 아니었습니다."

기풍한이 묵묵히 고개를 끄덕였다.

"과연 기 무인께서는 제 뜻을 알아보셨군요. 지금 장경각에서는 알 수 없는 일이 벌어지고 있습니다."

원진의 안색이 어두워졌다.

"저와 함께 입문한 친구가 장경각의 제자로 있습니다. 얼마 전, 우연히 그와 담소를 나눌 기회가 있어 이야기를 나누다가 그 친구가 이상한 이야기를 하였지요. 장경각에 보관된 비급과 경서들이 어딘가로 모두 옮겨진 것 같다는 말이었습니다."

그 말에 기풍한은 내심 깜짝 놀랐다.

장경각에 보관된 비급과 경서라면 금강경(金剛經)을 비롯한 귀중한 불경들과 소림의 모든 것이 담긴 소림칠십이절예(少林七十二絶藝)를 말하는 것이었다.

"당시 저는 잘못 알았을 것이라며 농담처럼 흘려듣고 말았습니다. 그리고 며칠 후… 그 친구가 실종되었습니다."

기풍한의 표정이 굳어졌다.

알아서는 안 될 비밀을 알게 된 후의 실종이 무엇을 의미하는지 누구보다 잘 알았기 때문이다.

"계율원에서는 그 친구가 파계한 것으로 판결을 내렸습니다. 하지만……."

원진은 목이 메는지 잠시 말을 잇지 못했다.

"그 친구는 절대 파계 따위를 할 친구가 아닙니다. 그 어떤 누구보다 불심이 깊고 소림을 사랑하는 친구였지요. 소림의 제자임을 너무나 자랑스럽게 생각하던 친구가 바로 그였습니다."

기풍한은 아무 말도 할 수 없었다.

"게다가 한 달 전부터는 아예 외부의 손님을 일체 받지 말라는 장문명이 내려졌습니다. 제가 입문한 이래 처음 있는 일이지요."

기풍한은 지객당이 텅 빈 이유를 알 것 같았다.

원진이 진짜 하고자 하는 말은 지금부터였다.

"…기 무인의 동료들은 이곳에 왔었습니다."

기풍한의 표정은 크게 변함이 없었다. 이미 그렇게 짐작하고 있던 바였다.

"그들은 지금 무사하오?"

"그러하리라 생각합니다."

그 말은 곧 원진 역시 확실히는 알지 못한다는 뜻.

자세한 원진의 설명이 이어졌다.

"기 무인의 첫 동료들이 본사를 찾아온 것은 보름 전이었습니다. 방장께서 십팔나한과 팔대호원의 모든 승려들, 거기에 장격각의 무인들과 사대금강(四大金剛)까지 동원해 그들을 체포했습니다. 마교의 무리들과 연관된 자들이라 했고 모든 제자들에게 그들을 거론하는 것을 엄격히 금지시켰습니다. 그들 중 한 명은 저희 소림의 원명 사형이었지요. 혈도를 제압당하고 온몸이 상한 상태라 제자들은 모두 그 말을 믿는 눈치였습니다."

소림의 정예들이 모두 나섰다면 서린과 팔용으로서도 어쩔 수 없었을 것이다. 게다가 무공이 약한 화노까지 지켜야 했을 테니, 결과는 불을 보듯 뻔했을 것이다.

"그들은 지금 어디에 있소?"

"소실봉 정상의 참회동(懺悔洞)에 갇혀 있습니다."

기풍한은 일단 그들이 살아 있다는 것에 안심했다.

원진의 말이 계속 이어졌다.

"이틀 전에는 기 무인의 두 번째 일행이 찾아왔습니다."

그들은 바로 곽철과 비영, 이현과 연화, 그리고 용설란일 것이다.

"그들 중 한 무인은 심각한 부상을 당한 상태였지요. 장문인과 따로 이야기를 나눈 후, 그들은 아무 저항 없이 참회동으로 끌려갔습니다."

기풍한은 그 상황을 짐작할 수 있었다.

비영의 부상을 고치기 위해 어떻게든 화노를 만나야 했을 것이다.

이제야 그들의 실종에 대해 완전히 알 수 있었다.

문제는 소림이 왜 그들을 가두었는가에 대한 의문이었다.

원진이 아니었다면 쉽게 알아내기 힘든 일이었다.

모든 이야기를 마친 원진이 한숨을 내쉬었다.

"아까 장경각에 불려갔다 왔습니다. 낮의 일 때문이었지요."

초췌한 눈빛이 아마도 그곳에서 꽤 고초를 당한 듯 보였다.

기풍한이 담담히 물었다.

"이 모든 이야기를 제게 해주신 이유가 무엇이오?"

물론 앞서의 이야기로 그의 심정이 대충 짐작이 갔다.

그때였다.

기풍한은 순간 원진의 눈에서 녹광이 피어올랐다가 사라진 것 같은 착각이 들었다.

"두 가지 이유가 있습니다. 첫 번째는……."

원진의 목소리가 앞서와 조금 달라졌다.

"그들의 목숨이 그대 손에 달려 있소."

원진의 목소리가 갈라진다고 느낀 순간.

"두 번째 이유는……."

원진이 갑자기 자신의 천령개를 후려쳤다.

그의 손이 머리통에 닿기 직전 기풍한이 쏜살같이 그의 손목을 낚아챘다.

'이런, 묵룡환체술에 걸려 있었구나!'

기풍한에게 손목이 잡힌 원진이 몸부림을 치기 시작했다.

기풍한이 전신 혈도를 빠르게 찍어갔다.

그러나 아무 소용이 없었다.

원진의 눈에서 녹광이 뿜어져 나왔다.

"아아아……."

기풍한의 탄식에도 불구하고 칠공(七孔)에서 피가 줄줄 흘러나오던 원진의 몸이 부들부들 떨리더니 이내 축 늘어졌다.

기풍한의 무공으로도 묵룡환체술만큼은 어쩔 수 없었다. 화노가 위험을 무릅쓰고 소림까지 직접 찾은 이유도 결국 이런 이유 때문이었다.

기풍한이 안타깝게 원진의 시신을 부둥켜안았다.

아무 죄가 없는 그였다. 그저 친구의 누명을 벗겨주고 싶었고, 소림이 소림답게 되기를 바라던 평범한 지객승에 불과한 그였다. 또다시 묵룡천가의 암수에 죽지 말아야 할 사람이 죽은 것이다.

이어서 기풍한의 마음속에 떠오르는 한 가지 생각.

'함정이구나!'

아니나 다를까!

뎅―뎅―뎅―

사방에서 비상을 알리는 종소리가 울려 퍼지며 잠든 소림을 깨우기 시작했다.

기풍한은 몸을 피하지 않았다. 아니, 피할 수 없었다.

원진이 전한, 아니, 그에게 묵룡환체술을 건 배후 인물이 원진의 입을 통해 전한 첫 번째 경고 때문이었다.

"그들의 목숨이 그대에게 달려 있소."

그리고 또 하나의 이유.

기풍한이 두 눈을 부릅뜬 채 싸늘하게 식은 원진의 눈을 감겨주며 담담하게 말했다.

"…그대의 마음 내가 접수했소."

문밖에서 내공이 묵직하게 실린 호통 소리가 들려왔다.

"죄인은 밖으로 나오라!"

기풍한이 방문을 열고 밖으로 나갔다.

이미 방문 앞 공터는 소림사의 무승들로 가득 차 있었다.

소림 방장 현정의 좌우로 사대금강을 비롯해, 지객당주, 계율원주, 나한전주, 팔대호원주 등이 서 있었다.

그리고 그들 뒤 무승들의 숫자는 정확히 백여덟 명이었다.

그들은 바로 소림사의 절대위기에서만 그 모습을 나타낸다는 백팔나한(百八羅漢)이었다.

『일도양단』 7권으로 이어집니다